KU-263-852

Am yr Awdur

Bernard Ashley yw un o awduron gorau Prydain. Cafodd ei eni yn Woolwich, de Llundain, a bu'n efaciwî yn ystod y Rhyfel, gan fynychu pedair ar ddeg o ysgolion cynradd o ganlyniad. Ar ôl gadael ysgol, gwnaeth Bernard ei Wasanaeth Cenedlaethol gyda'r Llu Awyr lle bu'n 'hedfan' teipiadur. Yna aeth ymlaen i fod yn athro ac yna'n brifathro – ysgolion yn nwyrain a de Llundain oedd y ddwy olaf iddo weithio ynddynt, ardaloedd sydd wedi bod yn ysbrydoliaeth ar gyfer llawer o'i lyfrau. Bellach mae Bernard yn awdur llawn amser.

Mae Rily hefyd yn cyhoeddi *Milwr Bychan* gan Bernard Ashley, cyfrol a gyrhaeddodd y Rhestr Fer ar gyfer Gwobr Llyfrau Plant y *Guardian* a Medal Carnegie.

'Dawn fwyaf Bernard Ashley yw troi rhywbeth sy'n ymddangos fel realaeth gyffredin yn beth llawer cryfach a mwy soniarus.' *Phillip Pullman*

ACC. No: 02859610

HEFYD GAN BERNARD ASHLEY
Milwr Bychan

Dewiswyd ar gyfer Rhestr Fer Medal Carnegie
a Gwobr Llyfrau Plant y *Guardian*.

*Atgynhyrchir y dyfyniad o 'A Smuggler's Song' gan Rudyard
Kipling, allan o Puck of Pook's Hill, 1906, trwy garedigrwydd
AP Watt Cyf., ar ran Yr Ymddiriedolaeth Genedlaethol dros
Leoedd o Ddiddordeb Hanesyddol neu Harddwch Naturiol.*

TŶ DIAL
ISBN 978-1-904357-28-5

Rily Publications Ltd
Blwch Post 20
Hengoed CF82 7YR

Cyhoeddwyd am y tro cyntaf gan Orchard Books yn 2002

Cyhoeddwyd yn wreiddiol yn Saesneg fel *Revenge House*
Hawlfraint y testun © Bernard Ashley 2002
Addasiad gan Siân Melangell Dafydd
Hawlfraint yr addasiad © Rily Publications Ltd 2011

Mae Bernard Ashley wedi datgan ei hawl dan Ddeddf Hawlfraint,
Dyluniadau a Phatentau 1988 i gael ei gydnabod fel awdur y llyfr hwn.

Cedwir pob hawl.

Noddwyd gan Lywodraeth Cynulliad Cymru

Cysodwyd gan Wasg Dinefwr, Llandybïe, Sir Gaerfyrddin

Argraffwyd a rhwymwyd yn y Deyrnas Unedig
gan CPI Cox & Wyman Ltd, Reading, Berkshire.

www.rily.co.uk

TŶ
DIAL

Bernard Ashley

Addasiad Siân Melangell Dafydd

RILY

Hoffwn ddiolch i Iris Ashley,
Ed a Gloria Holbrook, Edgar Francis a
Terry Mott am eu cymorth gyda fy
ngwaith ymchwil ar gyfer y gyfrol hon.

PENNOD 1

'Be ti'n feddwl? Ydi o'n dda neu beidio?'

'Da. Hollol wych!' meddai Sophia Micheli.

Roedd ei ffrind gorau, Elise, wedi bod yn dod i Glwb 17 am rai wythnosau cyn i Sophia gael caniatád i ddod, ac roedd golwg wrth ei bodd arni o weld y wên Micheli.

'Ac mae o – yn fancw – yn foi neis,' meddai Eli.

'Jon?' cododd Sophia ei hysgwyddau. 'Ie, wel, roedd o'n ocê...'

Daliodd Eli'n dynn wrth y rheilen ar y bws wrth iddo yrru i lawr y Stryd Fawr fel coets fawr ar ffo. '*Jon? Jonny* ti'n feddwl.' Tynnodd wyneb ar ei ffrind, Sophia, i ddangos ei bod yn teimlo embaras ar ei rhan. 'Does neb byth yn ei alw'n *Jon.*'

'Ond mi wnes i!' glynodd Sophia wrth y rheilen hefyd. 'Ddywedodd o ddim byd: ro'n i'n meddwl mai dyna oedd ei enw fo. Jon Elite. Fel, *Jon Sbesial,* ben ac ysgwyddau uwchben... mi wnes i hyd yn oed ddweud wrtho fo...'

Gwichiodd Eli wrth chwerthin, chwerthin yn wyneb Sophia ac yna bownsio i gyfeiriad arall, gyda thafliad y bws. 'Soff, ti'n *bonzo*! Jonny Leete 'di 'i enw fo. O ystâd Paxton. *Jon Elite* – alla i fetio ei fod o 'di mopio efo dy gamgymeriad di – y toff!' Ond roedd

5

Eli'n fêt. 'Tro nesa', jest galwa fo'n Jonny. Paid â gwneud dim byd ohono fo. A gofynna a oes ganddo fo ffrind i fi!'

Stopiodd y bws gydag ysgytwad; y brêcs diddim yna eto. Neidiodd Sophia allan drwy'r drysau dwbl oedd wedi hen golli eu sbring. Cododd ei llaw ar Eli gan ei bod hi'n aros ar y bws ychydig yn hwy, a phlymiodd i adwy drws Boots er mwyn sychu ei gwefus â *wet-wipe*, ac yna ei llygaid. Roedd hi wedi gadael y tŷ heb golur, felly gwell oedd iddi fynd yn ôl adref hebddo hefyd – pwy oedd eisiau gwahodd y Trydydd Rhyfel Byd?

'*Ti'n gwisgo colur!*'

'*Tydi Eddie Izzard hefyd?*'

'*Mae o'n* transvestite.'

'*Ga' i wisgo siwt Dad?*'

Sgwrs arferol rhyngddi hi a'i mam: Sophia Micheli o'r New Girls a Lesley Micheli, dylunydd theatr oedd wedi arfer â bywyd gwyllt yn fwy na bywyd tawel. Roedd hi a Sophia fel dwy gath na fyddai rhywun yn meiddio eu rhoi yn yr un sach, felly roedd gadael i Sophia aros allan yn hwyrach na deg o'r gloch wedi bod yn gam anferth yn hanes menywod. Gan fod ei thad yn gweithio fin nos, roedd ei mam wedi croesawu'r syniad o ganiatáu i Sophia fynd allan efo Eli yr un mor eiddgar ag y byddai hi'n croesawu cur pen; ond roedd ei thad wedi bod yn fodlon gyda'r ffaith fod disgo plant o dan ddeunaw nos Sadwrn y Gymdeithas Eidalaidd yn mynd i fod yn ddi-gyffuriau, ac wedi rhoi darlith iddi am sut i fihafio – ac roedd hi wedi mynd. Doedd dim angen mynd o flaen gofid am ragor o nosweithiau allan yn y dyfodol tan iddi ddod yn ôl adref o'r noson hon yn gyntaf.

Edrychodd Sophia yn y drych bach roedd hi'n ei gadw gyda'i cholur o dan waelod cardfwrdd ei bag ysgwydd. Y ffordd yn glir. Ond fod ei mam yn medru datgelu *glitter* mewn pelydryn o haul, gweld conffeti gwyn mewn storm eira. Er mor drwchus oedd cynfas ei bag gwaith cartref, roedd ei mam yn gweld trwyddo a thrwy'r llyfrau yr holl ffordd at ei chylchgrawn *Teenscene*. Ac roedd Sophia yn ei brynu'n bwrpasol er mwyn cythruddo ei mam.

'Wedi bod yn gwastraffu d'arian eto?'

'Fel dŵr drwy dy fysedd!'

Heno, fe fyddai ei mam wedi bod yn eistedd ar ben y cloc fel iâr yn disgwyl i gyw ddeor, yn aros i Sophia gyrraedd adref, yn saff o beryglon gogledd Llundain fin nos. Roedd ei thad wedi caniatáu hyn – roedd yn rhaid ymddiried ychydig mewn merch o'i hoedran hi – felly ni fyddai ffrae fawr ar ôl dod adref wedi helpu iddi hi ddod allan o'r sefyllfa'n fuddugoliaethus; nid os oedd hi am gael mynd allan ar nosweithiau Sadwrn i'r Clwb 17. Os oedd Sophia eisiau gwneud yn siŵr fod ei thad yn cael adroddiad da, roedd yn rhaid iddi weithio gyda nhw.

Tynnodd ei siwmper ddu allan o'i bag a'i gwisgo, gan dynnu wyneb wrth gau dau fotwm uchaf ei blows. Llaciodd ei gwregys a gostwng ei sgert. Nid oedd hynny'n ddigon: dechreuodd gerdded gan

7

blygu ei choesau ychydig, er mwyn gwneud yn siŵr nad oedd ei choesau'n edrych mor hir ac mor noeth, a cheisiodd lenwi ei phen â meddyliau di-ddim merched bach ysgol da fel gwaith cartref Addysg Grefyddol, unrhyw beth i dynnu'r wefr allan o'r Bullseye roedd hi wedi'i yfed ac i wthio'r atgof o Jonny Leete yn ei swyno am Spurs o'i phen. Felly, gyda'r gred fod ganddi'r meddylfryd cywir, canodd gloch y drws.

Ni ddaeth ei mam ar ei hunion, yn amlwg yn chwarae gêm cŵl: dim chwipio'r drws yn agored a gofyn, 'Lle'r wyt ti wedi bod?' Yn hytrach na hynny, cymrodd ei hamser. Yna, 'Lle'r wyt ti wedi bod?'

'Os ti'n meddwl ei bod hi'n hwyr...'

'Ddwedais i mo hynny.' Er hynny, roedd hi'n edrych ar ei horiawr ac yn ysgwyd y mymryn lleiaf ar ei phen.

'Ac mi gafodd Eli a fi amser da, diolch.'

'Iawn.'

Aeth Sophia tuag at y grisiau. Roedd hi angen golau llachar i wneud yn siŵr fod popeth yn iawn gyda'i cholur.

'Mae 'na badiau bach tynnu colur yn y cwpwrdd.'

'Gwych.'

Ni newidiodd Sophia'r olwg gaeedig ar ei hwyneb – ond, *Mama Mia*, roedd y gelyn yn bwyta allan o'i llaw! Fel pan brynwyd ei bra cyntaf hi – pan oedd hi eisiau un du ac wedi'i gael o; yn bygwth gadael i bethau hongian yn rhydd fel arall.

A dyna ni. Câi Sophia Micheli fynd i glybio bob nos Sadwrn yng Nghwb 17.

Y noson honno, dair milltir i'r de-orllewin, roedd Piccadilly Circus yn llawn pobl yn clybio. A thwristiaid, a gwerthwyr cyffuriau a'u cwsmeriaid. Ymhellach i lawr y stryd yn Leicester Square, byddai portreadau yn dal i gael eu peintio am hanner nos a rhosod yn cael eu prynu i fenywod gafodd eu bradychu. Traffig yn stond, pobl yn gwau am ei gilydd, bysedd yn bachu waledi, bariau gorlawn a chiwiau'n nadreddu o ddrysau clybiau; y rhan fwyaf ohonyn nhw'n ferched yn eu tatŵs ysgwydd a'u sgertiau mini, yn swingio bagiau ysgwydd tewach na'u boliau. Roedd hi mor olau â chanol dydd, ond â lliw gwahanol i'r golau, gyda hysbysebion neon ar garlam a fflachiadau glas argyfwng yr heddlu, popeth yn fwy o chwrligwgan na reiat, gyda'r siarad a'r gweiddi a'r sgrechian, y refio ceir a'r *whoop* seirenni. Nid yw Llundain byth yn cysgu, go iawn – dim ond ceisio'i gorau glas i'w gwneud ei hun yn anymwybodol y mae hi.

Drwy hyn i gyd roedd tad Sophia, Antonio Micheli, yn nyddu, ei sacsaffon yn ei gas gloyw, ei wythfed jobyn yr wythnos honno yng ngherddorfa sioe *Carousel* wedi gorffen ac yfory'n ddydd Sul, dydd i orffwyso. Ond ar hyn o bryd, roedd yn rhaid croesi Regent Street a mynd i mewn i orsaf Piccadilly Circus – cymryd y Bakerloo Line allan i Seven Sisters – taith fyddai'n cymryd deugain munud o leiaf; gyda Sophia, plîs o Fair Sanctaidd, adref yn saff ar ôl ei noson fawr allan yng Nghlwb 17. Roedd wedi meddwl amdani sawl tro yn ystod ei berfformiad heno, ei fysedd wedi'u croesi i sicrhau ei diogelwch: a bu bron iddo fethu â dod i mewn yn y lle cywir gyda'r sacs yn yr ail act, o boeni cymaint amdani, felly allai o ddim aros i gyrraedd adref drwy dwrw gorllewin Llundain.

Safodd wrth oleuadau'r groesfan o flaen criw anferth o bobl. Roedd giang o ferched wedi methu mynd i mewn i glwb Galaxy ac yn anelu tuag at Shaftesbury Avenue i'r Xtreme – pob un yn gwmwl o gwm cnoi Wrigleys, sigarennau Mayfair a'u hysgwyddau'n rhynnu. Edrychodd arnyn nhw gan wybod y byddai Lesley wedi gwneud i Sophia fynd â chot efo hi neu siwmper yn hytrach na gadael iddi gerdded Seven Sisters Road yn hanner noeth fel y merched hyn. Yn ôl adref yn Alássio, fe fyddai hi wedi gwisgo mwy yn yr haul nag oedd am y merched hyn yn yr oerfel. Roeddech chi'n byw i guriad yr unfed ganrif ar hugain yn y ddinas neu doeddech chi ddim yn byw o gwbl. Roedd bywyd yn digwydd lle'r oedd gwaith, ac roedd yn rhaid delio â'r hyn oedd o'ch cwmpas chi ar y telerau hynny.

Ac ar hyn o bryd, yr hyn oedd yn amgylchynu tad Sophia oedd rhwystredigaeth; plant yn poeni eu bod yn colli allan ar nos Sadwrn yn clybio. Roedd y groesfan yn dal i ddangos dyn bach coch ond roedden nhw'n pwnio a gwthio wrth aros am y gwyrdd fel haid o redwyr mewn ras.

'Mae o fyny fancw.'

'Rownd i'r chwith.'

'Dwi'n nabod boi ar y drws...'

Snwffian.

'Roeddwn i! Unwaith.'

'Nath o dy adael di i mewn?'

'Naddo.'

'Handi.'

Ac fe ddiflannodd y dyn coch, ymddangosodd y gwyrdd. Fel argae wedi torri, rhuthrodd y merched i'r ffordd, gorlifiad o ysgwyddau a strapiau – a gyda'r llif, gan fethu atal ei hun, cafodd Antonio Micheli ei gario gyda nhw. Yn ddiymadferth, gwelodd fan wen fudr yn anelu'n syth tuag ato o'r chwith, Transit yn refio ac yn cael ei ddilyn gan olau glas yn fflachio a seiren yn gwichian o gar heddlu. Roedd y fan yn saethu tua'r goleuadau ac yn sgrechian tuag at Haymarket – ac nid oedd unrhyw ffordd o atal y gyrrwr oedd â'i droed i lawr ar y sbardun i'r eithaf, eisiau dianc ac yn meddiannu'r ffordd. Ond roedd tad Sophia yn y ffordd ac wedi'i wthio i lwybr y fan wrth i'r criw o'i amgylch ruthro i groesi'r ffordd. Mater o siawns oedd hi – pwy fyddai'n ennill – ac mae'r siawns hwnnw o hyd yn gweithio o blaid yr un mewn car.

Tarodd ochr y fan Antionio Micheli yn galed ar ochr chwith ei belfis. Taflodd ef i fyny ac i'r ochr, a chraciodd ei ben yn erbyn dodrefnyn metel y stryd – polyn arwydd yn dangos y ffordd ymlaen – gyda chlep digon caled i wneud i'ch stumog droi ben ei waered. Wnaeth y fan ddim aros, na'r merched oedd yn sgrechian wrth iddyn nhw hefyd bron â chael eu taro, ond a oedd yn dal i redeg, i mewn i Xtreme.

'Be 'di 'i enw fo?'

'Ar y drws? Nath o'm dweud. Pwy sy'n gwneud, y pen yma i'r ddinas?'

A dyna oedd y geiriau olaf i Antonio Micheli eu clywed, ei gorff mor rhacs â'i sacsoffon yn ei gas toredig.

Ni fyddai wedi bod yn fwy na chynrhonyn marw mewn clwyf i'r dyn a edrychai i lawr o swyddfa llawr cyntaf Clwb Galaxy. I lawr y grisiau, roedd y curiad mor drwm â phlwm, ond i fyny yn y fan hyn, roedd pethau'n dawelach – mewn mwy nag un ffordd. Yn hollbwysig i'r dyn hwn, nid oedd un sŵn yn y weiren ffôn – roedd yr heddlu'n gwrando ar ei sgyrsiau ym mhobman arall. Nid ei glwb o oedd y Galaxy, yn yr ystyr nad ef oedd ei berchennog, ond ef oedd piau o, yn yr ystyr mai fo oedd yn rheoli'r rhan fywiog hon o orllewin Llundain yn llwyr. Os oedd Frank Leonard eisiau dod draw, dyna'n union roedd o'n ei wneud; a heno roedd o eisiau dod draw. Roedd ei Faenordy yng Nghaint wedi'i fygio, yn ddi-os; ni allai fod â ffydd yn yr un soced drydan, ac roedd gan bob ffôn ryw eco bychan fel pe bai wedi'i gysylltu â'r gofod. Ffonau lôn hefyd. Waeth iddo fod wedi cynnal pob un sgwrs ar bumed llawr Scotland Yard ddim. Ond roedd clwb Galaxy Dave Sewell yn lân. Nid oedd wedi bod ar agor ddigon i'r glas ddechrau cadw golwg arnyn nhw, felly gan fod arno angen derbyn galwad gyfrinachol, roedd hwn yn lle da i fod.

Dyn bach oedd Frank Leonard a golwg fel Hitler arno, ond heb y mwstas; yr un llygaid genau-goeg a'i geg wastad wedi'i dynnu'n dynn fel petai'n bwyta rhywbeth drwg. Roedd pobl yn wyliadwrus ar yr adegau prin hynny y byddai'n gwenu. Nid fod y bobl leol yn gweld llawer ohono y tu ôl i waliau Maenor Cors Ganol yng nghefn gwlad dawel Caint, gwrthgyferbyniad llwyr i Lundain – y sŵn, chwys y brifddinas orlawn – lle'r oedd o wrth ei fodd yn treulio'i amser. Llundain oedd y lle iddo weithio: amddiffyn, elwa o'r merched, gamblo, a'r peth pennaf: cyffuriau. Yn ogystal â'r ffaith mai fan yma roedd o wedi lladd. Roedd wedi derbyn dedfryd oes am lofruddio unwaith yn barod, gwyddai ble i ganfod gweddillion ambell i un arall o ddwyrain Llundain os nad oedd y pysgod wedi gwledda arnyn nhw'n barod; ac ni fyddai'n meddwl ddwywaith cyn torri braich neu losgi merch ddel. Nid oedd neb o'r ddinas yn dweud na wrth Frank Leonard os oedd o eisiau ffafr. Roedd gan y dyn bŵer. Roedd hi'n talu i'w ofni.

Canodd y ffôn yn y swyddfa. Trodd o'r ffenestr a nodio ar Sewell i'w ateb.

'Galaxy.'

Mae'n rhaid bod y llais ar yr ochr arall wedi dweud rhywbeth ystyrlon. Heb air, rhoddodd perchennog y clwb y ffôn i Leonard a gadael yr ystafell ar frys:

doedd pobl ddim eisiau gwybod dim nad oedd yn rhaid ei wybod am weithgareddau'r dyn hwn.

'Ie?' meddai Leonard. Gwrandawodd. 'Ti'n dweud fod hyn yn digwydd, yn mynd yn ei flaen, go iawn, wyt ti?' Gwrandawodd eto, a heb air arall, rhoddodd y ffôn yn ôl yn ei grud a gadael y swyddfa – gan anelu at y lle parcio tanddaearol a'r A20 i Gaint. Ar ei wyneb, roedd arwydd o wên.

Erbyn dau o'r gloch y bore, roedd Lesley Micheli'n poeni. Fe wyddai Sophia. I fyny'r grisiau, ni allai gysgu, gan fod synau nos Sadwrn a'i seirennau i'w clywed ar hyd y Seven Sisters Road, a chymaint i bendroni yn ei gylch. I lawr y grisiau, roedd ei mam yn gwybod yr un peth â hithau – fod y sioe bob amser yn gorffen yn union yr un amser, i'r funud, a bod y band bob amser allan cyn i'r drysau gael eu hagor i'r cyhoedd. Doedd ei thad byth yn hwyr. Gallai glywed ei mam wrth y tegell, yna wrth y tegell eto hanner awr yn ddiweddarach; yna'r drws ffrynt, yna gwneud paned arall.

A dyna pryd ddaeth yr heddlu. Yn gyntaf roedd sibrwd lleisiau, rhywun caredig, ac yna sgrech sydyn gan ei mam wrth i Sophia redeg i lawr y grisiau. Ffrwydrodd i mewn i'r ystafell i weld Lesley yn griddfan ac yn gryndod i gyd, gyda braich plismones am ei hysgwyddau. Brysiodd at ei mam a syllu i'w hwyneb i ofyn y cwestiwn roedd hi'n gwybod yr ateb iddo'n barod. Roedd ei thad yn farw.

'Sut? *Pam?*'

Teimlodd Sophia gwestiynau ei mam drwy esgyrn ei brest, dwy gath bellach heb eu crafangau. Dywedodd y plismon rywbeth am rywun a ddrwgdybid o werthu cyffuriau yn mynd drwy'r goleuadau coch.

Sychodd Lesley law dros ei llygaid. 'Toni. Ble mae o?'

'Ysbyty Middlesex.'

'A does dim gobaith...?'

Ysgydwodd y plismon ei ben. 'Na, cariad. Dim gobaith.'

A dechreuodd Lesley Micheli wylofain fel galarwraig dros yr holl fyd. 'Dim fo roeddwn i'n poeni amdano'n methu dod adref!' Cofleidiodd Sophia yn dynn, gan grynu, brifo – cofleidio, rhywsut fel petai Sophia wedi newid patrwm pethau wrth fynd allan; bod Sophia wedi gwneud heno'n wahanol. A chofleidiodd Sophia hi'n ôl, gan anghofio pa mor hir yr edrychai ei choesau bellach; ddim yn crio, allai hi ddim – ar hyn o bryd roedd yn rhaid iddi fod yn gefn.

'Y lle blydi afiach yma!' Roedd wyneb truenus Lesley yn wylofain ar Lundain gyfan. Daliodd Sophia'n dynn wrth iddi siglo, a'i harwain at gadair, lle cwympodd, crebachu'n ddim ac ysgwyd.

Gwnaeth y plismon ryw sŵn craclo i'w radio, y cwbl mewn côd er lles y rhai mewn profedigaeth. Aeth i chwilio am y tegell, a doedd hwnnw heb gael cyfle i oeri drwy'r nos. Llithrodd Sophia i le lle gallai ddal llaw ei mam, a hwnnw mor oer â marwolaeth. Sibrydodd eiriau dibwys i'w chlust, ond roedden nhw wedi eu gwahanu gan agendor anferth – ni allai feddwl am unrhyw beth i'w ddweud a fyddai'n gysur i'r ddwy ohonyn nhw. Nid oedd ei thad wedi bod yn sâl, roedd wedi bod ar uchafbwynt ei egni cerddorol, nid oedd yn hen, nid oedd trafferthion ganddo, ac roedd wedi'i charu, ei charu, ei charu. Ac roedd wedi mynd. Am byth.

Roedd angen dirfawr wedi'i phoenydio nes iddi fod ar ei phen ei hun – ac roedd hynny bron ar doriad gwawr, ar ôl cofleidio'i mam i gysgu. Estynnodd Sophia'r dyddiadur â chlo metel, yr un yr oedd ei thad wedi'i roi iddi ar ei phen-blwydd, a'i agor am y tro cyntaf; rhywbeth a oedd bron yn rhy anodd ei wneud rhwng ei bysedd crynedig a'r allwedd bach. Ac ynddo, dechreuodd ysgrifennu geiriau na allai hi fyw heb roi cynnig ar eu hysgrifennu heno, geiriau cân merch i'w thad:

Roeddet ti'n arfer cerdded i mewn, ben ac ysgwydd
uwchben pawb,
Dweud wrtha i beth oedd y gwahaniaeth rhwng da
a drwg,
Gwenu gan adrodd straeon o'r sioe,
Chwarae'r sacs o'r stafell lawr llawr.
A nawr mae'r pechadur 'na 'di lladd dy gân—
Wedi dy droi di'n fud am byth.
Ond mi fydda i wastad yn canu i ti
Mewn sgribls bach preifat, unawdau tlws—
Am bwy ydw i ac i ble rwy'n mynd:
Penillion i Antonio.

'Y bastard Llundain yma!' deffrodd Lesley'n sydyn a gweiddi. 'Troseddwyr, sŵn, drewdod, traffig, *marwolaeth*!' Craciodd ei llais a chwynfanodd yn ei gwely fel plentyn tair oed oedd wedi colli ei mam yn y farchnad. 'Toni fi!' Ac eto, aeth ati i wylofain nes bod y waliau'n crynu.

Llithrodd Mercedes gwyn Frank Leonard drwy giatiau Maenor Cors Ganol, y teiars yn crensian ar y ffordd breifat a hynny heb arafu ar gyfer y gath yn ei ffordd. Un ai roedd y gath yn symud neu'n marw: roedd defnyddio gormod ar y brêcs yn creu marciau hyll ar y ffordd. Neidiodd y gath a gyrrodd y car i mewn i'r garej yn yr hen stablau drwy ddrws awtomatig.

Wedi dod allan, aeth Frank Leonard i mewn i dŷ tywyll. Cerddodd gydag ymyl pwll nofio a dod at gegin lle aeth i nôl tun o donic o'r oergell. Cododd ei glustiau wrth glywed sŵn traed wrth y drws, ond ni throdd. Safodd ei wraig Bev yn y drws, menyw dal, â choesau hir, ei hosgo'n urddasol o hyd. Roedd hi ugain mlynedd yn iau nag ef, unwaith yn fodel eurwallt luniaidd, yn teithio i Parkhurst bob cyfle gâi hi. Roedd hi wedi bod yn cysgu yn y llofft; marciau plygiadau'r dillad gwely yn rhedeg ar hyd ei bol.

'Wyt ti eisiau swper neu rywbeth, Frankie?' Rhoddodd un law y tu ôl i'w phen, ond ni symudodd ar wahân i hynny.

'Na – mae gen i rywbeth i'w wneud.'

'R'on i'n meddwl byddet ti isio rhywbeth...'

Rhegodd arni. 'Dwi di dweud wrthot ti, mae gen i waith meddwl i'w wneud.' Agorodd y tap i'r pen;

rhoi'r radio ymlaen. 'Mae rhywun dwi'i isio yn cael ei symud.'

Drwy godi ei gên, gofynnodd pwy.

'Rhywun sy'n newid carchar, Wyck Hill i Garside.'

'Mae ganddo enw, y boi yma, oes?'

''Di hynny'n ddim i ti.'

Pwdodd Bev. 'Roeddet ti'n arfer dweud y pethau 'ma wrtha i, Frankie. Roedden ni'n arfer rhannu pob math...'

'Wel, dim rŵan.'

'Ro'n i'n arfer bod yn ffrind i ti...' Oedodd Bev a throi i ffwrdd. 'Felly, mae gen ti waith meddwl i'w wneud,' meddai. 'Ar dy ben dy hun bach.' Ac aeth yn ôl i'r gwely, gan esgus peidio â chlywed yr enw bach budr y galwodd o ar ei hôl.

Gan dy wraig gariadus. Gorwedd mewn hedd, fy nghariad Toni. Les XXX

Bychan oedd blodau Lesley, glas a phiws a pharchus. Un carnasiwn gwyn oedd gan Sophia, y blodyn y byddai ei thad yn ei roi yn ei dwll botwm ar bob noson agoriadol.

I'r Dad gorau erioed, y chwaraewr sacs mwyaf cŵl erioed – gan dy ferch Sophia. XXXXX

Roedd mam weddw Antonio Micheli – *Nonna* Sophia – yn dew ac yn araf ac mewn du – wedi postio enw ei mab ar gardiau bach gwyn ag ymylau du ar hyd strydoedd Alássio. Drwy'r dydd heddiw, roedd hi'n cael cymorth i fynd i mewn ac allan o geir neu o gadair i gadair gan ewythr oedd wedi dod gyda hi; tra bo Nain a Taid ochr arall y teulu wedi dod o

Leeds ac yn llawn bwrlwm prysurdeb pethau ymarferol. Yr hyn roedd Sophia ei angen oedd cofleidio rhywun; yr hyn gafodd hi oedd wylofain o un ochr a phaneidiau o de o'r ochr arall.

Roedd y seremoni yn un Catholig ac yn un hir, ymateb pawb yn cael ei foddi gan suo loriau'r A10; ac roedd y claddu ym mynwent Eglwys Babyddol Enfield ar goll yn y sŵn dinesig o dan lwybr hedfan Heathrow lle'r oedd jetiau trwm yn taranu i mewn i lanio; mor swnllyd fel bod Sophia'n cael trafferth clywed y pridd yn taro arch ei thad. Ond roedd un sŵn roedd hi'n siŵr y byddai'n ei gofio am byth, sef sŵn adran bres sioe ei thad yn sefyll wrth ochr y bedd, yn chwarae 'You'll Never Walk Alone'. Gafaelodd yn dynn yn llaw Eli a chrynu, yn union fel yr oedd hi wedi crynu ar y bws adref y noson bu ei thad farw.

'Cer â fi o'ma!' meddai Lesley wrth ei brawd, Mike, drwy ei dannedd, y weddw yn tynnu'n sydyn oddi wrth y twll yn y ddaear. Gwnaeth y bobl le iddi, ac aeth Sophia hefyd.

'I ble?' gofynnodd Mike. 'I'r festri? Wyt ti eisiau mynd yn y car?' Roedd yn ei dal fel petai hi wedi'i hanafu.

Sythodd Lesley fel ffon a throi ato â llygaid gwyllt. 'Na! Cer â mi'n ddigon pell oddi wrth hyn i gyd!' Ysgydwodd ei dwrn lês du i gyfeiriad 747 wrth i hwnnw basio'n isel uwch ei phen. 'Dwi isio bod lle mae 'na heddwch a thawelwch! Digon pell oddi wrth y troseddwyr a'r sŵn a'r budreddi yn Llundain!' Â'i dwylo'n dynn dros ei dwy glust, rhedodd fel rhywun mewn syfrdan tua'r ffordd brysur.

PENNOD 2

Roedd Sophia newydd gerdded i mewn i'r tŷ o'r ysgol.

'Dwi eisiau gair efo ti.'

'Dwi yma, tydw?'

'Be ddiawl ydi'r gêm yma rwyt ti'n ei chwarae?'

'Esgusoda fi?!'

Dechrau'r ffrae gyntaf. Ond Sophia oedd yn pwyntio'r bys ac hi felly oedd ar y blaen, nid Lesley. Mis wedi marwolaeth eu dyn ac roedd y ddwy yng ngyddfau ei gilydd, Lesley yn dal yn ei du, Sophia yn ei gwisg ysgol. Roedd hi ond newydd ddweud 'Wela i di!' wrth Eli a dod trwy'r drws i weld ei mam ar y ffôn gyda gwerthwr tai, yn ddifrifol – yn siarad yn ddifrifol – am werthu.

'Roeddet *ti*'n ypset yn y fynwent – O, Fair Sanctaidd! Do'n *i* ddim yn ypset?!' Aeth Sophia yn ei blaen.

'Paid â chablu, plîs.'

'Be di'r ots? Dwi'n siŵr fod Duw yn poeni mwy am be ti'n ei wneud i mi ar hyn o bryd.'

'Sef: dim byd o'i le!' Roedd Lesley'n cynhesu i fod yn flin bellach.

'*Madre*, roedd gen ti bob hawl i fod yn ypset yn yr angladd...'

'Diolch!'

'Fel y gweddill ohonon ni. Roedden ni i gyd yn ypset. Nonna. Fi. *R'on i!* Dwi *yn* ferch iddo fo, neu mi ro'n i, 'ta wyt ti wedi anghofio?' Taflodd Sophia ei bag ysgol ar hyd yr ystafell fyw ac i'r gornel, gan ysgwyd lamp dal. Gwthiodd ei bysedd drwy ei gwallt cwta, yn gyflym. 'Rydyn ni'n gwybod sut fuodd o farw ac rydyn ni'n casáu'r *sgỳm* yna. Roedden ni i gyd yn casáu'r fynwent ddiawledig yna gyda'r awyrennau a'r sŵn—'

'*Ond?*'

'Ond tydi hynny ddim yn rheswm i adael i'r peth ein herlid ni o 'ma rŵan, o lle 'dan ni'n byw. Lle *dwi'n* byw, lle mae Eli a fy ffrindiau i gyd yn byw, lle mae'r ysgol...'

'O, ti'n poeni am dy addysg? Mae hynny'n newydd-ion i mi!'

Roedd croen Sophia wedi troi'n oer a'i bol fel carreg. Roedd hi eisiau taro ei mam am ei hateb crawclyd, cyflym – gwell oedd iddi fyrstio allan o'r ystafell cyn i hyn fynd yn rhy bell. Ond arhosodd yno. Nodweddiadol.

'Dwi'n poeni am fy *mywyd!*' gwaeddodd. 'Yma dwi'n byw, dyma lle dwi'n perthyn...' Chwifiodd Sophia ei breichiau o amgylch yr ystafell, fel pe bai hi'n ceisio cynnwys Tottenham a gogledd Llundain gyfan. 'Dyma *fi!* Dyma Sophia Micheli!'

Tarodd Lesley ei brest ei hun. 'A dyma *fi!* Ac rwyt ti'n perthyn lle bynnag mae dy fam yn penderfynu! Iesu, ferch—'

'Paid â chablu, plîs!'

'—mae pobl yn symud! Fe symudodd dy dad! Rydyn ni i gyd yn symud!'

'Am reswm. Ar gyfer swydd, neu i briodi...'

Arafodd Lesley'r sgwrs yn sydyn. 'Ac i fod yn weddw, Sophia! Dwi isio bod allan o'r lle cas, drwg, Llundain yma!' – chwifiodd rhyw bapurau am dai yn wyneb Sophia – 'ac yn fwy na hynny – rydyn ni'n mynd!'

Dim ond syllu ar ei mam flin, drallodus wnaeth Sophia, a methu meddwl am ddim byd arall i'w ddweud fyddai'n unrhyw beth ond dros-ben-llestri.

'Gwranda,' meddai Lesley gan dawelu ychydig, gostwng o'r berw i fudferwi, 'mae hyn i gyd o'n cwmpas ni yn golygu fi a fo.' Chwifiodd hi ei breichiau o amgylch yr ystafell, nawr. 'Mae popeth yn atgof, hyd yn oed be dwi'n ei wneud, fy ngwaith theatr. Mae o i gyd yn golygu'r hen fywyd, yr hen Lesley Micheli. Dwi isio dechrau newydd, yn ddigon pell o'r lle 'ma a Llundain a be mae o'n ei olygu i mi.'

Taflodd Sophia ei hun yn ôl i'w chadair esmwyth. 'Mae hynna'n wirion!' meddai. 'Mae'r lle 'ma, Llundain, yn golygu bo ti jest yn dechrau gwneud enw i ti dy hun. Felly, i ble wyt ti'n fy llusgo i? Rhywle lle medra i gadw mewn cysylltiad ag Eli?'

Safodd Lesley ac edrych arni, ei gwefusau'n dynn, yna agorodd nhw ychydig, gan anwybyddu canmoliaeth ei merch i'w gyrfa. 'Dwi'n dy *lusgo* di i ble bynnag dwi isio!' meddai, wrth iddi fynd yn ôl at y ffôn a chipio'i nodiadau gwerthwr tai.

*

Awyr oedd y cwbl. Tra bo gogledd Llundain yn swyddfeydd a blociau fflatiau tal, roedd Cors Romney yn laswellt isel ac awyr glir o'u traed hyd at y nefoedd. Safodd Sophia ar ffordd wag o flaen y tŷ ac edrych allan ar hyd y byd fflat tuag at y môr. Hanner awr yn gynharach roedd ei mam wedi sefyll yma, agor ei breichiau yn llydan a chodi ei hwyneb at yr haul, gan ei droi'n araf o'r chwith i'r dde i werthfawrogi'r gofod a'r heddwch. Pa mor drist allai hi fod? Wrth sefyll yn yr union fan rŵan, crynodd Sophia drosti. Roedd hi mor dawel yno fel gallai rhywun glywed madfall yn anadlu. Brawychus! Iddi hi ac Eli, roedd tawelwch yn ymyrraeth ar eu meddyliau; yn y lle hwn fe fyddai hi'n gwybod fod beic rhydlyd yn dod i'w chyfeiriad hi o hanner milltir i ffwrdd. Nid nepell oddi wrthi, canodd aderyn a brefodd dafad yn y corstir. Oni bai am hynny: dim. Cymaint o ddim byd diflas.

Roedd Sophia wedi bod yn troedio pob tamaid o'r tŷ anghysbell, gwag ers sbel, felly gyda'r arwydd 'Ar Werth' y tu ôl iddi a'i mam ac Wncwl Mike yn trafod gyda'r gwerthwr tai y tu mewn, i ffwrdd â hi. Nid oedd hi eisiau ffrae arall, nid yma, fe fyddai'n cael ei chlywed yr holl ffordd yr ochr arall i'r Sianel yn Ffrainc. Petai hi yn y tŷ, fe fyddai'n gweiddi ar ei mam am ei thwpdra, am ei bod eisiau pacio popeth a mynd o Lundain i gefn gwlad. Doedd ei thad prin yn oer yn ei fedd eto ac roedd hi'n trafod mynd â nhw ymhell o bopeth yr oedd o wedi'i adnabod a'i gynrychioli. Roedd Antonio Micheli'n dod o'r Eidal, roedd o'n foi cosmopolitan, roedd wedi chwarae'r clarinét a'r sacs yn yr opera yn Rhufain ac wedi dechrau byw bywyd Llundain ar ôl cyfarfod â Lesley ar sioe roedd hi wedi cynorthwyo i'w dylunio. Pwrpas ei fywyd oedd *show biz* y ddinas; a hithau hefyd. Fel Lesley Bates roedd hi wedi bod yn ferch o Leeds ac yna'n ferch o Lundain; fel Lesley Micheli roedd hi wedi bod yn ddylunydd sioeau fyddai'n teithio i rai o ddinasoedd mwyaf y byd. Bellach, roedd hi'n chwilio am hen flancedi trwm cefn gwlad i guddio oddi tanynt, a mynd ar goll yn y corsydd. Er ei mwyn hi ei hunan a neb arall. A phan ddoi hi at Sophia, wel, pa ferch o Glwb 17, sy'n adnabod Jon Elite, fyddai eisiau byw lle'r oedd clywed dafad yn brefu yn newyddion mawr?

'Ma gan y lle 'ma ddau enw.'

Neidiodd Sophia. Roedd hi mor dawel ag anialwch yma fel nad oedd hi wedi clywed neb yn dod o ganol nunlle. Ond dyna wnaeth o – hen ddyn yn sefyll ar yr y llain laswelltog, wedi crymu, yn gwenu, gyda'r math o wyneb y byddai rhywun yn ei weld wedi'i gerfio yn hen fonion coed Finsbury Park, yn gwisgo cap stabl oedd yn edrych yn hŷn nag ef ei hun hyd yn oed. Daeth syniad o'r unlle – ysbryd y gors oedd o. Oedd o'n Gannwyll Corff? Ond doedd y fath beth ddim yn bodoli – dim ond dyn budr oedd o, mae'n debyg; maen nhw i'w cael ym mhobman. Tynnodd ei gap er mwyn sychu ei wyneb. 'Pen y Gors, dyna rwyt ti'n ei weld yn fancw.' Roedd gan ei lais dôn uchel iddo, ac roedd yn sisial fel hances.

A? Edrychodd Sophia. Roedd yr arwydd wedi'i hoelio i'r goeden, yn wir, yn dweud Pen y Gors. Fe allai hwn ddarllen, felly, y twpsyn cefn gwlad yma.

'Ond newydd ydi hwnnw.'

Ni symudodd hyd yn oed un cyhyr yn ei wyneb. Petai hi wedi bod gydag Eli, fe fyddai wedi rhoi bys o dan un llygad a thynnu'r croen i lawr. Pwy wyt ti'n ceisio'i dwyllo, boio? *Newydd?* Roedd arwydd enw'r tŷ yn pydru.

'Yn perthyn i ddyn dŵad, nid i ddyn o'r corsydd. Wnaeth o ddim cymryd ffansi at yr enw iawn, felly mi newidiodd o.'

Dyma ni'n cychwyn ar hanes lleol, nawr! Rhyw dwpsyn cefn gwlad yn byw yn y gorffennol.

'Edrycha di o gwmpas y lle 'ma.' Cerddodd yr hen ddyn tuag at ochr y tŷ hir.

Am eiliad, dychmygodd Sophia y byddai o'n diflannu petai hi'n amrantu, yn diflannu mor gyflym ag yr oedd wedi ymddangos. Byddai hynny'n dda! Ond roedd o'n ymddangos yn ddigon diniwed ac fe ddilynodd hi ef – wel, petai o'n diflannu efallai y byddai hithau'n gwneud hefyd: ac fe fyddai hynny'n rhywbeth! Ailymddangos wedyn ar Tottenham High Road.

'Edrycha di ar ffrâm y drws yna.' Gwingodd ei gorff tuag at yr adeilad ac edrych arno gyda llygaid croes, fel petai modd i'r dyn yma wneud ei hun yn fyrrach nag oedd yn barod. 'Isel, yntydi? Dim yn faint arferol.'

Edrychodd Sophia ar y drws ochr. Yn sicr, roedd o'n fach, ac yn gam. Roedd gan weddill y tŷ ffenestri tal ac roedd y prif ddrws yn un llydan. Y tu mewn, roedd gan yr ystafelloedd nenfydau uchel i lawr y grisiau, ychydig yn is i fyny'r grisiau – ond nid oedd dim byd yno mor sgwat â'r drws hwn.

'Defnyddio coed o longau wnaethon nhw, ar y pen hwn o'r tŷ. Y tŷ gwreiddiol.'

'Ie?' Roedd hi'n medru bod yn fonheddig weithiau.

'Hen ddynion y frwydr. C'lonnau o dderw. Wedi adeiladu eu tŷ o unrhyw hen ddarnau o hen longau wedi'u dryllio oedd ar gael.'

'Ailgylchu!'

'Nage wir: dial' Roedd o'n edrych arni'n daer a gyda golwg hollwybodus. '*Dial*, dyna oedd ei henw hi. Hen law ar frwydr, efo Nelson. Mae'r darnau pren yma wedi gweld gwaed ac angau, dwi'n dweud wrthot ti... Trafalgar – gwneud i ffwrdd ag *Aigle* y Ffrancwyr pan boethodd pethau, ac wedyn dryllio ar y creigiau ger Sheerness.'

'Mae pawb ohonon ni'n dod i'r lan yn rhywle,' meddai Sophia, gan edrych o'i chwmpas ar y gwagle.

'Mae o 'di bod yn wag ers sbel; angen rhywfaint o awyr iach Romney y tu mewn iddo. Ydi dy fam a dy dad am ei brynu?' Roedd o'n cerdded tuag at flaen y tŷ eto, yn syllu ar yr adeilad carreg llwyd fel petai'n dyfalu ei bris.

Ni wyddai Sophia sut oedd hyn yn ddim o'i fusnes o, ond rhoddodd ef yn ei le.

'Dim Dad ydi o. Wncwl.'

'Hm. Mae llawer o bobl yn dweud y math yna o beth.' Ond ni ddywedodd hynny mewn ffordd filain, dim ond fel mater o ffaith. 'Fred Kiff ydw i. A dwed wrthyn nhw 'mod i'n medru gwneud unrhyw beth. Felly os 'di dy Wncwl di'n styc efo rhywbeth, neu ddim yn gwybod y gwahaniaeth rhwng llechi a chrempog, dim ond i lawr y ffordd ydw i.'

Edrychodd Sophia i lawr y ffordd. Dim ond? Welai hi ddim byd ond tir! Doedd dim un adeilad rhwng lle'r oedd hi'n sefyll a'r môr.

'Dim ond tair milltir, lawr yr arfordir rhyw lathen neu ddwy. Ond ar y tel-e-ffôn.' Sillafodd y gair fel y bydd pobl yn ei wneud efo enw rhyw flas newydd o hufen-ia.

'Mi ddyweda i.'

'A dwed, os ydyn nhw eisiau'r hen arwydd, mae o gen i, yn yr iard. Tŷ Dial. Ei le fo ydi fan'ma.'

'Ie siŵr.'

Ac roedd wedi mynd. Ond sylwodd Sophia sut yr aeth. Wrth ochr y ffordd, roedd ffos. Wedi'i glymu i lawr yno roedd cwch, a datododd Fred Kiff y peth mor gyflym â llysywen cors. Felly dyna sut ddaeth o o nunlle. Mae gan bopeth esboniad: fel dod allan yn Paxton Road gan wybod am lwybrau brys yr N17. Mae tric i fywyd, bob amser, ym mhobman.

*

Roedd pysgota yn ffordd hwylus o dreulio amser ar eich pen eich hunan. Doedd neb wedi dechrau rhoi meicroffonau mewn gwylanod eto, felly allan ar y cwch pysgota o Rye, roedd y gwynt yn sugno pob gair allan o geg Frank Leonard wrth iddo siarad nerth ei ben. Ac ar y bore Sul hwn, roedd ei westai yn dioddef o salwch môr – dyn oedd wedi hen arfer â chorddi'r dyfroedd ond nid eu hwylio. Bri Tingle o Bethnal Green oedd o: y dyn mawr oedd yn gwagio tafarndai wrth wneud dim mwy na cherdded i mewn iddyn nhw, oedd yn rhedeg cwmni 'bownsars' ar gyfer clybiau, y dyn oedd yn ddim byd ond cyhyrau, wedi'i reoli ran amlaf gan ymennydd Frank Leonard. Roedd Tingle wedi hyrddio mwy nag un corff dros ochr yr *Hei Lwc*. Ond fyddai o byth yn medru dygymod â salwch môr.

"Di hyn yn mynd i gymryd llawer o amser, Frank?' gofynnodd Tingle. 'Achos, ti'n gweld, sgen i'm mwy o frecwast y tu mewn i mi, i'w chwydu.'

'Dim llawer. Ond fedri di ddim dod allan mewn cwch, ddim ond er mwyn troi yn d'ôl yn syth bin. Cyn belled ag mae gwylwyr y glannau yn y cwestiwn, mae pawb ar daith smyglo: y diawled amheus. Os awn ni 'nôl cyn dal rhywbeth, mi wnan nhw godi pob planc yn y cwch er mwyn chwilio am beth arall rydw i wedi'i ddal.'

Felly, pysgota wnaeth y ddau tra bo meistr y cwch yn cadw ochr fusnes yr *Hei Lwc* o olwg sbienddrych-au'r lan. Dim ond actio pysgota wnaeth Tingle ond roedd Leonard yn grefftus a ffyrnig, byth yn taflu dim byd yn ei ôl, waeth pa mor fach oedd o. Wrth iddyn nhw siarad, roedden nhw'n diberfeddu ac yn taflu ymysgaroedd i'r gwylanod.

'Mae 'na *shanghai* 'mlaen, Bri. Maen nhw'n symud Donoghue...'

'Frenchie? Y sgỳm yna!'

'Wyck Hill i Garside: mewn saith neu wyth wyth-nos.'

'Ie? Pwy ddywedodd wrthot ti? Rhywun ar y tu mewn?'

Llygadodd Leonard wylan. 'Paid ti â phoeni am hynny. Ond mi fydda i'n gwybod yn lle, a sut; mi ga' i'r gair yn union fel y bydd pethau'n digwydd.' Rhwygodd Leonard i mewn i bysgodyn fel petai'n elyn. 'Be dwi isio gen ti—'

'Ti 'di cael fy mrecwast i, Frank, a fy swper i – a dwi ddim 'di bwyta hwnnw eto...'

'Felly, be dwi isio gen ti ydi dy gyts di. Doeddet ti ddim yn meddwl mai trip ysgol Sul oedd hyn oeddet ti?' Bu bron i Leonard wenu – roedd wrth ei fodd ag anghysur.

'Na, mêt, do'n i ddim.' Tingle oedd yr unig un allai ddweud 'mêt' wrth Frank Leonard. Ond roedd o wastad yn medru cynnig rhyw wasanaeth roedd Leonard ei angen. 'Ti isio fo allan o'r ffordd?' Torrodd ei wddf ei hun â'i fys.

Yn sydyn, taflodd Leonard bysgodyn cyfan at wylan, torri ei aden a'i anfon yn fflapian i mewn i'r môr. 'Dwi isio iddo fo gael ei bigo'i fyny, a'i gludo i rywle saff. Mae ganddo fo rywbeth dwi'i angen...'

Taflodd Tingle ddarn neu ddau o sgrap at yr wylan oedd yn marw. 'Dyma ti, boi.' Cododd a chwydu leinin ei stumog dros yr ochr – doedd dim byd arall y tu mewn iddo i ddod allan. Gyda'i ben gloyw, wedi'i eillio'n glòs, ei geg yn llawn cyfog a'i drwyn wedi'i dorri, roedd golwg ddrwg arno.

Cymerodd Leonard lymaid allan o dun o donic. 'Mae o wedi bihafio, aros lle mae o am bum mlynedd fel bachgen da, ac mae o'n mynd i lawr o gategori A i B rŵan. Allan o Wyck Hill i Garside, sy'n golygu fod bywyd yn mynd i fod yn hawdd tan iddo gael dod allan a nôl beth mae o wedi'i guddio. Ond gallwn ni gael ato *fo* ar y daith. Ac mi rydw i isio Frenchie Donoghue mewn lle y medra i siarad efo fo.'

Roedd amseru Tingle yn berffaith, ond eto, ni lwyddodd i boeri dim byd i mewn i'r don. 'Ie, ocê, Frank. Mi fydd hynny'n bleser.'

'Mae cael be ti'n ei haeddu wastad yn bleser, Bri.'

Symudon nhw i mewn ar ddiwrnod poetha'r haf, allan o Tottenham felys, gynnes, i le lle roedd y tarth dros y gors wedi llosgi ei hunan yn ddim a chysgodion dynion y fan symud yn las dwfn wrth iddyn nhw lwytho'r dodrefn i mewn i'r tŷ.

Roedd Sophia wedi eistedd yn dawel yr holl ffordd yno. Gan fod dim *air conditioning* yn y car, roedd y ffenestri ar agor led y pen ac roedd sgwrsio'n amhosib – dim ond ambell waedd am y gwres, a chyfarwyddiadau. Roedd Sophia a'i mam gydag Wncwl Mike mewn un car, a Nain a Taid Leeds mewn car arall, wedi dod i helpu gyda'r symud.

Am ymlaen y bydd seddi ceir yn wynebu, ond dylai sedd Sophia fod wedi wynebu'r ffordd arall, gan mai dim ond edrych yn ôl yr oedd hi'n ei wneud. Roedd dweud hwyl fawr wrth Eli wedi bod fel marwolaeth ei hun. Roedden nhw wedi bod drwy'r ysgol gynradd ac ysgol gyfun gyda'i gilydd ac roedden nhw'n agosach na chwiorydd. Roedden nhw'n gwybod pob un manylyn am fywydau ei gilydd – pob mesuriad corff, dyddiad pob misglwyf, bob tro roedd bachgen wedi trio'i lwc; gallent ddweud cymaint heb hyd yn oed agor eu cegau, roedd eu meddyliau wedi'u plethu'n un. A'r foment hon, roedd Sophia'n gwybod fod Eli'n teimlo'n union fel yr oedd hithau, fel dau efaill wedi'u gwahanu. Roedden nhw wedi ffarwelio'r noson o'r blaen yn llawn dagrau a chusanau ac addewidion i ddod i ymweld â'i gilydd – roedd trenau'n bodoli, on'd oedden nhw, roedd ffans Brighton yn dod i Tottenham ar gyfer y Cwpan, a'r dyddiau hyn roedd ffôn symudol ac e-bost yn gwneud i'r symud tŷ fod yn llai o drawsblaniad am byth bythoedd – ond dim ond ymgais bathetig i godi calonnau ei gilydd oedd hyn i gyd ac roedd y ddwy yn gwybod hynny. Roedd Eli wedi dweud, 'Shalom! Wela i di yn Jeriwsalem,' ac wedi dechrau crio. Dyma oedd ffarwel go iawn – a'r cwbl gan fod y symud tŷ yma'n flaenoriaeth dwp i fam Sophia. Lesley Micheli, oedd wedi'i llenwi â chasineb at fywyd yn Llundain nes bod rhyw dŷ ar gorstir yng nghanol nunlle yn ymddangos fel antur cefn gwlad newydd: ac un roedd yn rhaid i Sophia ei ddilyn – yn erbyn ei hewyllys yn llwyr.

Heddiw, gadewais fy mywyd y tu ôl i mi.
Fy ffrindiau, fy strydoedd, fy nheip dinesig i,

Y craciau yn fy mhalmant, y tagiau ar fy wal,
Fy lle yn y dosbarth, gwên Eli pan dwi'n pasio,
Dwi'n troi fy nghefn ar y llefydd dwi'n 'nabod,
Y ddinas symudaist ti iddi, y lle y cefais i fy magu—
Mae'n drosedd i gau'r drws ar bopeth a fu.
Heddiw, gadewais fy mywyd y tu ôl i mi—
Fy nhad, fy strydoedd, fy nheip dinesig i.

G a B, gwely a brecwast ger y môr. Gyda chynifer o
adarwyr a cherddwyr yn mynd i fannau anghysbell,
allai'r fenter ddim methu – dyna ddywedodd yr asiant
tai: roedd y peth yn gwneud cymaint o synnwyr,
Mrs Micheli. Fe fyddai ei gwaith hi gartref, fe fyddai
pobl eraill yn y tŷ drwy gydol yr amser, gan adael
digon o amser ar gyfer ei pheintio – ac roedd o'n siŵr
y byddai hynny'n beth arbennig yng ngolau Caint;
roedd y cyn-berchennog wedi ychwanegu ystafell
wydr enfawr. A hefyd, madam, mae gan ysgol i
ferched King's Meadows yn Folkestone enw da
iawn...

Dim hyd yn oed un bachgen yn yr ysgol.

Roedd gan Sophia ystafell i fyny yn y llechi ar yr
ail lawr. Roedd tair ffenestr yn y to, yn edrych allan
dros y gors tua'r môr; dwy ohonyn nhw yn ystafell-
oedd mawr Lesley a'r drydedd yn ystafell Sophia, yn
rhan wreiddiol, ddwyreiniol y tŷ. Roedd hon hefyd
yn ystafell ddigon mawr, gan fod y tŷ yn ddwfn yn
ogystal â llydan, a hyd yn oed gydag ongl y to, roedd
digon o le i sefyll yn syth. Roedd yn breifat hefyd,
gyda'i risiau cefn ei hun o ddrws yn y gegin – bonws.

Roedd y grisiau i ystafell Lesley yn codi o ganol y cyntedd cyffredin, o flaen y drws ffrynt, heibio'r landin ar y llawr cyntaf, ac yn culhau ychydig ar y tro olaf: felly roedd ei mam a hithau ar yr un llawr – ond roedd yn rhaid mynd i'r ystafelloedd o ddau gyfeiriad gwahanol. Yn Llundain, fe fyddai hyn wedi bod yn wych – i gropian i mewn ac allan yn gyfrinachol gydag Eli!

Yma yng nghefn y tŷ roedd y stafell ymolchi a'r toiled y byddai'n rhaid i'w mam a hithau eu rhannu, a'u cyrraedd drwy goridor bychan, tra bod gan ddau o'r prif lofftydd ar y llawr oddi tanynt eu hystafelloedd *en suite* yn barod – ac roedd adeiladwyr Wncwl Mike yn dod i wneud y gweddill. Roedd popeth yn cael ei wneud i steil benodol – heblaw am yr ystafell haul oedd wedi'i sticio ar y cefn, y gegin ar y llawr gwaelod ac ochr ddwyreiniol y tŷ gyda'r seler oddi tano a'r ystafell sbâr fechan uwch ei ben, oedd yn rhannu'r un grisiau â Sophia. Roedd gan yr ystafelloedd hyn ôl yr hen *Dŷ Dial* arnyn nhw: coed tywyll, solet a thrwchus,wedi'u torri'n fras mewn mannau, gyda thyllau hoelion newydd lle cafodd brasys ceffylau eu hongian; tyllau hoelion hŷn ar gyfer gwlâu rhaff; a chraciau wedi'u llenwi â phŷg du i gadw dŵr y môr allan.

Ond nid oedd Lesley am roi enw gwreiddiol y lle yn ôl ar y tŷ, beth bynnag oedd yn cael ei ddweud gan hen gymeriad bach lleol.

'Pwy fyddai eisiau G&B mewn lle o'r enw Tŷ Dial?'

'Dwn 'im – maen nhw'n griw trist, adarwyr.'

'Mae Pen y Gors yn ei siwtio'n iawn, diolch yn fawr.'

'Ie, trist fel hi!' O ben ysgol, lle'r oedd hi'n gosod ei hanner hi o'r llenni, nodiodd Sophia i gyfeiriad dynes i lawr ar y ffordd. Anodd oedd dyfalu ei hoedran; ifanc ond canol oed, ysbienddrych o'i blaen, bag ar ei chefn, yn gwisgo côt law – peth twp i'w wneud ar ddiwrnod mor boeth. Gan syllu ar yr olwg ecsentrig arni, bu bron i un o'r dynion symud tŷ lithro a gollwng ei afael ar y silff lyfrau roedd yn ei chario. Cafodd y ddynes air â nhw ac fe glywodd Sophia'r gair, 'Llundain'.

'A thrwyn cyn hired â blaenddelw llong arni hefyd!'

'Mae'n dangos fod pobl o gwmpas beth bynnag,' meddai ei mam. 'Adarwyr. Mi fydda i'n chwilio am ei theip hi fel cwsmeriaid o fewn mis neu ddau.' Edrychodd ar Sophia. 'Mi fyddwn *ni'n* chwilio am ei theip hi.' Oedodd am eiliad er mwyn i Sophia ddeall. 'Ryden ni yn hyn efo'n gilydd, Soff. Ti a fi.'

Roedd tawelwch arall, hir. Ar ôl y ffraeo, ai dyma pryd roedd Sophia i fod i ildio, nawr ei bod hi'n rhy hwyr? Parhaodd i edrych drwy'r ffenestr, allan tua'r gorwel. Roedd gormod o gynorthwywyr yn y tŷ iddyn nhw gael trafferth.

'Ychydig fel *Treasure Island*, yntydi?' aeth Lesley yn ei blaen, gan orfodi awyrgylch ysgafn.

'Ychydig. Felly pwy ydw i? *Jim, lad?*'

'Os wyt ti eisiau.'

Gwyliodd Sophia'r adarwraig yn cerdded i gyfeir-
iad y môr. 'Ie! A dy lwc di fydd cael rhyw Capten
Billy Bones i ddod i aros.'

'Allai hynny fod yn lwc *dda*,' meddai Lesley, 'os
oes ganddo fo fap yn ei gist efo croes arno fo...'

Trodd Sophia ymaith, a phrysuro ei hun gyda'r
llenni gan ei bod hi'n crio ar y tu mewn. Roedd yr un
peth roedd Sophia Antonia Micheli wedi'i drysori
fwyaf yn ei bywyd yn bodoli'n ôl yn Llundain, trysor
wedi'i gladdu, wedi'i golli, ac nid oedd ei galaru hi
wedi dechrau eto.

PENNOD 3

Eisteddai Frenchie Donoghue yn ei gell gan aros i'r swyddog carchar oedd ar ben y grisiau fynd ag ef i'r siop electroneg i wneud byrddau cylched. Cell unigol oedd hi, un o'r 'Celloedd Hynny', oherwydd, cyn iddo gael ei symud, carcharor categori A oedd Frenchie o hyd. Ond gydag o heddiw, roedd con arall hefyd yn aros i fynd i'r gwaith – boi tair ar hugain oed gydag wyneb caled a gwên gam. Dyn newydd oedd o, dyn Llundain, ac roedd dynion Llundain newydd wastad yn cael gwyliadwriaeth arbennig. Yn y carchar, roedd *cockneys* yn edrych ar ôl *cockneys*, *scousers* yn edrych ar ôl *scousers* a *jocks* yn edrych ar eu hôlau'u hunain, dyna roedd pobl yn ei ddweud. Ond roedd yn rhaid i chi gael yr ocê cyn i chi ddod yn aelod o dîm Llundain, cyn i unrhyw un wneud ymosodiad ar eich rhan yn erbyn y criw neu'r cons eraill. Ond fyddech chi ddim yn cerdded i mewn i gell Frenchie i gael eich cyfweld – roedd rhaid i chi gael eich gwahodd. Petaech chi'n dod i mewn heb alwad, yna fe fyddai'n brathu, 'Allan! Nid *Caff de Paris* 'di hwn!' Wrth ddewis pwy i ymwneud â nhw, roedd o'n ddyn gofalus.

'Ie, ni nath y job Antwerp,' roedd Frenchie'n dweud. 'Does dim cyfrinach am hynny. Ac aeth popeth fel breuddwyd, tan ar ôl i ni'i wneud o.' Roedd fel petai o'n sefydlu ei enw da, nid i'r gwrthwyneb; ond roedd yn rhaid i wynebau newydd wybod i beidio chwarae efo'r bois mawr.

'A naethon nhw ddim ffeindio dim?' gofynnodd y Wên. 'Naethon nhw erioed gael o'n ôl?'

Syllodd Frenchie arno nes ei fod yn wan, ac yna ysgwyd ei ben. 'Na, erioed. Mae o wedi'i guddio yma ac acw ledled Ffrainc, ma' nhw'n dweud. Does wybod lle, na phwy sydd wedi mynd â fo o'no ers hynny. Dwi'n gwybod na wnes i ddim. Neuthon nhw roi fi yn fan'ma am hitio'r gard, ei hitio'n galed – mi ddaethon nhw i chwilio amdana i a chymryd DNA gen i, dweud bod yr un DNA dros y boi – felly dyna fy neng mlynedd i.'

'Dynladdiad.'

'Damwain.'

'A rŵan ti'n cael dy roi i lawr i gategori B ac yn cael "shanghai".'

'Carchar ydi carchar, ynde? Lle bynnag mae o.'

Edrychodd y dyn newydd at y drws. 'Felly does gan neb fap o Ffrainc efo croes arno, felly?' Ei wên, o hyd, fel ôl cyllell.

Anadlodd Frenchie yn fân ac yn fuan drwy ei ffroenau a dweud dim.

'Felly pam bo nhw'n dy alw di'n Frenchie?'

Anadlodd y carcharor hŷn yn ddyfnach o'r awyr ddiflas a thrwm oedd yn llawn oglau perfeddion boreol dynion. Roedd anadlu'n ddwfn yn rhyw- beth roedd rhywun yn dysgu peidio â'i wneud yn y carchar. 'Nid fod hynny'n fusnes i ti, boi, ond roedd y misus yn gweithio draw yn Disney, felly r'on i wastad draw ym Mharis...'

'Felly rwyt ti'n nabod y tir yno...?'

'Fel y byddet ti'n nabod Plaidstow a Wormwood Scrubs.' Roedd anadlu Donoghue *yn* dyfnhau.

'Allen nhw fod wedi dy alw di'n... aros... yn Walt Disney!' roedd y wên rhyw fymryn drygionus yn rhy lydan, tra bod ei lygaid yn awgrymu y gallai fod wedi dweud Mickey Mouse yn lle.

'Frenchie i ti – ac mi ddweda i be' wrthot ti – os galwi di fi'n unrhyw beth arall, boi, mi wna i dy dagu di.'

Edrychodd y Wên arno eto. Gwelodd beth roedd pawb yn y carchar yn ei weld, gwallt du llyfn, croen tyn o gwmpas llygaid brown fel rhywun oedd wedi cael wyneb newydd, a'r dannedd gwyn yna – hanner cant oed ac yn edrych yn dri deg pump: brawychus gan fod ei lygaid yn treiddio mor galed ac mor llonydd.

Gyda thincial sydyn ei allweddi a stamp traed, daeth Davies y sgriw i mewn. 'Reit,' meddai, 'chi'ch dau, i'r gwaith.'

Arhosodd y Wên ar ei eistedd, yn herfeiddiol. Ond safodd Frenchie Donoghue ar ei draed ar ei union. 'Dim problem, gyf'nor,' yn union fel rhywun oedd yn cadw'i drwyn yn lân gyda'i holl rym; yn prynu ei amser, yn amyneddgar. 'Ar dy draed ac allan!' meddai wrth y dyn newydd, gan gicio esgid y dyn. 'Dim *Caff de Paris* 'di hwn!' ac i ffwrdd â nhw i'r siop electroneg gan ddwyn llond ysgyfaint o awyr iach ar y ffordd.

Yn y cae y tu ôl i Ben y Gors, cerddodd Lesley Micheli gylch gyfan gyda'i hwyneb i fyny tuag at yr un awyr. Yn y pellter, i'r dwyrain, roedd llinell isel o fryniau yn nodi'r North Downs. Ond heblaw am hynny, doedd dim byd uwch na choeden yn ymestyn at y nefoedd am filltiroedd.

'Toni,' sibrydodd fel mai ef oedd yr haul, 'Toni.'

Roedd Sophia yn y gegin bren, yn edrych allan. Gwyddai beth roedd ei mam yn ei wneud, *addoli* bod lle'r oedd hi – a throdd i ffwrdd wedi'i diflasu. Heb sôn am Nelson a *Dial*, dyma oedd maes Napoleon Bonaparte – *alltudiaeth*. Yn gaeth allan yn y fan yma! Roedd yn rhaid i chi fyw eich bywyd gyda *phobl* – eich pobl eich hunan, mewn strydoedd, cymunedau, trefi, dinasoedd – nid wedi'ch anfon i ryw garchar awyr-agored gydag aer yn lle waliau.

Ysgydwodd Sophia ei phen ar lun o'r teulu; llun o deulu hapus wedi'i dynnu yn eu gardd yn Tottenham. Gwyddai *pam* fod ei mam wedi gwneud hyn, ond *sut* allai hi? Mae gwybod a deall yn ddau beth hollol wahanol. Roedd bywyd proffesiynol Lesley Micheli wedi bod yng nghanol cyffro'r maes dylunio a setiau theatr – cynhyrchwyr, bandiau, perfformwyr – gyrfa'n mynd ar i fyny, brysio yma ac acw; trên i Fanceinion i weld agoriad, cael llond ceg gan ryw foi cefn llwyfan am fod y lliw yn anghywir; bron iawn yn meddu ar y gyts i ddweud wrth Cameron

Mackintosh beth y gallai ei roi mewn canolfan o'r maint hwn a beth allai o ddim; y *get-ins* a'r *get-outs* a'r *techs* a'r *dress runs*, ffeiliau a phrosesau a llwyfannau tro. Roedd hi byth a hefyd i mewn ac allan o'r tŷ, yn rhedeg o un lle i'r llall gyda phortffolio neu fodel, yn chwifio ffôn symudol boeth, mor boeth ei bod hi'n ei chadw yn yr oergell dros nos! Dynes fach, athletig – roedd pobl yn gofyn iddi pa chwaraeon roedd hi'n ei chwarae (dim byd oedd yr ateb) – a llais oedd yn gwneud i chi neidio p'un ai roeddech chi'n gyfarwyddwr, rheolwr llwyfan, yn ddyn y tu ôl i'r bar – neu'n ferch iddi.

A'r hyn oll – popeth oedd yn rhoi egni iddi drwy rym ei hadrenalin ei hun – roedd hi'n ei adael ar ôl er mwyn cael troi ei hwyneb at haul cefn gwlad.

Wedi Rhufain, roedd hi wedi cyfarfod â thad Sophia eto, yn gweithio ar *Guys and Dolls* ar daith Brydeinig. A beth roedd Guy Masterson yn ei ganu yn y sioe? 'My Time of Night', bywyd Efrog Newydd yn oriau mân y bore, bywyd go iawn. Roedd Sophia wedi chwarae'r gêm honno: dylai bywyd ddigwydd *pan* rydych chi'n ei fyw yn ogystal â *lle*, a dychmygwch unrhyw beth yn digwydd yn y lle hwn ar ôl naw o'r gloch y nos! Roedd ei mam wedi troi ei chefn ar bopeth roedd hi wedi'i adnabod a phopeth roedd Sophia wedi'i drysori er mwyn creu bywyd iddyn nhw fel dau feudwy ar y corsydd. A heb drafod! Dim hawl ganddi hi i fynegi barn! Fel plentyn, rydych chi'n cerdded lle mae eich rhieni'n cerdded, yn rhedeg lle maen nhw'n rhedeg, yn caru pwy maen nhw'n eu caru ac yn casáu pwy maen nhw'n eu casáu. Dydych chi ddim yn amau dim ohono, oherwydd rydych chi'n rhan ohono. Ond wrth i chi dyfu'n hŷn, mae eich cariad a'ch casineb yn newid, ac mae rhai hyd yn oed yn troi ar i mewn – yn enwedig gyda dau berson sydd mor gryf fel na allan nhw byth gytuno. Efallai mai dyna pam nad oedd y pwnc erioed wedi cael trafodaeth deg, pam na chafwyd ffrae. Dim ots am y ffaith fod gan Sophia fywyd a ffrind gorau a'i diddordebau ei hunan, dim ots am y ffaith ei bod hi'n dalach na'i mam ac yn ddigon abl i gael plant ei hun – roedd Lesley wedi penderfynu eu bod yn symud tŷ, felly symudodd y ddwy.

Gwyliau, ocê. Fe fyddai Sophia wedi bodloni efo hynny, ychydig o heddwch a thawelwch am bythefnos, am newid: tamaid o haul ac oglau Piz Buin, roedd hynny'n iawn mewn dos o ddwy awr ar y traeth neu ar fynyddoedd tu ôl i Alássio lle'r oedd ei thad wedi'i fagu, mynd am dro bach i weld hen adfeilion – grêt. Y nos oedd hoff amser Sophia, cerdded i fyny ac i lawr y 'front', clymau o blant, y gweld a'r cael eich gweld; y Coke mewn caffis gorlawn, a'r siarad, a refio moduron bychain. Yn enwedig ei thad gyda chriw o hen ffrindiau ysgol, ei *amici*, a'r cusanu a'r chwerthin – yr hyn roedd hi wedi bod yn chwilio amdano yn Clwb 17 efo Eli a Jon Elite ac wedi'i brofi ond unwaith. Yn hytrach na hynny, dyma ble'r oedd hi a'i mam allan yn y lle hwn am byth, a chyn bo hir, byddai'n trafod y cyfeillion bach pluog gyda hen gerddwyr budr fyddai'n byw gyda nhw yn eu tŷ.

Trodd Sophia oddi wrth y llun i edrych i ochr arall y gegin lle'r oedd y peiriant golchi llestri wedi cyrraedd; peiriant ar gyfer busnes Gwely a Brecwast, wedi'i wthio i mewn i hen le tân o dan drawst trwm *Dial*. Wedi'i brynu gydag arian â phris marwolaeth arno, fel y tŷ ei hun – uwchraddiad o'u morgais – gyda'r ystafelloedd ymolchi *en-suite* a'r dodrefn wedi eu prynu ag arian yswiriant ei thad ac iawndal troseddol a roddwyd iddyn nhw... dyfarnwyd yn erbyn y gyrrwr a'r gwerthwr cyffuriau wedi iddo gael ei ddal.

Y sothach llipryn! Beth oedd o wedi'i wneud i'w bywydau! Edrychodd Sophia allan ar ei mam denau eto, ei breichiau allan at haul cynnar yr haf, yn twyllo'i hun ei bod yn hapus. Efallai bod dod yma yn lleddfu ei chasineb at y rhai oedd wedi lladd Toni Micheli – y merched digywilydd ar y ffordd i'r clwb, a'r gyrrwr – ond ni allai hynny weithio am byth, ni allai unrhyw feddyginiaethau wneud hynny...

Ac yna, yn y foment honno, fel petai'r syniad wedi dod mewn llewyrch o haul, gyda'r un grym ewyllys â'i mam, penderfynodd Sophia nad oedd hyn yn mynd i barhau am byth: yn sicr nid oedd yn mynd i barhau eiliad yn hirach nag oedd yn rhaid iddo – nid os oedd ganddi hi unrhyw beth i'w wneud â'r peth. O'r foment honno o fod ag amcan, roedd Sophia'n teimlo ychydig yn well. Anadlodd yn ddwfn a phen-derfynol.

Clywodd lais yn yr ardd; nid llais ei mam ond llais roedd hi wedi'i glywed o'r blaen – ac roedd lleisiau yn y lle hwn yn anghyffredin. Fred Kiff oedd yno, y dyn oedd yn gwneud jobsys bychain o gwmpas y lle ac oedd wedi dweud hanes Tŷ Dial wrth Sophia ar y diwrnod pan ddaeth i weld y lle.

'Bore Da, Misus.' Cododd y dyn ei gap brown, mor frown â'i wyneb, i ddangos pen moel, gwyn i'r awyr. 'Unrhyw jobsys angen eu gwneud?' Roedd yn gwthio beic gyda berfa yn cael ei thynnu y tu ôl iddo. Ynddo gwelai Sophia hen sach, gweill, cyllyll a rhaw.

'Haia!' Roedd ei mam yn gwenu ar yr hen ddyn; yn ddi-os, rhywle ochr arall i'r enfys roedd cymeriad gwledig fel hwn yn ffitio yn ei breuddwyd. 'Beth fyddwch chi'n ei wneud?'

'Fe ddois i o'r blaen. Mi ddwedes i wrth eich merch am Dŷ Dial.'

'Pen y Gors. Dwi'n gwybod. Chi 'di Mr Kiff.'

Gwenodd yr hen ddyn.

'Felly, beth *ydych* chi'n ei wneud?'

Arhosodd ei wên yn ei lle wrth iddo chwifio'i law tuag at y celfi garddio amlwg yn ei ferfa. 'Dwi'n gwneud dipyn bach o sgota môr, llawdriniaethau ymennydd, adeiladu cyfrifiaduron a masnachu ar y we.'

Clywodd Sophia ei mam yn chwerthin, ond nid llond ei bol. Oedd ei darlun perffaith Hen Feistri o gefn gwlad yn pylu ychydig?

'Na, go iawn.'

'Beth bynnag 'dach chi isio, Misus. Jobsys o gwmpas y lle. Dwi ar y ffordd i'r Maenordy rŵan. Mi alla i roi llyfiad o baent ble hoffech chi, neu oelio ychydig o'r *number seven* ar eich gwaith metel. Y math yna o beth. Neu mi alla i ffeindio beth bynnag sydd ei angen arnoch chi am bris gwell – pysgod wrth gwrs, gwin, gwirod, ond dydych chi ddim yn gweini bwyd yma nac ydech?'

Ysgydwodd Lesley ei phen.

'Mae gen i arwydd cywir y lle 'ma yn y sied. Mi allwn i ei roi o 'nôl yn ei le i chi, rhoi'r enw iawn ar y lle ma eto.'

'Diolch, ond 'dan ni'n gwneud yn iawn ein hunain efo jobsys ar hyn o bryd. Mi wela' i sut eith pethau.'

Cododd Fred Kiff ei gap eto. 'Dyna sydd ore'. Cyfri'ch ŵyn cyn galw'r cneifiwr. Felly henffych i chi'ch dwy am y tro.' A gwichiodd ei feic yn ei flaen, ond arhosodd i droi ei ben a gwenu eto. 'Mi ddo' i n'ôl yn gynt i lawr y rhiw.'

Roedd o'n esbonio pam ei fod o'n gwthio, nid beicio – er hynny, hyd yma, ni welai Sophia unrhyw riw yn y ffordd o gwbl.

Ailfeddyliodd Lesley bum munud yn ddiweddarach. Galwodd ar Sophia wrth dynnu dwsin o lieiniau sychu llestri o'r lein ddillad gron. 'Soff – gwna ffafr i mi, wnei di?'

'Gadael gartre? Gwneud ffafr â ni'n dwy?'

Dim ymateb. 'Dalia'r dyn Mr Kiff yna. Gofynna iddo fo alw i mewn ar ei ffordd yn ôl.'

'Pam?'

'Achos mi geith roi lein ddillad gall yn ei lle – draw at y sgubor.' Roedd y cwt allan tua deng metr ar

44

hugain o'r tŷ. 'Alla i ddim cael llawer o ddillad gwlâu ar y peth yma.'

'Mi alla i ddringo i fyny 'na.'

'Ond fedri di ddim rhoi *rawlplug* fel bach a phwli i'r wal.'

'Os ydi o'n meddwl fod y ffordd yna'n mynd i fyny rhiw, wneith o byth ddringo ysgol. Sonia wrtha i am *rawlplug*.' Doedd dim byd yn digwydd heb ffrae.

'Gofynna iddo fo. Neu mi gei di gychwyn ar y smwddio...'

'Ocê, mi ofynna i iddo fo,' meddai Sophia, gan fyd at y giât.

'Dos tua'r Maenordy. Dyna beth ddywedodd o.'

'Dwi'n gwybod. Mi glywais i.' Ac aeth Sophia.

Gyda'i choesau hir, roedd hi'n gynt na'r hen Fred Kiff yn gwthio'i feic a'i ferfa. Roedd yr haul ar ei hwyneb wrth iddi fynd, ei chroen hanner-Eidalaidd â golwg gyfandirol arno'n barod. Gloywai ei llygaid glas o'i phen, ac roedd hynny, ynghyd â'i gwallt cwta pigog, yn rhoi golwg iddi fel rhyw Ariel bach yn barod ar gyfer unrhyw beth; a dyna fyddai hi wedi bod, petai hi'n cael hanner y cyfle. Yn barod am unrhyw beth.

Dilynodd droeon y ffordd gul, gan fynd lle bynnag yr ai ystum y nant, ond heb fforchio. Wrth edrych yn ôl gallai Sophia weld simnai tal Pen y Gors uwch ben y coed wedi'u gorchuddio ag eiddew. Gan edrych yn ei blaen ni allai weld unrhyw Fred Kiff; mae'n rhaid ei fod wedi cyrraedd brig ei riw fflat a dechrau beicio'n iawn. Ond yn sydyn, gwelodd arwydd yn y gwrych a'i harweiniodd at benderfyniad, yn pwyntio o'r llwybr a thros y caeau: llaw bren ar ben braich ac enw wedi'i gerfio – Maenor Cors Ganol.

Felly gallai dorri'r ffordd yn fyrrach ac achub y blaen arno, cyn iddo ddiflannu petai hi'n lwcus. Roedd y llwybr yn mynd lle'r oedd y gwrych yn mynd, gyda chaeau hir o farlys ar un ochr a llwyni pigog ar yr ochr arall, ac roedd yn rhaid iddi ddilyn ei ddawns er ei bod yn medru gweld wal uchel a simneiau'r tai o'i blaen heibio'r tyfiant. Prin fod y llwybr yn llwybr o gwbl, wedi'i drechu gan ddanadl poethion o bob ochr; ac roedd Sophia'n damio nad oedd hi'n gwisgo sanau neu fŵts i arbed ei choesau noeth.

Gan droi'r ffordd hyn a'r ffordd arall, cerddodd, ond daeth y simneiau'n agosach – digon agos i Sophia weld y briciau bychain Elisabethaidd. Nid oedd unrhyw amheuaeth: rhaid mai hwn oedd y Maenordy roedd Fred Kiff wedi anelu amdano; roedd hi wedi'i basio yn y car wrth fynd i'r siop yn St Mary-in-the-Marsh ac nid oedd unrhyw beth arall tebyg iddo yn yr ardal. Ac roedd hon yn yfflon o wal! Roedd mor dal â wal carchar, ond ei bod wedi'i hadeiladu i gadw pobl allan yn hytrach nag i mewn, gyda rhyw hen lord tew neu dduges dal a thenau yn byw ar yr ochr arall fwy na thebyg.

Roedd hi bron yno – ac roedd hi'n mynd i orfod brysio rownd y gornel olaf os oedd hi am guro Fred Kiff. Rhoddodd y gorau i drotian a dechrau rhedeg – a bu bron iddi sgrechian am ei bywyd pan wahanodd y barlys i'r chwith ac fe gododd rhywbeth i'r awyr fel bwystfil wedi cael braw.

'Mair, mam Duw!'

'Sori!' Bwystfil nad oedd yn dweud mw na me, ddim yn cyfarth na brathu ond yn siarad – person, wedi'i guddio mewn mantell werdd; dynes o dan het saffari fawr, gydag ysbienddrych yn ei dwylo. Y ddynes od yna welodd hi gynnau pan oedden nhw'n symud i mewn i'r tŷ oedd hi, yr adarwraig, yn iau wrth ei gweld yn agos, gyda llygaid llydan wedi'u dychryn.

'Pwy sydd wedi dychryn pwy?' gofynnodd y ddynes. 'Doeddwn i ddim yn disgwyl dim byd mwy na cholomen.'

'A doeddwn i ddim yn disgwyl dim byd o gwbl!' anadlodd Sophia yn galed, gan chwythu ei hofn allan.

Arhosodd yr adarwraig ar ei chwrcwd. 'Ar frys wyt ti?' Siaradodd â llais isel.

'Falle...' Doedd hyn ddim yn fusnes iddi hi.

'Yng Nghors Ganol?'

Nodiodd Sophia. Ni allai loetran yma a bod yn gyfrinachol efo'r ddynes hon. 'Dwi'n chwilio am y dyn sy'n gwneud jobsys o gwmpas y lle...'

'A... Paid â dweud gair amdana i, falle mai un o'u caeau nhw ydi hwn.'

Edrychodd Sophia at y Maenordy. Gallai weld ei glwydi o fan hyn, felly fe fyddai unrhyw un a fydd-ai'n edrych allan yn ei gweld yn siarad â rhywun;

neu'n eu clywed; yn sicr yn eu clywed. Roedd y lle mor dawel rŵan fel bod un sŵn yn gwneud iddi godi ei golwg i edrych ar aderyn bach brown uwch-ben y caeau, yn canu ambell nodyn, yn dlws, yn drist.

Dilynodd y ddynes ei golwg. 'Ehedydd,' meddai.

'Ym... ie,' meddai Sophia, gan ei gadael i'w busnes. Ac i ffwrdd â hi, heibio'r gwrych a thros gamfa i'r ffordd, yn union gyferbyn â giatiau Maenor Cors Ganol. O'u gweld yn agos, roedden nhw'n edrych yn anferth, mor dal â'r wal – ac roedd hi'n anghywir, allai neb fod wedi'i gweld hi drwyddyn nhw, oher-wydd rhwng yr haearn-bwrw roedd planciau pren wedi eu peintio'n ddu, yn llenwi unrhyw fwlch yn y giât. Roedd yn union fel un o setiau theatr ei mam oedd yn rhoi golwg o ddyfnder heb ddangos dim byd.

Ac roedd Sophia'n lwcus. Ar y ffordd, yn pedlo'n araf, roedd Fred Kiff.

Stopiodd yr hen ddyn. Ar ei ail gais, cododd ei goes dros groesfar y beic a sefyll wrth y giât.

'Mae hi wedi newid ei meddwl,' meddai Sophia. 'Mae ganddi jobyn i chi wedi'r cwbl.'

'A.' Gwenodd. 'Mae hi eisiau'r arwydd iawn wedi'i osod?'

'Na, lein ddillad. O'r sgubor i'r wal.'

Pwysodd Fred Kiff fotwm ar fysellfwrdd y giât. Rhygnodd rhywbeth. 'Kiff,' meddai i mewn i'r gril – a gwnaeth y giatiau sŵn taro, yn barod i gael eu gwthio ar agor. 'Dwêd wrthi y gwna i bicio heibio i gael golwg.'

'Ocê.'

'Dwi'n hapus cyn belled nad oes raid i mi ddringo'n rhy uchel.' Edrychodd i fyny at yr un aderyn, oedd dal wrthi'n canu ei gân fry uwchben y barlys. 'Beth bynnag ydw i, dydw i ddim fel ehedydd y coed.'

Chwarddodd Sophia: wel, roedd hen ddynion yn disgwyl chwerthiniad ar ôl jôc. Dywedodd hwyl fawr a chymryd y ffordd yn ôl tuag at Ben y Gors; ond nid yn rhy gyflym. Doedd hi dal ddim yn ffansïo'r smwddio.

PENNOD 4

Roedd Bev Leonard wedi gwneud y camgymeriad o anghofio fod Fred Kiff ar ei ffordd – un ai hynny neu doedd hi heb gael gwybod. Roedd hi wedi mynd allan i ardd furiedig Maenor Cors Ganol yn gwisgo dim ond gŵn nos sidan gwta. Gydag un tafliad bach, taflodd friwsion llosg i'r adar ac fe allai fod wedi rhoi sioc farwol i'r hen ddyn – ond roedd hwnnw wrth y giât gyda'i gŵr yn gwneud rhyw fusnes, yn rhoi rhywbeth iddo o sach.

Edrychodd Frank Leonard i fyny. 'Ti'n dangos dy hun eto?' Cipiodd ddrws y patio a'i gloi'n glep y tu ôl iddo. Nawr, fe fyddai'n rhaid iddi aros fel yr oedd hi yn yr ardd neu ddringo i mewn drwy ffenestri'r stafell haul. Roedd y ddau opsiwn yn codi cywilydd arni, beth bynnag.

Ond roedd hi'n gwybod i beidio â chwynfan wrtho. Safodd yn dal. 'Lle wyt ti'n mynd?'

'Ddim yn bell.' Rhyddhaodd Leonard Fred Kiff a mynd i flaen y tŷ lle'r oedd ei Mercedes yn aros gyda'r modur yn rhedeg yn dawel, yn cymedroli'r aer y tu mewn. Gyrrodd allan drwy'r clwydi electronig a throi i'r chwith, i'r de dros y gors.

Wedi iddo fynd, ceisiodd Bev agor drws y patio, rhag ofn nad oedd o wedi'i gloi, ond fe roedd.

Edrychodd am ffenestr agored, ond roedd yr unig un posib yn uchel ac fe fyddai'n rhaid iddi godi ei choes i fyny er mwyn mynd trwyddo. Gyda'i thrwyn i fyny, galwodd Fred Kiff ati cyn iddo ef ei gadael hi hefyd.

'Fyddet ti'n trin ci fel hyn?' gofynnodd iddo.

'Does gen i'm ci, misus.'

'Oes gen ti Lefel A?'

Edrychodd yr hen ddyn wedi'i ddrysu. Ysgydwodd ei ben.

'Mae gen i!' Meddai Bev wrtho. 'Tair. Allwn i fod wedi mynd i brifysgol a phopeth ond 'mod i wedi disgyn dros fy mhen a 'nghlustiau am y bywyd crand. Arian, parch, moethusrwydd a chysur teulu do'n i'm yn 'i nabod – a doedd na ddim byd na fydde Frank ddim yn ei wneud i mi. Unwaith. A rŵan hyn!' Cododd ffenestr y patio. 'Wedi suddo i'r lefel yma: gorfod gofyn am help hen ddyn i gael fy nghodi i mewn i'm tŷ fy hun.'

'Peidiwch â phoeni am hynny. Mi blyga i drosodd, gwneud camfa.'

A gwnaeth hynny. P'un ai oedd o'n gwenu ai peidio, wyddai Bev ddim; roedd hi'n glanio y tu mewn mor osgeiddig ac y gallai.

Roedd Leonard ei hun yn y Nelson yn Sandgate cyn pen dim, tafarn hir a chul gyda drws cefn oedd yn agor allan i wynebu graean bras y traeth – y fynedfa roedd ef yn ei defnyddio. Roedd yn gwisgo esgidiau rhedeg, jîns a chrys sidan pinc llachar. Fe allai fod yn Sbaen, ond fod ei groen yn rhy wyn ac oer.

Yn y cefn, roedd merch â breichiau cryf yn plymio pibell i faril cwrw.

'Dwed wrtho fo 'mod i yma,' gorchmynnodd Leonard.

Ni edrychodd i fyny. 'Dweud fod *pwy* yma?'

Ciciodd Leonard y faril o'i lle gan adael iddi fownsio i'r llawr a thywallt cwrw dros y ferch; ei gwallt, ei hwyneb, ei fest, ei Bermudas.

'Dweud 'mod *i* yma.'

Gan sychu ei hunan, rhedodd at y bar blaen lle'r oedd y perchennog yn gwneud yn siŵr fod popeth yn ei le ar silff y gwirod.

'Mae 'na damaid o ryff yn y cefn ac mae o'n dweud ei fod o yma.'

Edrychodd arni, o'i chorryn i'w cynffon. 'Fo wnaeth hynna?'

Nodiodd.

'Dyna'r cwbl? Ti'n lwcus! Edrycha di ar ôl y bar.' Cododd y gyf'nor – Terry Ford – y fflap a mynd i'r cefn. Dyn tal gyda gwallt yn gwynnu ac wedi'i dorri yn y West End, un o'r wynebau ffilm neu deledu hynny mae rhywun yn ei gofio ond ddim yn medru ei enwi, ond sy'n ymddangos ym mhob ffilm gangster a wnaed erioed.

Roedd Leonard allan ar y traeth, yn eistedd ar y graean ac yn taflu cerrig at y gwylanod. Plygodd Ford ac eistedd wrth ei ochr.

'Mae hi angen slap, y ferch yna,' meddai Leonard.

'Denise? Mi geith hi un! Mae hi'n newydd!'

'Dwi ddim isio unrhyw gamgymeriad pen yma. Dyma 'di'r darn hawdd i fod.'

'A fydd 'na ddim, Frank. Mae popeth wedi'i drefnu. Ystafell yn y cefn ar gyfer y boi, neb yn pasio ond y gwylanod. Lliw gwallt, wardrob, esgidiau, popeth wedi'i drefnu; teledu ond nid ffôn; fi a'r ffrind bach,' – tapiodd ei boced – 'ystafelloedd ar gyfer dy warchodwyr, popeth wnest ti eu hordro.'

Gwisgodd Frank Leonard ei sbectol dywyll yn erbyn llewyrch yr haul. 'Popeth yn iawn, felly.' Edrychodd ar Terry Ford. 'Mi gei di fy chwarae i yn y ffilm.'

Chwarddodd Ford. 'Ond wnân nhw byth wneud y ffilm, Frank – fyddan nhw ddim yn gwybod y stori, fyddan nhw?'

'Ti'n iawn.'

'Wnest ti drefnu'r awyren?' gofynnodd Ford.

Rholiodd rhyw oerfel atyn nhw o'r môr yn sydyn. Safodd Leonard, tynnu ei sbectol haul a syllu'n ôl i lawr ar yr actor-berchennog. 'Jest trefna di'r pen yma a phaid busnesa efo dim byd arall. Dwi isio iddo fo gadw allan o bethau am sbel tan i bethau dawelu – dyna 'di dy frîff di.'

'Siŵr iawn, Frank. Dim problem.'

'Well bo' na ddim.' Un gair allan o'i le ac roedd brathiad Leonard yn un siarp.

Safodd Terry Ford hefyd. Roedd wastad ganddo'i daldra, o leiaf, i guro Frank Leonard. 'Unrhyw syniad pryd? Dwi angen gwybod hynny.'

'Ie. Mi ddweda i pryd. Pan fydd o'n digwydd. Ti'n gwybod sut mae pethe: maen nhw'n gwerthu tocynnau i bobl wrando i mewn ar unrhyw ffôn sy'n perthyn i mi. Dwi jest wedi dod i ddweud wrthat ti fod y peth yn digwydd, golau gwyrdd. Mi fyddi di'n gwybod pryd – pan fydda' i'n dod i ddweud wrthat ti.'

'Iawn.' Gwyrodd Terry Ford ei ben. 'Ti isio gwydryn cyn i ti fynd?'

'Pwy oedd yn dweud 'mod i'n mynd?' ond mynd wnaeth o. Trodd gan godi ffrwd o gerrig mân a cherdded i ffwrdd ar hyd y traeth at ble'r oedd y môr llachar yn cwrdd â'r ffordd.

Roedd y fflach yn llygaid llwyd Fred Kiff yn fwy llachar bellach – yn sicr. Roedd o'n beicio ac yn chwibanu ar y ffordd i Ben y Gors gyda'i goesau wedi ymestyn allan o'i flaen a'i gart offer yn ratlo y tu ôl iddo.

Gan ddefnyddio weiren drydan hir o'r stafell haul, roedd Lesley'n smwddio llieiniau sychu llestri yn y cysgod o dan hen dderwen, nid yn canu'n union ond yn edrych fel petai ar fin cychwyn unrhyw funud.

Clywodd Sophia Fred Kiff yn cyrraedd drwy'r ffenestr gromen yn ei hystafell, wedi bod ar y we i e-bostio Eli – hithau wedi bod yng Nghlwb 17 lle'r oedd Jon Elite yn gofyn am Sophia. Roedd yn wir, roedd Eli'n defnyddio enw Sophia amdano bellach; roedd o wedi cymryd ffansi at yr enw! Pe bai Sophia'n ffonio Eli, fe fyddai'n cael yr holl hanes! Ond ar ôl derbyn y newyddion hynny, roedd Sophia'n teimlo fel petai wedi'i gwahardd rhag byw, yn fwy na'i thad; a'r foment honno, y peth olaf roedd hi awydd ei wneud oedd ffonio Llundain. Diffodd-odd y cyfrifiadur gyda phwniad i'w llygoden ac aeth i lawr y grisiau er mwyn gadael y tŷ. Nid oedd unrhyw gysur i'w gael y tu mewn.

Yn yr ardd, roedd Fred Kiff yn edrych yn llygad groes i mewn i'r gofod rhwng yr ysgubor a'r tŷ.

'Paid â dweud ei fod o'n rhy uchel,' torrodd Sophia ar ei draws. Fe allai hi ei ddringo. Dim ond *rawlplug* oedd ei angen arni.

'Bron yn rhy uchel,' meddai'r hen ddyn. Edrychodd ar Lesley. 'Rydw i'n codi pris yn ôl y taldra, nid y lled. Mae hi'n iawn, mae hyn yn mynd i gostio... ond nid y pellter.'

'Iawn, ocê. Pryd allwch chi ei wneud o?'

'Dim heddiw. Fyddai hynny ddim yn saff. Wedi strênio fy llygaid bore 'ma'n barod. Fory.'

'Yn edrych ar yr ehedydd 'na?' torrodd Sophia ar ei draws. 'Ydio'n straen dweud y gwahaniaeth rhwng un a'r llall?' Roedd yr adares 'na'n dweud mai dim ond ehedydd oedd o. 'Ehedydd *y coed* ddwedsoch chi?' Doedd ddiawl o bwys ganddi ond roedd yn rhaid dweud rhywbeth i ddifa diflastod llethol y corsydd yma.

'Dim eu golwg nhw'n unig sy'n gwneud aderyn, ferch. Sŵn hefyd.' Ac fe chwibanodd gân tri nodyn – yr aderyn welodd hi. 'Trist ond tlws: dyna i ti ehedydd y coed. Dyna glywaist ti.'

'Chi'n gwybod am adar?' gofynnodd Lesley.

'Does 'na ddim llawer nad ydw i heb ei weld yn fy amser.' Pwdodd Fred Kiff ac amrantu.

'Ydych chi'n cael llawer o adarwyr yn dod ffordd hyn?'

'Chi'n baglu dros ambell un weithiau, misus.'

Snwffian wnaeth Sophia. Roedd hyn yn ddigon gwir.

'Felly mi fyddai hysbyseb mewn cylchgrawn adar yn talu, fel Gwely a Brecwast?' gofynnodd Lesley.

''Swn ni'n meddwl.' Tarodd ei goes yn sydyn – fel petai'n deall, rŵan. 'A! Dyna pam bo chi ddim isio'r hen Dŷ Dial. Dwi'n gweld. Swnio'n fwy fel set drama ddirgelwch na nyth clyd i ddianc iddo, ai-e?'

'Ai-e,' meddai Lesley – a snwffiodd Sophia eto wrth glywed ei mam yn dynwared y dyn cefn gwlad. Pathetig – ond y math o beth y byddai ei thad yn chwerthin am ei ben ar ôl dod adref. Synnodd ei hun a thagu; ni fyddai'n dod adref, nid i ffwrdd ar daith oedd o a fyddai o ddim yn dychwelyd gyda'i straeon a swing i'r drws. Dyna oedd tric dieflig y meddwl, fel y breuddwydion roedd hi'n eu cael, ei fod dal yn fyw. Ni fyddai ei chwerthiniad o'n cael ei glywed fyth eto – nid gan unrhyw un. Roedd o'n gelain ac yn ei fedd, yn ôl yn Llundain.

'Felly, mi welwn ni chi fory?' gofynnodd Lesley wrth Kiff.

'Gwnewch. Gynnoch chi ysgol.'

'Dwn 'im.'

'Dim cwestiwn oedd hwnna, Misus. Mae gynnoch chi ysgol. Mae o yn y sgubor. Fedra i ddim dweud faint o'r gloch.'

'Peidiwch â phoeni,' meddai Lesley. ''Dan ni ddim yn mynd i nunlle.'

Ac roedd hynny mor wir, roedd o'n brifo, meddyliodd Sophia wrth i Fred Kiff adael ar ei feic gydag ychydig mwy o egni yn ei goesau.

*

Roedd â wnelo hyn i gyd â diemwntiau. Roedd Sophia wedi cael gwybod – diflas, diflas, dylyfu gên. Gwely a Brecwast. Os ydych chi eisiau gwneud yn siŵr fod eich lle chi ar y rhestr argymhellion, rhaid i chi gael diemwntiau gan y Bwrdd Croeso: un, dau, tri, pedwar neu bump: ac roedd Lesley Micheli yn anelu i gael y mwclis cyfan cyn gynted â bo modd. Roedd wedi cynorthwyo i ddylunio setiau theatr West End, roedd hi wedi arfer â gweithio ar y brig. Nawr, roedd Sophia'n gwybod y byddai hi ar frig y swydd anobeithiol o ddiflas yma.

Roedd y waliau, dillad gwlâu, dodrefn a lluniau yn y pedair ystafell ddwbl yn dweud Manet neu Monet neu Degas neu Renoir. Yr unig ystafell sengl oedd yr ystafell sbâr o dan ystafell Sophia, a gafodd ei hagor fel ystafell Turner, gyda llun uwch y gwely a allai fod yn baentiad o'r hen *Ddial* yn y machlud. Peintiodd Lesley'r nenfwd yn wyn gyda dotiau o fflworoleuedd wedi cuddio ynddo, yn anweledig yn ystod y dydd ond yn gloywi yn y tywyllwch fel nefoedd o sêr yn y nos, fel bod yr ystafell yn medru llywio ei hun adref liw nos – ni roddodd hyn ronyn o bleser i Sophia. Ond roedd hyn i gyd, yn ôl Lesley, yn rhoi'r 'rhywbeth ychwanegol' yna i'r lle, sef gofynion y pum diemwnt.

'Wow!' roedd Jenny wedi dotio – Jennifer Barton o ysgol newydd Sophia. Roedd hi'n byw yn Dymchurch ac roedd y ddwy wedi cyfarfod ar y bws adref. Heno, roedd hi wedi dod yno ar ei beic i esgus trafod gwaith cartref, ond y foment honno, roedd hi'n archwilio ystafell wely *en-suite*. 'Dylech chi gael y Frenhines yma i agor hwn.'

'Mae hi'n brysur mis yma. Balmoral, cariad.'

'Prince William 'te. Ie!'

'Ie!'

Nodiodd y ddwy'n ffyrnig wrth feddwl am hynny.

Doedd hon yn ddim byd i'w chymharu ag Eli. Does dim Eli arall yn bod – ond mae cyfeillgarwch newydd yn medru cychwyn gydag un sbarc: dau berson yn cyfarfod ar hap, gyda chwerthin neu berygl neu sefyllfa lle mae'r ddwy wedi eu taflu i mewn i'r un bocs o dân gwyllt gyda'i gilydd – ac roedd Jenny yn achubwr bywyd sydyn.

Hyd nes i'r ysgol ddechrau, fe allai'r profiad od yma o fod mewn cors fod wedi bod yn ddim byd ond gwyliau haf – roedd pawb yn gwahanu, hyd yn oed Sophia ac Eli yn cymryd trywydd gwahanol – yna roedd mis Medi'n dod a bywyd go iawn yn ôl; ysgol eto, pobl yn edrych yn wahanol ond yn chwerthin yr un peth. Ond nid dyma fyddai'n digwydd i Sophia eleni. Fe wyddai hi pwy fyddai ddim yn aros amdani ar y gornel, felly'r noson cyn i'r ysgol gychwyn roedd hi wedi cicio ei gwisg ysgol newydd ar hyd llawr ei hystafell: ni allai diwrnod cyntaf mewn ysgol newydd byth fod yn hwyl, ond doedd dim angen mynd i mewn yn edrych fel y plentyn newydd. A thrwy gydol y dydd yn ysgol ramadeg King's Meadows, roedd hi wedi meddwl yn union yr un peth. *Dyma lle rydw i rŵan, tan i'r diwrnod wawrio pan alla i ddymchwel y tŷ'n gyfan gwbl!* Fe allai'r sefyllfa fod yn waeth, fe wyddai Sophia hynny. Nid ffoadur oedd hi, yn byw mewn Gwely a Brecwast y cyngor. Ei mam oedd y perchennog. Nid oedd hi'n ddu. I lawr yma ar arfordir gwyn Caint – roedd hi'n Eingl-Eidales â chroen olewydd. Doedd hi ddim yn dew nac hagr – roedd hi'n ferch dlos. Felly roedd hi'n un o'r bobl lwcus hynny gyda bywyd gweddol ddi-drafferth. Heblaw am y ffaith iddi golli ei thad a bod hynny'n gwasgu ei chalon mor sych â hen lemwn wedi'i wasgu o'i sudd.

Merch o'r un anian oedd Jenny, fel mae hi'n digwydd bod – wedi colli ei thad – er mai mynd o'i wirfodd i fyw efo rhywun arall wnaeth o, wedi *dewis* ei gadael. Roedd hi yn yr un flwyddyn â Sophia, ond nid yn ei dosbarth, a nhw oedd yr unig ddwy ferch yn King's Meadows oedd yn mynd adref ar fws Romney ar y diwrnod cyntaf; wedi eu tynnu at ei gilydd yn erbyn dau fachgen o'r ysgol gyfun oedd yn dod ar y bws yn Hythe. Aeth y ddau i eistedd yn y seddi y tu ôl i Jenny a dechrau pigo arni; diwrnod arferol iddyn nhw efallai, jôc gas ar un o ferched yr ysgol ramadeg. Edrychodd Sophia ar y cwbl o gefn y bws.

'Tisio snog?' gofynnodd un. Parhaodd Jenny i eistedd a syllu allan o'r ffenestr at y môr – chwarae teg iddi. Yna, pwysodd y bachgen ymlaen dros ei sedd hi ac edrych i lawr blaen ei blows. 'Beth ddywedodd y bachgen wrth y ferch pan roddodd o'i law lawr ei thop?'

Gwnaeth Jenny'n dda i barhau i'w anwybyddu – heblaw am Sophia, dim ond hen gwpl oedd ar y bws ac roedden nhw'n brysur yn dadansoddi eu taleb Safeway; y gyrrwr yn brysur yn gwylio'r ffordd a chael mygyn bach. Felly dyfalbarhau wnaeth y bachgen. 'E?' meddai, '"Dwi'n teimlo fel tit go iawn yn gwneud hyn!"' Piff, piff, snwff.

Gan ei bod hi'n gwisgo'r un iwnifform ysgol â'r ferch yma, roedd Sophia yn teimlo rhyw fath o ymlyniad wrth y ferch oedd yn cael ei phoeni. Ac roedd Eli a hithau wedi arfer gwledda ar blentyn fel hwn amser egwyl. Roedd o'n malu awyr am gwpanau bra ac nad oedd ond angen soseri ar Jenny pan neidiodd Sophia o'i sedd a cherdded i lawr canol y bws i sefyll wrth ochr y bachgen.

'Ych!' meddai mewn llais uchel. 'Beth *wyt* ti wedi gwneud yn dy drowser, fachgen bach?'

Cafodd y daleb Safeway ei hanghofio'n sydyn. Edrychodd y gyrrwr yn ôl atyn nhw a swerfiodd y bws. Tarodd yr ail fachgen yr un cyntaf â'i ddwrn – am deyrngarwch! Rhegodd y bachgen yn filain ar Sophia, oedd yn sefyll drosto, codi'n sydyn a mynd tua'r drws gan ganu'r gloch er mwyn i'r bws stopio. Dilynodd y llall a neidiodd y ddau allan yn gyflym, yn trafod a sibrwd wrth i'r bws fynd yn ei flaen. 'Diolch,' meddai Jenny.

'Dim prob!'

'Bois mawr! Wyt ti'n gwybod eu bod nhw 'run oed â ni?'

'A tydi'u lleisiau nhw heb dorri!'

'Beth bynnag, mi wnest ti ei ddychryn o i'w berfedd!'

'Neu i'w drôns!' Ar hynny, chwarddodd y ddwy nes bod eu boliau'n brifo, yn union fel cyffyrddiad hud Eli.

Roedd Jenny yn fyrrach na Sophia, gyda gwallt hir gwinau a brychni dros ei hwyneb. Pan oedd hi'n troi'n goch roedd hi'n berwi – ar y bws, roedd hi bron a bod wedi troi mor danbaid â haearn smwddio – felly doedd dim un ffordd o osgoi'r ffaith ei bod hi'n ypset neu'n llawn ffwdan – hawdd oedd gwybod beth oedd ar ei meddwl. Yn wahanol i Eli, a allai dwyllo seicolegydd.

'Dwi'n casáu hyn!' meddai Jenny wrth Sophia. 'Mae fel 'mod i'n dryloyw!' Ond roedd hi'n rhoi ei throed ynddi o hyd, er hynny.

Y noson gyntaf ym Mhen y Gors, gofynnodd Jenny i fam Sophia'n sydyn, sut fyddai hi'n teimlo am fod yn y tŷ ar ei phen ei hun gyda dyn.

'Beth wyt ti'n ei feddwl?' gofynnodd Lesley'n siarp. A sythodd Sophia. Nid oedd y cwestiwn yn un hollol hurt; ond fod eu ffraeo wedi osgoi'r fath gwestiynau – ond Duw a ŵyr pam, gan fod ei mam wedi gwneud rhywbeth twp heb feddwl am yr oblygiadau.

Yn yr *en-suite*, roedd Lesley'n ceisio penderfynu sut roedd hi'n mynd i hongian ei thyweli: dyfeisio steil y tŷ.

'Wel, beth petai un gwestai yn ofnadwy o olygus a'i fod o'n gorwedd yn ei wely?'

Cafodd y tywel ei osod ar hyd y rheilen, yn hytrach nag i lawr o'r hanner. 'Wna i ddim rhoi llofftydd i bobl sengl. Nid os fedra i helpu hynny.'

'Ond mi allai ddigwydd.'

'Fyddwn i ddim yn ei weld o yn ei wely. Does dim rheswm i mi fod yn ei ystafell o nes i'r brecwast gael ei glirio ac mi fydd o wedi mynd allan erbyn hynny, "pishyn a hanner" neu beidio!' Na, gosododd y tywel i hongian fel arall. Symudodd Lesley er mwyn gadael yr ystafell fechan.

'Neu beth os ydych chi ar eich pen eich hunan ac mae o'n trio rhywbeth? Ar ôl brecwast?'

'Dwi'n dweud wrtho fo i fynd i ebargofiant – ar ei union!'

'Ie. Sori. Ro'n i ond yn meddwl...' Roedd wyneb a gwddf Jenny yn cynhesu'r ystafell yn well nag unrhyw wresogydd. 'Achos dyna wnaeth dad efo rhyw ddynes hotel yn rhywle: dyna maen nhw'n ei ddweud.' Er hyn, roedd hi wedi rhoi ei bys ar berygl go iawn – gyda Lesley yma ar ei phen ei hun yn y corsydd tra bo Sophia yn yr ysgol; neu hyd yn oed gyda'r ddwy yno yn y tŷ ym Mhen y Gors. Nid troseddwyr bob dydd oedd yr unig rai i'w hofni – ac nid dinasoedd yn unig oedd yn derbyn cwsmeriaid drwg o'r math yna.

Ond roedd Jenny yn berson da i'w chael o gwmpas, yn sicr, yn llenwi ychydig ar y bwlch lle bu Eli – ond byddai Jenny'n dymuno aros yno ar y noson gyntaf pan ddeuai'r gwestai, er mwyn teimlo fel un ohonyn nhw. Roedd Sophia'n mynd i orfod cael sgwrs ddifrifol gyda hi, a dweud wrthi am roi'r gorau i drafod pethau Gwely a Brecwast gyda'i mam! Doedd rhoi anogaeth i Lesley ddim yn mynd i ddod a'r holl wiriondeb yma i ben.

Doedd hi wir ddim yn deall syniadau penwan y ddynes – eisiau byw mewn lle diflas, ddyddiau bwy gilydd, byw fel *morwyn*, yr un mor *glam* â gweini ar awyren – yn hytrach na bod yn rhan o fywyd lliwgar Llundain a'r *show biz* lle nad oedd dau ddiwrnod byth yr un peth. Nid oedd ffraeo gyda'i mam yn cyflawni dim nac yn darparu atebion. Yr un hen 'rhaid oedd i mi adael Llundain' gwirion bob tro. Ond bob nos, roedd Sophia'n meddwl am y peth. Roedd hi'n gofyn i'r Madonna ar ei chwpwrdd i roi rhyw fath o ddealltwriaeth iddi. Ond nid oedd unrhyw gysur i'w gael ganddi hi ychwaith, felly siaradodd â'i thad – lle bynnag oedd o – a phob nos byddai hi'n crio ei thristwch i'r gobennydd. Os oedd Lesley Micheli yn credu fod ei bywyd *hi* wedi symud yn ei flaen ar ôl marwolaeth ei gŵr, nid oedd hynny'n wir i Sophia, ar ôl marwolaeth ei thad. Nid o dan yr wyneb.

Nid oedd wedi symud yn ei blaen ac nid oedd wedi symud yn ei hôl. Trwy negeseuon e-bost a galwadau ffôn, pennodd Eli a hithau ddyddiad, dydd Sadwrn hyfryd, i Eli ymweld. Roedd hyn *yn* mynd i ddigwydd, doed a ddelo. Roedd hi am ddod i Hythe ac roedd Sophia am ei chyfarfod hi yno a dod a hi yn ôl i Dymchurch ar y trên bach oedd yn rhedeg o Hythe at Romney; yna fe fydden nhw'n cerdded adref i Ben y Gors dros y caeau gan drafod a rhannu hanesion a hen ddywediadau. Fe fyddai'n rhaid taflu Jenny oddi ar y trywydd. Nid oedd cymysgu ffrindiau hen a newydd yn syniad da, nid pan oedd y ffrind newydd yn newydd iawn a'r hen ffrind ar ben arall darn o edau hir a thenau dros ben. Felly paratôdd Sophia bopeth, gwneud yn siŵr fod ganddyn nhw hoff lasagne Eli, cynllunio prynhawn o grwydro a dilyn eu trwynau, yn siarad, siarad, siarad; rhoi'r mymryn lleiaf o golur ymlaen fel bod Eli'n medru dweud wrth Jon Elite cymaint o bishyn oedd Sophia'n dal i fod!

A dim ond deg munud cyn i Sophia adael i fynd at y trên yn Hythe y galwodd Eli. Roedd ei thad wedi'i gwahardd rhag dod, gan ddweud fod arfordir y de yn rhy bell iddi deithio ar ei phen ei hun. Fe allai hi ddod gydag o ryw dro pan oedd ganddo yntau fusnes yn y cyffiniau.

Dyma oedd pwll dyfnaf digalondid i Sophia. Yn y gegin yr oedd hi pan ffoniodd Eli a rhedodd i'w hystafell i sychu ei dagrau yn ei gobennydd, a sychu ei soffistigeiddrwydd o'i hwyneb. Dyma hi, plentyn yn beichio crio, a heno, nos Sadwrn, fe fyddai Eli yng Nghlwb 17 eto gyda'r lleill! Allai hi ddim teimlo'n fwy diffaith. Mor ynysig. Mor ddi-obaith, eisiau'r hyn roedd hi wedi arfer â fo.

Nid oedd ei mam hyd yn oed wedi'i dilyn i fyny'r grisiau i gynnig cysur. Roedd hi allan yn yr ardd yn manteisio ar yr haul er mwyn rhoi'r golch ar lein ddillad Fred Kiff. Yn canu, mae'n siŵr! Hithau i lawr yn y fan acw a Sophia i fyny yn y fan yma.

Ond beth oedd blydi diben hiraethu? Camodd Sophia o'r ffenestr, gan ddal i grio ond bellach roedd cryndod penderfyniad yn ei brest. Beth oedd diben gwneud unrhyw beth ond ymateb yn bendant ac uniongyrchol? Roedd hi eisiau bod yn ôl yn Llundain felly pam aros nes ei bod hi'n ddigon hen i adael cartref a mynd i brifysgol? Roedd hi am wneud rhywbeth am y peth nawr! Ac efallai bod ffordd, heb roi'r tŷ ar dân…

Daeth at ei choed yn araf. Yna, gwnaeth Sophia yn siŵr fod ei mam yn yr ardd eto, cyn cropian allan o'r ystafell i lawr yr hen risiau ac i ddarn newydd y tŷ. Daeth at ystafell ei mam. Gan wneud yn siŵr fod popeth yn saff unwaith eto, pesychodd diwedd ei siom allan ac aeth i mewn i'r ystafell, at gwpwrdd gwely Lesley. Yn nerfus, fel agor ffenestr i galon ei mam, agorodd y cwpwrdd. Nid oedd hi eisiau darganfod unrhyw gyfrinach, dim byd personol i weddw, ond roedd hi am gael gafael ar 'lyfr' ei mam, y Filofax arbennig hwnnw gyda'r holl ddyddiadau a'r cysylltiadau yr oedd y teip theatrig yn ei gario.

A dyna lle'r oedd o. Yn gyflym, darganfu Sophia fanylion yr asiant, y ddynes oedd yn dod o hyd i waith i Lesley Micheli. Gwnaeth yn siŵr fod y rhif yn saff yn ei chof a rhoddodd y llyfr yn ei ôl, yn union lle'r oedd o. Gan frysio allan, nawr yn fwy swnllyd a hyderus, aeth yn ôl i'w hystafell ei hun, cau'r drws, ei gloi, a gafael yn ei ffôn symudol ei hun. Ffoniodd asiant Lesley ar y rhif personol, penwythnos, a dweud wrthi, ei bod hi, fel merch ei mam, yn credu y byddai ei mam yn ymateb i waith petai o'n un arbennig o dda.

Y math o gynnig na allai unrhyw un gyda rhyw-faint o greadigrwydd ynddyn nhw ei wrthod. Ac i atgoffa Lesley Micheli sut ddynes oedd hi, tynnodd Sophia bosteri theatr allan o'u tiwbiau storio a'u rhoi ar hyd y waliau gyda Blu-tack ym mhobman.

PENNOD 5

'Felly, be di'r gair, *guv*?' roed Frenchie Donoghue'n cario ei swper o'r plât poeth ar ben y grisiau i mewn i'r gell: briwgig tenau, sglodion, bresych gwlyb a banana fechan wedi hen basio'r dyddiad y dylai fod wedi cael ei bwyta; mẁg o de a llond dyrnaid o fara menyn.

'Pa air?'

'Ti'n gwybod pa air. Pan fydda i'n cael fy symud.'

Edrychodd sgriw pen y grisiau i lawr at yr hambwrdd a'i gelfi plastig. 'Gei di ddim bwyd gwell yn nunlle arall, Frenchie.'

'Fydda i ddim yn gorfod gweld dy lygad di yn y twll ysbio bob tro dwi'n edrych.'

'Safonau gofal. Chei di ddim safonau gofal fel ni – a chei di ddim ystafell i ti dy hun. Ti'n siŵr bo ti isio mynd?'

'Siŵr iawn.'

'Wel, dwi ddim yn gwybod pryd, nac ydw. Be sy'n gwneud i ti feddwl y byddwn i'n gwybod?'

'Achos bo ti'n gwybod popeth, Mr Davies.'

'O ie. *Llyfr Mawr Gwybodaeth*, fi.' A chafodd Frenchie Donoghue ei gloi yn ei ystafell am y noson – am bump o'r gloch. Gwnaeth Mr Davies yn siŵr fod y Wên a'r rhai eraill Categori A yn eu celloedd, gwneud yn siŵr fod y landin yn ddiogel, a mynd i swyddfa'r Rheolwr Adain ar y landin oddi tano.

'Mae Donoghue yn malu awyr am gael ei symud,' dywedodd wrtho.

'A? Gad iddo fo chwysu. Mi gaiff wybod ar y diwrnod; pam ddylai *o* fod yn wahanol?' Roedd y Rheolwr Adain yn ddyn tal, tawel ac ifanc, mewn crys smart dros ben – efallai am fod angen iddo newid ei grys mor aml oherwydd yr holl boeri ar ei gefn.

'Fydd o ddim eisiau trefnu dim byd, peryg iddo gael ei ffeindio â'i fys yn y pwdin,' meddai Davies – un o'r hen ddynion o sgwad 'wedi gweld popeth'. 'Ma' ganddo fo ormod i'w golli os ydi o'n rhedeg. Mae o eisiau blynyddoedd tawel ar gategori B ac wedyn mynd i Dde America drwy Ffrainc i fyw fel miliwnydd. I *fod* yn filiwnydd.'

Llygadodd y Rheolwr Adain ef. 'Falle,' meddai. 'Ond dyfalu ydi hynny. Wnaeth neb brofi mai fo wnaeth y stwff Antwerp. Fyddai o ddim yn mynd i lawr i B petaen nhw'n meddwl hynny.' Er hyn, pan aeth y sgriw landin, tapiodd y RhA gôd i mewn i'w gyfrifiadur a darllen rhyw fanylion ar y sgrin; eu printio a'u rhoi, wedi'u plygu, yn ei boced.

Mr a Mrs Henderson ddaeth gyntaf, ar y trydydd ar ddeg o Fedi – dyddiad roedd Sophia wedi'i ysgrifennu'n fras yn ei llyfr ysgol gyda dwy linell flin oddi tano yn union fel y byddai'n gwneud gyda dyddiad arholiad – '13/9: GWESTEION AFIACH!' Aeth i'r ysgol o gartref y ddwy Micheli a dychwelyd i dŷ yn llawn o bobl ddiarth.

Roedd y cwpl Henderson yn dechrau bywyd ffres hefyd: newydd ymddeol o fod yn dysgu ac yn cario hen fagiau lledr ac ysbienddrychau i fatshio oedd wedi bod yn anrhegion gadael. Roedd y ddau yn dweud, 'A!' o hyd, ac edrych ar ei gilydd fel petaen nhw wedi darganfod iachawdwriaeth, yn trafod yr RSPB fel bod hwnnw'n grefydd newydd a'u *Llyfr Adar Prydain* yn feibl iddynt. Roedd Sophia'n eu casáu am eu bod wedi cyrraedd rhyw fan na fyddai ei rhieni hi byth yn ei gyrraedd: ymddeoliad gyda'i gilydd. Gwelodd nhw drwy ddrws cilagored eu hystafell, yn ochneidio am yr ystafell Manet, er mai Monet roedden nhw'n ei alw, nes peri bod mam Sophia hyd yn oed yn gorfod gwasgu ei gwên broffesiynol.

'Mi gafon nhw swper yn Hythe ac wedyn dod i mewn gan drafod plu,' meddai Sophia wrth Jenny. 'Betia i di na fydden nhw'n gwybod y gwahaniaeth rhwng pioden a pharagleidar!'

'Mi fydden nhw tase fo'n cachu arnyn nhw!'

Ond fe gafodd Sophia gyfle i gael un fuddugoliaeth fach. Wrth iddi fynd i'r gegin gyda llyfr ysgol gwyddoniaeth, dangosodd yr ymwelydd o rywogaeth fenywaidd ei hwyneb yn nrws yr ystafell fwyta, gweld y llyfr a dweud, 'Anlwcus, cariad! *Devoir*?'

'*Si*,' meddai Sophia, '*compiti a casa.*'

'Sori?'

'Eidaleg am waith cartref. Dyna iaith arall i chi!' *Os ydych chi'n mynnu siarad iaith dramor, Ddynes Adar, y fi ydi'r ferch i chi. Mi fydd gen i wastad ddwy litr a hanner o waed Eidalaidd ynof fi!* Gwenodd Sophia a gwenodd y ddynes, ond roedd gwên Sophia'n ddiffuant – gwên buddugoliaeth fechan, ac fe fyddai buddugoliaethau bychain fel cig mewn cawl yn y lle hwn. Y bore trannoeth, cyfaddefodd Lesley nad oedd hi wedi cysgu winc y noson cyn coginio ei brecwast proffesiynol cyntaf. Roedd hi wedi bod yn cracio wyau yn ei dychymyg drwy'r nos ac wedi defnyddio dwsin i wneud wy perffaith wedi'i ffrio ar un ochr i Mrs Henderson. Ond roedd Sophia wedi cysgu. Roedd wedi cael rhyw wobr gysur i'w sibrwd i'w gobennydd.

Roedd Mr a Mrs Henderson wedi bwcio tair noson ac roedd Jenny ar dân eisiau dod i'w harchwilio, i dreulio amser fel rhan o staff Pen y Gors, mynd trwy'r drws oedd yn dweud Preifat, llenwi potiau pupur neu blygu llieini fel pilipalod. 'Dim ond origami ydi o.' Ar ôl siom Eli roedd Jenny yn datblygu'n ffrind ac roedd Sophia yn cael ei themtio, ond fe benderfynodd yn erbyn hynny – allai dim byd o'r bywyd yma fod yn *hwyl*. Roedd yn rhaid i'r rwtsh Gwely a Brecwast fethu. *Eitha peth i ti, hefyd – rwyt ti wedi ein llusgo ni'n dwy yma i hyn, rŵan chwifia dy freichiau at yr haul!* Ond ni allai Sophia wylio hyn yn digwydd. Ar yr ail noson, aeth ar ei beic i dŷ Jenny i wneud ei gwaith cartref. Yno fe fyddai'n cael ychydig o heddwch. Ond yr hyn gafodd hi yno oedd rhywbeth arall. Yno, cyfarfu hi â'r brawd nad oedd Jenny hyd yn oed wedi sôn amdano.

*

Roedd Sol Barton yn gweithio i Digital South, yn rhoi'r dechnoleg newydd mewn tai a busnesau o Dover i Hastings; roedd o'n bedair ar bymtheg oed ac yn gyrru Honda fel pe bai'n darw angen ei ddofi. Rhuodd at y tŷ o'i waith a gwneud i Sophia eistedd i fyny'n syth, o syndod – aeth heibio'r ffenestr, parcio, dod i mewn drwy'r drws ffrynt ac i mewn i'r ystafell fyw fel petai o'n perthyn yno. Pwy oedd hwn? Gollyngodd Sophia ei beiro.

'O, fy mrawd, Sol.' Cyflwynodd Jenny ef fel pe bai'n gi o'r stryd. 'Sophia o'r ysgol.'

Mae'n rhaid ei fod o'n tynnu ar ôl ei dad; nid un gwelw efo gwallt gwinai fel Jenny a'i mam oedd hwn. Roedd ei wallt yn dywyll ac yn hir – yn hirach na chrop Sophia – ac roedd ei wyneb yn siarp fel ei fam ond â lliw haul, a llygaid glas.

'Haia!'

'Haia!'

Nodiodd Sophia a Sol ar ei gilydd – a daeth moment chwithig o beidio amrantu wedyn cyn i Sophia fynd yn ôl at ei gwaith cartref. Pwyntiodd Sol at y gwaith cartref Ffrangeg roedd y ddwy yn ei rannu ar fwrdd y gegin.

'*Devoir?*' gofynnodd.

'*Oui, monsieur.*' Gwenodd Sophia wrthi'i hun. Roedd buddugoliaethau bychain yn dod mewn ffyrdd gwahanol – byddai'r rhan fwyaf o frodyr yn mynd yn syth i'r gegin i chwilio am y bara.

'*Devoir?* Ffrangeg?' gwawdiodd Jenny ef. 'Faset ti'm yn gwybod y gwahaniaeth rhwng bidet a duvet—'

'Baswn!'

'—Ac mae ganddo fo'r gwely gwlyb i brofi'r peth!'

Ac fe wnaeth hynny i fam Jenny gracio hyd yn oed, a hithau wedi clywed o'r gegin.

'Wyt ti wedi bwyta, Sophia?'

'Naddo, Mrs Barton – ond...'

'Wy a chips.' Dyna'r oedd hi'n ei goginio yn y gegin fel petai dim byd pwysicach yn y byd. 'Mae 'na ddigon i ti.'

'Fase hi ddim yn bwyta chips,' meddai Sol. 'Ylwch arni. Merch cafiar a letys ydi hon.'

Ac oherwydd y ffordd roedd o'n siarad, heb amrantu o gwbl, yn syllu, cafodd Sophia ei heffeithio ganddo yn union fel Jon Elite yng Nghlwb 17; a doedd hi'n sicr ddim yn mwynhau hynny. Ond arhosodd i swper. Roedd hi hanner awr i ffwrdd o Ben y Gors – ond roedd hi'n falch nad oedd Sol yn bwyta gyda nhw gan fod noswaith o waith o'i flaen ef yn lle. Roedd canmoliaeth wastad yn gwneud iddi deimlo'n sâl. Felly siaradodd Jenny ar ran Prydain gyfan, roedd Mrs Barton yn eistedd yn dawel wrth iddi ganolbwyntio ar bob llond fforc, ac roedd Sophia yn cnoi'r ffaith y byddai'n rhaid iddi fwyta swper arall ar ôl mynd adref, i osgoi ffrae gan ei mam.

Allai hi ddim dychmygu hynny'n digwydd yma. Roedd pawb yn cymharu mamau, meddyliodd Sophia. Roedd rhai merched i'w cenfigennu, eraill i'w pitïo. Roedd mam Jenny yn dal ac yn ddifrifol, a chan ei bod hi fwy neu lai yn anwybyddu Sophia, roedd hynny'n gwneud iddi deimlo fel pe bai hi'n derbyn Sophia fel petai hi wedi'i hadnabod erioed. Heb ofyn, roedd hi wedi tywallt coffi i Sophia y munud y daeth hi drwy'r drws. Swyddog Nawdd Cymdeithasol, naw-tan-bump yn Ashford, yn gyrru hen Astra, ac yn gwneud ei hun yn brysur gyda gwaith tŷ fin nos oedd hi – dim llawer i'w ddweud, dim radio'n chwarae, dim teledu, dim ond golwg arni fel ei bod yn benderfynol o wneud dim byd ond smwddio neu goginio neu dacluso. Ar ôl rhochian ar y jôc bidet, tawelodd eto, heb ddweud gair wrth neb a gadael iddyn nhw wneud yn union yr un peth. Felly, oeddech chi'n genfigennus o hynny – o beidio cael eich tynnu y naill ffordd a'r llall gan Lesley Micheli, oedd yn byw bywyd ei ffordd hi a dim un ffordd arall? Fyddech chi'n caru'n fwy y math o fam oedd yn gadael i drefn bywyd wella'r cleifion? A lle'r oedd cariad yn dod i mewn i'r peth, beth bynnag? Dyna'r math o beth roeddech chi'n ei gymryd yn ganiataol, rhywbeth oedd yno o'r dechrau, fod y rhiant yno o hyd.

Ond roedd rhywbeth arall wedi bod rhwng Sophia a Lesley ers i Sophia gychwyn aeddfedu, a hwythau mor debyg – math o ymryson ewyllys. Nid cenfigen dros dad Sophia ond rhyw angen i ennill popeth: beth roedd Sophia'n ei wisgo, beth roedd hi'n ei fwyta, pwy oedd ei ffrindiau, lle'r oedd hi'n cael a ddim yn cael mynd. Ac roedd y ffraeo wastad yn dod â lleisiau crug a chau drysau'n glep – gyda chasineb go iawn wedi'i bwytho i mewn i wynebau'r ddwy. On'd oedd hynny gan eu bod nhw'n meddwl y byd o'i gilydd ddigon i ffraeo, gan eu bod yn caru ei gilydd, mam a merch...?

Oedd hynny'n wir? A phetai'n wir o'r blaen, oedd o'n dal yn wir? Gan fod Sophia yn teimlo'n wahanol bellach. Roedd yr hyn wnaeth ei mam ar ôl marwolaeth Toni Micheli gymaint dros ben llestri, y symud tŷ afiach yma roedd hi wedi'i orfodi ar Sophia a'i bywyd. Nid fod Sophia eisiau byd ynghanol *chwerthin* bywyd Llundain mwyach – pwy oedd yn chwilio am gael chwerthin ar ôl beth oedd wedi digwydd – ond beth oedd yr holl *wenu*? Allai Sophia ddim dioddef gwenu di-ben-draw ei mam – yr holl addoli'r awyr, yr holl gerdded yn yr ardd gyda'i breichiau allan fel petai'n cyffwrdd ymylon byd newydd? Ei byd *hi*, byd Lesley Micheli, lle nad oedd lle i ddangos galar.

Ac fe sylweddolodd Sophia gyda phwniad sâl yn ei bol, fod darn ohoni yn casáu ei mam am wneud y fath beth; ac yna roedd hi'n ei chasáu ei hun am gasáu ei mam.

Wyt ti'n gorfod caru dy fam?
Ydi hynny'n rheol euraidd?
Pan mae hi wedi newid yn llwyr
I fod yn ffŵl fatriarchaidd?
Yr un ti'n ffraeo efo hi, ddydd ar ôl dydd—
Cyn iddi wneud dy fywyd yn afreal
Wyt ti'n gorfod caru'r fam wahanol 'ma?

Rhaid bod ei mam yn gwybod rhywsut am y bwyd yn nhŷ Jenny oherwydd doedd dim sôn am swper

74

pan ddaeth Sophia adre, dim byd heblaw Lesley'n eistedd ar ei phen ei hun yn lolfa'r ymwelwyr, yn disgwyl clywed sŵn allwedd yr Hendersons yn nhwll y clo.

'Hwn 'di'r peth nad ydw i ddim yn ei hoffi,' meddai hi. 'Pobol allan fan'cw hefo goriad i'n tŷ ni. Mae'n gwneud i rywun deimlo'n ofnus…'

Rwyt ti'n teimlo llawer o bethau, oedd ar flaen tafod Sophia. *Dim ond nawr y mae'n gwawrio arnat ti be ti 'di 'i wneud?* Ond ddywedodd hi'r un gair heblaw nos da, gyda'r gusan ysgafnaf a gwib i fyny'r grisiau cefn i'r gwely, gan deimlo gormod o gywilydd dros ei theimladau i oedi yn yr ystafell gyda'i mam.

'Felly, pam na cha' i ddod draw?' roedd Jenny eisiau gwybod. ''Di dy fam ddim yn fy hoffi i?'

'Siŵr iawn ddim! Ym… siŵr iawn bo hi yn… dwi'n feddwl.'

Roedd Sophia a Jenny ar y bws adref y diwrnod wedyn, dim un bachgen ysgol i'w weld yn agos atynt.

'Felly pam lai? Jest cysgu drosodd nos Sadwrn i gael teimlad y lle. Dwi'n ffab efo padell ffrio!'

Gwingodd Sophia un ffordd a'r llall yn ei sedd. Nid oedd ganddi syniad a ddylai ddweud hyn – na sut i'w ddweud, petai hi'n gwneud.

'Rwyt ti wedi dod aton ni a chael swper. Mae hyn braidd yn unochrog tydi?' Beth bynnag roedd Jenny'n ei feddwl, roedd Jenny'n ei ddweud.

Felly, dyna roedd Sophia ar fin ei wneud hefyd. Gyda thwf egni mawr y tu mewn iddi, allan â fo. 'Mi ddweda i pam! Achos mae troi'r sothach Gwely a Brecwast yma'n hwyl yn mynd yn erbyn fy nghyn-llun i'n llwyr!'

'Wwww!' meddai Jenny, ac yna, 'Dwi ddim yn dy ddeall di Soff.'

Trodd Sophia at ei ffrind newydd a gostwng ei llais, hyd yn oed yn y bws gwag. 'Achos dwi isio iddo fo fod yn brofiad ofnadwy. Dwi isio iddo fo fethu. Dwi ddim isio iddo fo bara un diwrnod yn fwy nag sydd raid iddo...'

'Busnes dy fam?'

Nodiodd Sophia. 'Ti'n gwybod rŵan, felly. Busnes afiach, twp Mam a 'mywyd afiach, twp inne—'

'O, ydw i'n rhan o hynny?' Roedd Jenny eisiau gwybod.

'Dim y darn yna. Ond dwi'n dweud wrthot ti, rydw i'n bwriadu gwneud popeth yn fy ngallu i gau'r lle i lawr: dwi am biso yn y te, rhoi pryfaid cop yn y gwlâu, rhoi'r negeseuon ffôn anghywir, beth bynnag mae'n ei gymryd. *Wedyn*, fe gaiff hi feddwl eto. *Wedyn* mi fydd yn rhaid iddi wrando arna i a gwrando ar fy anghenion i...'

Tynnodd Jenny oddi wrthi. 'Woa!' meddai. 'Clyw di! Dwi ddim hyd yn oed yn teimlo fel'na am y diawl tad sy' gen i!'

Rhoddodd Sophia ei phen i lawr. 'A phaid ti â meddwl nad oes dim cywilydd arna i 'chwaith,' meddai, 'achos mae. Ond hi neu fi ydi hyn, Jen, hi neu fi...'

*

Roedd Frank Leonard yn siarad â chontractwr oedd yn hedfan i mewn ac allan o faes awyr Lydd – Gerald Scott, peilot oedd yn hedfan i mewn ac allan o unrhyw faes awyr os oedd rhywun yn fodlon talu mwy nag arfer am y stwff roedden nhw ar dân eisiau ei dderbyn. Roedd o'n hedfan gynnau i'r Congo a meddyginiaethau i Irac, porn i Bahrain ac alcohol i Dubai. Ond nid pobl, fel arfer; dim teithwyr iddo fo. Doedd y math hwnnw o gargo ddim yn ddefnydd economaidd o ofod yr awyren; fyddai cludo un neu ddau o bobl byth yn talu cystal â'r un cyfaint o gewyll wedi eu pacio'n dda. Oni bai fod y person hwnnw yn rhywun â phris ar ei ben wrth gwrs.

'Bois cyn-Cranfield, syr, cyn-RAF, cyn-British Airways, i mewn ac allan: dyna 'musnes i,' meddai wrth Frank Leonard.

Roedd Leonard wedi dod i'r fila mewn steil pensaernïol Costa-del-Sol-yng-Nghaint mewn tacsi o orsaf drên Bromley, gan adael ei gar mewn maes parcio yn Folkestone. Roedd yn cuddio ei olion yn well na gwynt ar eira mân: gwers roedd o wedi'i dysgu ar ôl cael ei gyhuddo o lofruddiaeth. 'Rwyt ti'n gwybod be ti isio wyt ti?' gofynnodd i'r peilot.

'Dwi 'di cael gwybod.'

'Felly dwed wrtha i be' ti 'di cael gwybod.' Gafaelodd Leonard yn ei wydr o donic yn ofalus, bys a bawd, fel ficer mewn bedydd.

Cleciodd Gerald Scott ei wisgi a Canada Dry mewn un. 'Rwyt ti isio i mi fynd â dy gleient i Ffrainc, boi sydd angen... ym... mynd heibio i'r sianelau arferol.'

'Siarada'n gall, mae angen mynd â fo i Ffrainc, yn gyfrinachol – tra bo hanner y wlad yn cael ei sgwrio er mwyn dod o hyd iddo fo.'

Tywalltodd y peilot becyn newydd o gnau mwnci i flwch llwch a bachu llond llaw ohonyn nhw, gan gnoi'n swnllyd a gollwng halen ar hyd ei dei Clwb RAF. 'Wel, rydw i wedi bod yn meddwl am y peth...'

'Da iawn. Dwi'n dy dalu di i feddwl – yn hytrach na thalu VAT.'

'Mi glywais i, ryw dro yng nghanol Hydref...?'

'Dyna be dwi 'di cael gwybod. Swnio fel gwybod-aeth dda.'

'...Ond, ar benwythnos y pymthegfed o Hydref, mae rali awyr i lawr yn Lydd – mi fydd peilotiaid penwythnos De Lloegr yn mynd ar eu trip blynyddol drosodd i Le Touquet. Y cyfle ola' cyn i'r clociau gael eu troi'n ôl. Mae hanner yr awyrennau bychain i'r de o Medway yn mynd am drip i La Belle France, drosodd ar ddydd Sadwrn, mwynhau ambell wydryn a thunnell o falwod, a 'nôl brynhawn Sul.' Crynsh, crynsh.

'A?'

'Maen nhw i gyd yn bobl saff, syr, pob un yn onest, fydd y swyddogion mewnfudo yn Lydd ddim yn edrych ddwywaith arnyn nhw na'u chwiorydd na'u cefndryd na'u modrybedd. Beth bynnag, gan fod yr Undeb Ewropeaidd yno, fydd yna neb yn cadw golwg ar bobl yn gadael y wlad, dim wrth iddyn nhw ddod yn ôl...'

'Fel dwedais i, "A?"'

'Wel, mi fydda i'n un ohonyn nhw!' Agorodd ei wyneb fel pe bai'n disgwyl cymeradwyaeth am hedfan lŵp. 'Ac mae'n gymaint saffach na hedfan yno liw nos – pan fydden ni'n dangos ar eu radar nhw fel ploryn ar dywysoges landeg...'

Syllodd Leonard allan o'r ffenestr. 'Y dydd Sadwrn rwyt ti'n ei ddweud?' Deffrodd o'i freuddwyd. 'Mae hynny'n ffitio. Fe fydd o'n dod allan y dydd Mercher cynt – hynny'n rhoi amser i ni wneud beth fynnwn ni efo fo a gwneud yn siŵr ei fod o'n cael ei "weld" gan ambell un ym mhen arall y wlad...'

'Rydw i'n siŵr fod y cwbl lot wedi'i gynllwynio'n berffaith gen ti...'

'Beth am ar yr ochr arall?'

'Y plismyn?'

'Nage – *ar* yr ochr arall. Ochr Ffrainc?'

Tywalltodd Gerald Scott wydryn hael arall iddo'i hun. 'Ma' popeth mor felys a mêl. Pan fyddwn ni'n glanio, tydi'r *gendarmes* ond yn gofyn am rif cofrestredig yr awyren a nifer y teithwyr – dim enwau, dim dril – ac yna maen nhw'n dweud helo. Mae'r rhan fwyaf o'n bois ni'n mynd yn syth i fwyty'r maes awyr.' Mae'n rhwbio'i fysedd olew-cnau-mwnci yn ei gilydd, yn amlwg wedi'i blesio â fo'i hun. 'Ond 'den ni'n hedfan eto i ble bynnag wyt ti isio am gan milltir neu ddwy, heb gynllun hedfan os wyt ti isio: mae llond lle o awyrennau bychain yn ne Ffrainc – y syniad o ddiogelwch yn fan'no ydi un dyn a'i gi...'

'Felly sut wyt ti'n ffeindio'r meysydd glanio?'

'GPS, syr.'

'GPS?'

'*Satellite navigation*. Mae 'na un yn y car, on'd oes?'

'Byth yn ei ddefnyddio fo; dwi wastad yn gwybod lle dwi'n mynd.' Yfodd Frank Leonard yn eiddil o'i donic unwaith eto a chlirio'i gorn gwddf drwy dorri gwynt yn swnllyd. 'Ydi, mae hynna'n swnio'n ocê. Ti'n glanio yn un o'r rheiny – mae'r union le eto i'w drefnu – ac mae 'nghwmni fi'n ei arwain o o 'no.'

'I ble?' gofynnodd Gerald Scott.

'Rhywle y byddai ond un neu ddau yn gwybod amdano – ac mi rwyt ti'n ddigon pell i lawr y rhestr.'

Gwnaeth y peilot ryw ystum i ddweud, 'ara' deg, ara' deg' gyda'i ddwylo, a gwenu. 'Dwi wedi cael fy hyfforddi i beidio cracio os dwi'n cael f'arteithio, ti'n gwybod...'

'Faset ti'n cracio o dan fy un i, Biggles. Ac yn gyflym.'

Ac yn y foment chwithig honno o fygythiad, cytunwyd ar gynllun: trafodwyd arian, gwenodd Gerald Scott yr holl ffordd i'w glwb, i ddechrau rhedeg bil yno; aeth Frank Leonard, ar y llaw arall, ar drywydd troellog yn ôl i Faenor Cors Ganol er mwyn dechrau cynllwynio beth i'w wneud â deg miliwn o bunnoedd.

PENNOD 6

Gyda'r ysgol wedi cychwyn eto a'r twristiaid wedi mynd, aeth y gors o fod yn dawel i fod yn ddiffaith, dim ceir yn mynd ar goll, dim cerddwyr selog ar y llwybrau troellog. Ac o fewn tair wythnos, dechreuodd yr hydref rolio i mewn gyda'r niwl yn newid yr olygfa gyda bob chwa; nid oedd Pen y Gors fel tŷ gwyliau haf bellach ond yn hytrach fel plasty iasol wedi'i gyffwrdd ag oerfel bysedd rhyw ysbryd. Daeth tamprwydd i mewn i hen goed Nelson a dechreuodd y llawr o dan draed Sophia wichian yn y nos fel llong ar y môr. Pryd gâi hi adael hyn? Nid oedd diben aros i gael mynd i brifysgol – heb air gan asiant ei mam, faint o amser fyddai'n pasio cyn y deuai'r cyfle i'w heglu hi tua Llundain? Digon o amser i Eli dyfu'n ddieithr?

Roedd glan môr Caint wedi'i gau am y tymor ond roedd hysbyseb Lesley yng ngwarchodfa RSPB Dungeness yn dod ag adarwyr i Ben y Gors. Roedden nhw'n griw od a thawel, yn rhoi ias i Sophia fwy a mwy – ddim yn siarad yn uwch na sibrydiad rhag ofn dychryn eu hysglyfaeth, ond eto roedd digon o gnawdolrwydd ynddyn nhw fel bod Sophia'n dal y dynion yn edrych arni dros eu llyfrau adar a'r menywod yn cipio golwg o dan y lliain bwrdd i weld gwerth y dodrefn. Mae gan bawb lygad ar rywbeth.

Ond fe allai ddelio â hynny – fe fyddai'n gofyn i'r dynion, fel gweinyddes mewn tymer ddrwg, 'Mae'n ddrwg gen i? Oeddech chi'n edrych arna i?' Yr hyn na allai hi ddelio ag o oedd y ffaith nad oedd un lle y tu allan i'w hystafell yn breifat, roedd rhywun yno bob tro, i'w gweld a'i chlywed. Nid oedd Pen y Gors yn gartref iddi nac yn dŷ i fyw ynddo – lle cyhoeddus oedd o, lle'r oedd yn rhaid iddi fyw bywyd cyhoeddus gwaeth na'r Frenhines. O leiaf fe allai'r Frenhines ddweud wrth bawb fynd i ebargofiant! A'r tywydd – a fyddai'r bobl yma byth yn rhoi'r gorau i falu awyr am y tywydd? Byddai wastad yn dweud wrthyn nhw fod rhagolygon y tywydd yn union i'r gwrthwyneb i'r gwir, ac yna, deuai'r cwestiynau am yr ysgol a'i dyfodol. Felly, roedd hi'n astudio cefnforeg ac yn mynd i fod yn ofodwraig – byddai hynny'n rhoi tân yn rhai ohonyn nhw, o ystyried eu bod nhw'n ffysi am bob un manylyn i wneud â'r RSPB. *Hoffwn i wneud unrhyw beth heblaw tyfu i fyny i fod fel un ohonoch chi!* oedd yr hyn y dymunai hi ei ddweud – ac fe wnaeth hefyd, wrth un hen ddynes fyddar. Allai Eli ddim coelio'r peth, meddai hithau, mewn e-bost.

Roedd y ddwy'n cynllwynio sut i ddianc o hyd – roedd hyd yn oed y *syniad* yn ei chysuro – ac fe ddarganfu ddihangfa; mae angen hynny ar bawb. Ar y penwythnos, fe fyddai, yn syml, yn gadael y lle. Byddai'n gwneud ei thasgau yn y tŷ fel na fyddai Lesley'n cwyno, ac yna fe fyddai'n mynd allan. Weithiau gyda Jenny – roedd hi wastad yn gwmni da – ond roedd Sol o gwmpas fwy a mwy y dyddiau hyn ac roedd Sophia'n teimlo'n anghyfforddus pan fyddai o yno; doedd hi ddim eisiau gweld ei thymer ddrwg yn cael ei disodli gan ryw sylwadau gan frawd Jen – ac roedd hynny wastad *yn* digwydd, wastad yn gwneud iddi deimlo fel merch. Yr hyn roedd hi ei angen fwyaf oedd bod ar ei phen ei hun, ac fe ddarganfu'r union le, yn ddigon pell o bawb.

Roedd y lle hwn tua milltir o Ben y Gors, lle a welodd ar ddamwain, wrth fynd o gwmpas ar ei beic. Ar ôl mynd yno unwaith neu ddwy, trodd y lle hwn yn rhywle roedd hi'n anelu ato o hyd – er nad oedd neb yn mynd i unman mewn llinell syth ar ffyrdd y corsydd. Roedden nhw, yn hytrach, yn dilyn glannau'r nentydd ac yn mynd i bob cyfeiriad er mwyn mynd i nunlle. Ond roedd cadw'r lle hwn yn gyfrinach trwy ddefnyddio'r fath ffyrdd troellog yn bwysig, gan ei fod o'n wir, wir, breifat, yn rhyw fath o ogof bychan o dan fwa o graig lle byddai cariadon wedi cwrdd mewn hen straeon; twr unig yn sefyll ar ei ben ei hun ac yn dal mewn un darn oherwydd yr eiddew oedd yn dringo drosto – yn ddigon pell o'r ffordd, dros gae o ddefaid yng nghanol coedwig fechan. Fe allai fod yn hen eglwys neu gapel, wedi hen ddymchwel, wedi'i guddio nawr gan ganghennau mawr yn pwyso drosto, hen waliau'n ymestyn i fyny i'r dail ac yn crymu, gyda gofod o ryw ddau fetr sgwâr ar y gwaelod. Rhoddodd Sophia'r enw Twr Micheli arno, ac yma fe fyddai'n taflu ei beic i un ochr ac yn dad-gloi ei dyddiadur pum mlynedd.

Lle cyfrinachol lle does neb yn mynd
Tu mewn i'w phen.
Dim clustiau, dim llygaid, dim darllen
Ei hwyneb hi.
Dim pryder fod rhywun arall yn gwybod
Pwy sy' ma,
Pa ddagrau sy'n tasgu, pa sgriblo
Yn ei llyfr,
Â phwy mae hi'n siarad, wrth i'w beiro
Drafod syniadau;
Dal llaw pa ysbryd mae hi
Yn ei dychymyg
'Fi yw fi, nid ti,
Ti yw fi, fi yw ti—
Neu felly fyddai pethau—
Petai gobaith yn inc.'

Yn y lle hwn, fe fyddai'n mynd yn ôl i ddyddiau ysgol gynradd pan wnaeth hi ryw fath o wersyll; o ystyried fod gwersyll ond yn wersyll pan rydych chi ynddo fo. Roedd Eli a hithau wedi gwneud un, un diwrnod allan yng Nghoedwig Epping, wedi mynd yno ar y bws – ac wedi gadael rhywbeth personol yno bob un, er mwyn ei berchnogi – ond aethon nhw erioed yn ôl, felly collodd Eli ruban a chollodd Sophia freichled *Mizz*. Ond ar ôl profi ei bod yn medru dod o hyd i Dŵr Micheli eto, cuddiodd ddarn o blastig mawr yno er mwyn eistedd arno yn y craciau rhwng y cerrig hynafol. A chuddiodd hen gyllell gegin, a thaniwr bychan roedd hi wedi'i ddarganfod.

Marciodd ei lle gyda cherrig cyfrinachol, casglodd wlân sych o weiren bigog er mwyn cynnau tân a'i lapio yn y plastig. Daeth o hyd i le cyfforddus i eistedd yn unrhyw dywydd ar graig lefn o dan fwa, a lle arall i orwedd mewn cornel heb gael ei gweld. A'r peth olaf yr aeth hi ag o yno oedd tin o ffa pob – ond anghofiodd declyn i'w agor.

Dyma ble gallai fod ar ei phen ei hun, lle gallai fod yn Sophia go iawn, yr un ar y tu mewn, lle gallai alaru am ei thad a chrio os mynnai; lle gallai ffonio Eli i drafod stwff personol; lle nad oedd yn rhaid bod yn ferch cŵl yn delio â llygaid dynion neu'n gorfod bod yn foesgar wrth wragedd gyda mwstas; a lle doedd dim rhaid cadw ei barn yn gaeth o dan sibryd-iad yn y gegin. Yma, gallai sefyll ar ei thraed, bod yn noethlymun os oedd hi'n ffansïo hynny, a gweiddi i'r yr awyr hunanfoddhaol – ac fe wnaeth unwaith, tan iddi deimlo fod ei thad, efallai, yn gwylio. Yma, gallai eistedd a chofleidio'i hunan, crio wrth feddwl am hen jôcs neu brydau bwyd neu brynhawniau'n mynd am dro, y nofio, beicio, merlota, gwylio Spurs, mynd i nosweithiau agoriadol, gwrando ar ymarfer band a chlywed *blues jazz* ysgafn. Roedd Toni'n chwarae iddo fo ei hun. Yma, gallai gofio'r pethau cyffredin hynny mewn bywyd roedd hi wedi'u cymryd yn ganiatáol – wedi ffraeo drostynt, hyd yn oed – gan nad oedd ganddi syniad fod fory ddim yn bodoli ac y byddai'r cwbl yn diflannu.

Dyma oedd Tŵr Micheli. Dyma le gallai'r hen fywyd Micheli gael ei ail-fyw a'i alaru. A lle cafodd ei synnu hyd nes iddi sgrechian un diwrnod, pan ddaeth y niwl i mewn tuag ati, a daeth llais ati'n sydyn, trwy ymyl y coed.

'Ti sy' 'ma! Haia!' Yna, 'Sori, Caf! Do'n i'm isio dy ddychryn di.'

Dychryn? Roedd hi wedi dychryn am ei henaid, ac wedi neidio i gofleidio coeden. Ond, '"Caf"?' Sol Burton oedd yno.

'Cafiar a letys. Fy merch cafiar a letys i!' Roedd o'n camu'n fras drwy'r gwyll yn ei esgidiau moduro.

'Dwi'm yn ferch i neb.' Cydiodd yn ei dyddiadur y tu ôl i'w chefn wrth ei wynebu. 'Wel, nid dy un di.' Roedd ei llais yn denau a'i lond o ddicter rhywun wedi dychryn. Meddyliodd am ei daro gyda'r tun ffa ond wyddai hi ddim yn union lle'r oedd o.

Daeth i mewn i'w gwersyll a gwenu, eistedd ar ei charreg esmwyth. 'Wnest ti ddim clywed y beic?' Pwyntiodd yn ôl tuag at y ffordd.

Gwyrodd Sophia a thaflu ei dyddiadur i mewn i'w bag ysgwydd yn sydyn. 'Wnest ti fy nilyn i?' Croesodd ei breichiau; y perchennog.

'Fi? Dy ddilyn di? Ti'n siŵr ma' nid fel arall rownd oedd hi?' gofynnodd. 'Rwyt ti yn y lle gore i fod ar dy ben dy hun ar ochr yma'r gors. Y lle gore un am le preifat. Fy lle i. Mi allet *ti* fod wedi 'nilyn *i* yma y tro diwetha' ro'n i yma.'

Felly roedd o'n dod yma hefyd; fwy na thebyg yn dod â chariadon yma ar ei Honda. Dyna oedd y drafferth gyda'r rhan fwyaf o lefydd dirgel, mae rhywun wedi'u hawlio nhw'n barod.

Gwenodd arni. 'Ti isio gwybod pam 'mod i yma?'
'Dim diolch.'

'Mi wna i ddangos i ti beth bynnag.' Ac wrth iddi gulhau ei llygaid, mymryn o fod wedi eu cau'n llwyr, aeth ei law i mewn i boced ei jîns; a thynnodd ohono organ geg loyw, las, yr un lliw â'r tu mewn i gâs sacs ei thad. Eisteddodd ar y llawr, cododd hwnnw at ei geg a chwarae nodau er mwyn ei wlychu, ei weithio i mewn i'w wefus a dechrau chwarae'r darn agoriadol i *Mood Indigo.* 'Mae pobl yn tynnu coes,' meddai, gan oedi, 'maen nhw'n hymio'r nodyn iawn pan fydda i'n chwarae'r un anghywir, fel 'tawn i ddim yn gwybod be ddylai o fod; bois yn y gwaith, Jen a Mam a'r hen ddyn pan oedd o'n byw gartre; felly dwi'n dod yma. Ti byth yn cael pethau'n iawn y tro cynta', a tydi'r hen ddefaid yma ddim yn meindio'r fflyffs.'

Am y tro cyntaf ers iddo gyrraedd a'i dychryn, dechreuodd Sophia anadlu'n haws. 'Cerddor oedd Dad,' meddai.

Nodiodd Sol; roedd o'n gwybod yn barod. Rhaid bod Jenny wedi dweud wrtho – neu ei fod yntau wedi gofyn iddi. Chwaraeodd gymal arall o'r *blues* gyda'i lygaid ar gau. 'Rŵan, dwi 'di dangos f'un i; dangos di d'un di.' Ond dywedodd y peth gyda thôn ysgafn, dim byd budr.

Edrychodd Sophia arno'n galed. Efallai ei fod yn gerddor fel ei thad ond doedd hi ddim yn siŵr a oedd hi am fynd mor bell â hynny. Efallai bod rhywun yn ymarfer offeryn ar ei ben ei hun, ond peth cyhoeddus yw sŵn. Ni fyddai rhannu ei chyfrinach yn gyfnewid teg. Roedd ei sgriblo yn rhywbeth iddi hi yn unig; a hyd yn oed os oedd ychydig ohono'n troi allan i fod yn berffaith, fyddai hi byth bythoedd yn gadael i neb ei ddarllen.

'Wedi meddwl am y peth,' meddai, 'dyna'r cwbl – dianc oddi wrth bawb, y tŷ, y bobl.' Anadlodd yn ddwfn a rhoi ychydig bach mwy o wybodaeth iddo, gan ei bod yn meddwl y byddai o'n deall. 'Dwi'n gweld eisiau Dad, a dwi'n... siarad efo fo hefyd, yma.' Ac roedd hynny'n wir. Roedd hi hefyd yn siarad ag o drwy ei gobennydd, ond allai hi ddim ysgrifennu pan oedd hi gartref; gallai ei mam ddod adref unrhyw funud – roedd hynny'n gyfrinach wahanol.

Cododd Sol ar ei draed. Gwelodd Sophia ei fod yn ystyried rhoi ei fraich amdani fel cysur. Ond camodd yn ôl, gostwng ei ben a dweud, 'Alla i ddeall hynna.' Trodd i ffwrdd, yna'n ôl, gan chwerthin. ''Swn i'n hoffi siarad efo f'un i, ond mi fuaswn i'n siŵr o ddychryn y defaid allan o'u crwyn.'

Chwarddodd Sophia hefyd. 'Wel,' meddai, gan edrych o gwmpas Tŵr Micheli, 'os nad ydi'r lle 'ma'n cael ei rannu efo trydydd person hefyd, mi allwn ni gael rota.'

'Neu mi allwn ni ddod efo'n gilydd ac mi alla i chwarae tra bo ti'n sgwennu.'

Bu bron i Sophia nodio cyn iddi sylwi beth o oedd wedi'i ddweud. 'Pwy ddywedodd 'mod i'n sgwennu?'

'Mae sgwennu 'run peth â siarad, tydi? Gyda darn o bapur, efo beiro.' Nodiodd at y Bic oedd yn dal yn ei llaw – twp! 'Mae chwarae cerddoriaeth yn ffordd o siarad hefyd – drwy gân. Ti'n gwybod beth oedd Charles Aznavour yn ei ddweud – ti'n gwybod pwy 'di Charles Aznavour?'

'Hen ganwr o Ffrainc.' Siŵr iawn ei bod hi'n gwybod; roedd ei mam wedi gweithio ar set un o'i sioeau yn Llundain.

'Fe ddywedodd fod geiriau cân yn trin clwyfau'r gynulleidfa.'

'Ie, dwi'n deall hynna.'

'Felly, 'den ni'n deall ein gilydd.' Rhoddodd Sol yr harmonica wrth ei geg eto a chwarae'r nodau cyntaf i 'The Man that got Away', Judy Garland.

Gwrandawodd Sophia, gan wylio'i fysedd yn neidio, ei lygaid ar gau, yna'n agor ar ambell gymal, ac edrych arni. Roedd o'n dda, yn creu cerddoriaeth ddolefus; ei chwarae, mae'n rhaid, yn gysur iddo fo tra bo barddoniaeth yn gysur iddi hithau.

'Na, ti oedd yma gyntaf,' meddai hi, 'Mi wna i ffeindio rhywle arall.'

'Pam?'

Doedd dim rhaid iddi feddwl am y peth. 'Achos, dwi ddim isio dewis rhwng siarad efo ti a siarad efo... rhywun arall.'

'Dewis? Fyddet ti "ddim isio dewis"? Felly, fyddet ti ddim yn meindio'r ddau, te?' gofynnodd, 'yn eu lle?'

Ni atebodd Sophia. Doedd hi ddim yn teimlo'n barod i wneud. Yn hytrach, gadawodd; cododd ei beic a'i wthio'n benderfynol drwy'r coed, fe ddôi'n ôl rhyw ddiwrnod arall i gasglu ei phethau. Felly, ni cheisiodd Sol ei rhwystro; chwaraeodd ei gerddoriaeth fel pe bai creu cerddoriaeth yn golygu popeth iddo. Ac roedd Sophia'n gwerthfawrogi hynny, fel merch i Toni Micheli. Ond, er iddi osgoi siarad ag o yn nhŷ Jenny, allai hi ddim â rhwystro'i hun rhag teimlo ychydig o siom na alwodd o hwyl fawr ar ei hôl.

Ni allai Bri Tingle – dyn cyhyrog Leonard oedd yn digwydd bod yn dioddef o salwch môr ar y pryd – siarad gair o Ffrangeg. Ar y llaw arall, roedd o'n deall y daith i Calais i brynu sigaréts rhad i'r dim. Unwaith yr oedd gwyliau'r ysgol wedi dod i ben a thraffig y Sianel yn dawelach, roedd yn dechrau gwneud teithiau rheolaidd i nôl sigaréts – yn ymddwyn yn amheus yn ei Ford bach er mwyn sicrhau y byddai'n cael ei stopio a'i archwilio ond bob tro, yn gwneud yn siŵr ei fod yn cario mymryn llai na'r rheolau. Drwy wneud hynny, fe fyddai'r tollau'n dod i adnabod car Tingle bron cystal ag yr oedden nhw'n adnabod eu ceir eu hunain ac roedden nhw'n fodlon nad oedd unrhyw le ar gyfer hyd yn oed y sniff lleiaf o gyffuriau nag ychwaith le cudd i guddio mewnfudwr anghyfreithlon: efallai wir fod Tingle yn ddyn cyhyrog enwog o gwmpas Llundain ond dim ond nôl sigaréts arferol roedd o. A dyna oedd y syniad – na fyddai dim byd hynod amdano fo'n mynd a dod, felly pan ddeuai gyda llwyth Frank Leonard, fe allai chwibanu ei ffordd adref, mor hawdd â'r gwynt. Pe bai'r dyn mawr yn dewis yr opsiwn hwnnw.

Roedd Leonard ei hunan yn cymryd gofal o ochr Ffrainc o'r trefniadau. Gan ddefnyddio pobl oedd ag ail dai yn Ffrainc – ffrindiau pobl y gallai eu dychryn – recriwtiodd bedwar dyn lleol mawr, digon mawr i ddelio â Frenchie Donoghue, a'u talu i sefyll ac aros am yr hediad ar benwythnos hedfan Ludd, y maes awyr i'w gadarnhau rhyw dro arall. Golygai hynny, rhwng popeth, fod sgriw'r carchar ar ei ochr, y peilot a'r awyren wedi'i setlo, y tŷ saff yn Sandgate yn barod, cwpwl o ddynion cryf yn Ffrainc wedi'u trefnu, a Bri Tingle wedi trefnu i ddod â'r enillion yn ôl. Hynod foddhaol.

Ar ôl i Frenchie Donoghue gael ei ryddhau.

Y dydd Sadwrn hwn, roedd Leonard yn nofio yn ei bwll nofio yn ei gartref. Roedd ganddo ddau steil: *crawl* bler gyda dŵr yn tasgu i bobman ar y cyfnodau pan fyddai'n llawn tensiwn, ac arnofio o gwmpas ar ei gefn pan oedd o'n fodlon ei fyd. Ar hyn o bryd, roedd ar ei gefn, gyda Bev Leonard yn nofio wrth ei ochr, yn nofio'i steil hi: ar ei blaen.

'Rwyt ti wedi aros yn ddigon hir, Frank,' meddai. 'A finne – a diemwntiau *yw* ffrind gore' merch.'

'Ti'n meddwl 'mod i'n gwneud hyn i gyd i ti?'

'Na, ond peth ohono fo, e? Ti'n licio ngweld i'n pefrio ychydig bach yma ac acw, dwyt... Roeddet ti'n arfer. Pan fyddet ti'n hanner lladd dyn am edrych arna i'n rhy hir. Pan wnest ti'n siŵr 'mod i ddim yn gweithio fel model er mwyn i ti fod yr unig un i gael edrych arna i, fyth...' Nofiodd i amseriad ei arnofio ef, a nofiodd dros ei draed. 'Mi rois i flynyddoedd gore'r corff 'ma i ti...' Ceisiodd ei gusanu.

'Gofalus! Ti isio 'moddi fi?'

'Dim ond mewn cariad, Frank.'

'O, gad hi fod! Cariad? Y dwpsen farus!' Yn sydyn, cipiodd ei phen a'i gwthio o dan y dŵr, ei dal yno'n gaeth rhwng ei gluniau hyd nes i'w hymladd droi'n wyllt. Ac erbyn iddi dynnu ei hun i fyny ac allan o'r pwll gan besychu nes bod ei llwnc yn llosgi, gan rochio dŵr o'i thrwyn, roedd yntau'n sych ac yn gwisgo'i ddillad.

'Dwi ddim yn gwneud dim byd er mwyn *cariad!* Y diemwntiau yna ydi 'mhensiwn i, a phaid ti ag anghofio hynny!'

Roedd ar Sophia angen ei holl ddewrder i fynd yn ôl i Dŵr Micheli y nos Sadwrn hwnnw. Roedd niwl y corsydd yn hofran dros y ffosydd, mwd yn sugno'r dŵr, creaduriaid yn cropian i dyllau a hen ddefaid meddal yn edrych fel geifr y diafol yn dod allan o'r gwyll. Gallai Sophia glywed popeth uwchben sisial teiars ei beic; ond ni allai'r goleuadau ond dangos y ffordd hyd at y cwmwl nesaf o niwl symudol. Roedd hi wedi simsanu a bron wedi cael ei gwthio o'r ffordd gan gar yn mynd heibio, fwy nag unwaith.

Yna, Fair Forwyn! Beth oedd hwnna? Roedd sŵn rhywle y tu ôl iddi, math o ratl, ratl, ratl. Roedd yn dod o ryw bellter ond yn agosáu ac agosáu ac agosáu. Ei hymateb cyntaf oedd cyflymu, i ddianc – ond allai hi ddim gyda'r holl chwyrlïo llwyd o'i blaen, roedd hi'n cael ei dal yn ôl gan ei dallineb ei hun. A gyda'r chwyrlio, daeth sŵn ratl, ratl, ratl – fel clep hen gadwyn crocbren fyddai'n cael ei ddefnyddio i hongian smyglwyr y corsydd erstalwm. Ond yn rhyfedd, nid oedd yn nesáu – roedd y sŵn iasol fel petai'n cadw gyda'i symudiadau hi, rhyw ychydig y tu ôl iddi, drwy'r amser – rhyfedd a dychrynllyd, ac wrth iddi basio Maenor Cors Ganol tuag at dro Tŵr Micheli, roedd hi'n barod i weiddi 'Help!' i mewn i focs agor y glwyd, neu daflu ei beic i'r ymyl a gorwedd yn y glaswellt hyd nes i'r ratl basio.

Ratl, ratl, ratl... ond roedd hi wedi mynd heibio'r giât bellach, roedd wedi pasio'n rhy gyflym yn y niwl ac felly doedd dim byd amdani ond taflu ei chorff i'r ymyl – allai hi ddim mynd yn ei blaen fel hyn. Ond, pan edrychodd i lawr, roedd y glaswellt wedi culhau i fod yn ddim byd ond wal frics a doedd dim byd amdani ond mynd yn ei blaen. Ratl, ratl, ratl. Roedd mewn panig bellach, ond yn sydyn, roedd darn clir o ffordd o'i blaen felly dechreuodd symud ynghynt – a beiciodd yn syth i mewn i chwa sydyn o niwl am ei phen. Allai hi ddim stopio. Collodd ei balans. Syrthiodd o'r beic i'r ffordd, i sgrap o wrych, trwch blewyn yn unig cyn disgyn i ddŵr mwdlyd y gors.

Ratl, ratl, ratl – stop. Nawr, roedd ffigwr yn sefyll uwch ei phen fel rhyw ellyll.

'Ti'n iawn, ferch?' Fred Kiff oedd yno, ar ei feic, a'i gert gyda'i offer garddio y tu ôl iddo. Dyna oedd y ratl, ratl, ratl. 'Ro'n i'n meddwl y byddet ti'n well beiciwr.'

Tynnodd Sophia ei hun i fyny a thynnu ei thrwyn ato. 'Wel, os ydw i'n simsan, bai ratl eich beic chi am

fod yn ddigon i ddychryn enaid rhywun ydi o.'
Cododd ei beic a rhoi tro i'r olwynion; dim drwg
wedi'i wneud.

Chwarddodd yr hen ddyn. 'Dychryn enaid? Fi?
Roedd y golau coch yna ar d'un di yn fflachio o
gwmpas fel pwmpen Nos Galan – ro'n i'n meddwl
fod ysbrydion y corsydd wedi codi...' Roedd o wedi
tynnu ei hen gap ac roedd o'n crafu ei ben.

Crynodd Sophia: roedd y lle yma'n ddigon i
ddychryn enaid rhywun pan oedd y niwl wedi codi
ac unrhyw olau wedi mynd. Trodd ei beic er mwyn
mynd adref.

'Rwyt ti yn llygad dy le i grynu, ferch. Rwyt ti
wedi dod i'r lle iawn i ddod ar draws ysbrydion.
Smyglars mewn cadwyni ar grocbren a dynion
refeniw wedi'u boddi yn y ffosydd, sgerbydau
wedi'u claddu mewn hen dwneli, lle buon nhw'n
mynd a dod gyda stwff *contraband*...'

Gosododd Sophia gyrn ei beic yn syth er mwyn
gwthio i ffwrdd. Nid oedd eisiau clywed pethau
ffiaidd tan olau dydd neu hafan Pen y Gors.

'Nos da i ti, felly.' A heb yngan un gair pellach,
roedd Fred Kiff ar ei ffordd i ble bynnag roedd o'n
mynd, ratl, ratl, ratl yn ei flaen.

Anghofiodd Sophia am Dŵr Micheli. Aeth adref
gan hanner beicio, hanner gwthio, ar hyd yr un
ffordd. Ond roedd hi wedi gwneud camgymeriad os
oedd hi'n credu fod ei thaith a synau od wrth ei
chynffon wedi dod i ben – daeth rhywbeth arall, er
na wnaeth sŵn y beic modur ei phlagio'n rhy hir cyn

goddiweddyd. Roedd o'n mynd i rywle arall, mor gyflym ag y gallai drwy'r niwl, ond nid oedd wedi mynd yn ei flaen lawer mwy na hyd ei goleuadau ei hun cyn iddo sgrechian ei rwber ar frys, a stopio. Honda oedd o.

'Caf!' meddai Sol wrth dynnu ei helmed o'i ben, fel marchog mewn arfwisg, gan ysgwyd ei wallt hir yn rhydd. 'Fuest ti ddim yn ein lle ni, naddo?'

Ein lle *ni!* 'Na! Ti bia fo. Mi ddwedais i.' Nid oedd hi am ddweud gair mai i'r fan honno roedd hi wedi bod yn anelu.

'Dwyt ti ddim yn coelio mewn rhannu, te?'

Roedd ei lais yn ddyfnach na llais unrhyw un o'r bechgyn yn hen ysgol Sophia, neu Jon Elite yn Clwb 17. Roedd Jenny wedi dweud ei fod yn bedair ar bymtheg oed, digon hen i bleidleisio, gweithio: dyn. Ac roedd hi'n falch nad oedd o wedi'i dal hi yn ei gwisg ysgol naff.

'Gwranda, mae'r busnes rhannu 'ma'n hawdd—' roedd o'n mynd yn ei flaen. '—os wyt ti'n cyrraedd ac yn gweld y beic neu'n clywed yr harmonica, rydw i yno. Os ydw i'n cyrraedd ac yn dy glywed di'n siarad efo ti dy hun, yna rwyt ti yno. Mi wna i 'd'adael di mewn heddwch – a thithau'r un peth i fi. Beth am hynny?'

Roedd Sophia eisiau bod yn saff y tu mewn bellach; doedd ganddi ddim awydd dadlau am hawliau dros le cyfrinachol gwirion! 'Beth bynnag...'

'"Beth bynnag?" Dwi'n cymryd mai "ie" ydi hynna? Dêl, ie?' A thynnodd ei law allan o'i faneg er mwyn ysgwyd llaw. Yn gyndyn, cynigodd ei llaw hithau, a darganfod fod ei law yn gynnes ar noson mor oer, ac yn esmwyth, fel llaw ei thad, ac arhosodd hi yno fel yr oedd hi. 'Ro'n i'n gobeithio dy weld di ryw dro. Do'n i'm yn ffansio defnyddio Jenny fel negesydd...'

'O, dwi'n siŵr y bydde hi'n eu cofio nhw'n iawn.' Ei ffrind oedd Jenny a doedd hi ddim am siarad amdani mewn unrhyw ffordd ond caredig, hyd yn oed gyda Sol.

'Ie, ond gwahoddiad ydi hwn, a falle gallwn i gael un iddi hi, ond dim ond dau sydd gen i ar hyn o bryd...'

'I be?' Gan ei bod yn dal yn sefyll, un droed o boptu'r beic, a'i llaw yn ei law yntau, roedd edrych yn cŵl a difater braidd yn anodd.

'Disgo blynyddol y gwaith. Digital South. Mae tocynnau'n mynd fel—'

'Slecs digidol?' Tynnodd ei llaw i ffwrdd.

'Yn Hythe, nos Wener, y pedwerydd ar ddeg o Hydref. Ti'n ffansi dod?'

'Efo ti?'

'Pwy arall?'

'Dwn 'im.' Roedd hyn yn fater cymhleth, angen ei bendroni – gan ei bod hi'n ffrind i'w chwaer, Jen ddim yn sicr o gael tocyn, a phethau eraill – nid oedd Sophia'n barod i roi 'na' nac 'ie' cyflym.

'Oes rhaid i ti ofyn i dy fam?' Yna ychwanegodd Sol yn dyner, 'Neu dy dad?'

A dyna wthiodd Sophia i wneud penderfyniad; roedd Sol Barton fel petai'n ei deall.

'Rhaid i mi *ddweud* wrth Mam,' meddai Sophia, 'yn nes at yr amser. Ond dof, mi ddo' i os medra i. Diolch.' Rŵan, roedd arni angen gadael, i feddwl am hyn, i fod y tu mewn cyn i bopeth fod yn niwl cors. Eisteddodd ar y beic, rhegi'n dawel am fod yn wan, 'Wela i di!'

Rhoddodd yntau ei helmed ar ei ben a thanio'r Honda. 'Wela i di, Caf!'

Aeth ef i un cyfeiriad a hithau ei ffordd hithau, gan anelu at Ben y Gors, lle byddai'n cropian mor dawel ag y gallai i fyny'r grisiau cefn i'w hystafell. Y peth olaf roedd hi eisiau ei wneud oedd gweld gwestai a gorfod ymddwyn yn 'normal'; gallent ddarllen y wên fach wan ar ei hwyneb, efallai. Byddai ei mam yn gwneud, yn sicr.

Fyddet ti'n ei hoffi? Fyddet ti'n gadael i mi fynd?
Ydi o dy fath di o ddyn?
Fyddet ti'n rhoi ffydd ynddo fo gyda dy ferch yn
  marchogaeth gyda fo,
Yn rhuo i lawr y ffordd gyda chwip-gwynt o waedd
A siarad cariadon?
Ydi o dy fath di o ddyn?
Yn anadlu rhyw dôn gyda gwefus llawn cusanau,
Tafod vibrato, bysedd fel angel, tannau mwyn cariad—
Gwefusau prysur, ond llygaid yn syllu cariad ata i.
Ydi o dy fath di o ddyn?
A fyddet ti'n gadael i mi fynd?

Yn y niwl o'i blaen, fe welai Sophia ei thad yn edrych yn ôl arni, gyda'r hen olwg graff yna ar ei wyneb;

nawr fe fyddai un ai'n ysgwyd ei ben a chwifio'i fys
i ddweud na; neu byddai'n codi ei sacs a nodio,
dweud 'ie' i'r cymal dechreuol o *Mood Indigo*. Ond
wrth iddi feicio, diflannodd ei wyneb, ac roedd
Sophia yn dal yr un mor ansicr ynglŷn â'i benderfyn-
iad.

PENNOD 7

Daeth diwrnod symud Frenchie Donoghue fel syrpreis iddo, yn union fel yr oedd wedi cael ei rybuddio. Ac yn fwy na hynny: daeth y geiriau roedd wedi eu disgwyl pan oedd o ar ei leiaf gwyliadwrus. Diwrnod y llys barn lleol oedd dydd Mercher, pan oedd yr holl gerbydau'n cael eu defnyddio ar gyfer symud carcharorion ar fechnïaeth i ymddangos o flaen eu gwell: doedd dim cerbydau ar gael ar gyfer tros-glwyddiadau rheolaidd – tasgau penwythnos oedd y rhai hynny. Ond am chwech o'r gloch ar ddydd Mercher y deuddegfed, daeth cnoc ar ddrws ei gell, a'r floedd, 'Cwyd dy bac, Donoghue, rwyt ti'n symud.'

A'r syndod *go iawn* oedd mai'r Rheolwr Adain oedd yno ac nid y sgriw landin. Roedd o'n cario hambwrdd brecwast gydag o gan nad oedd dynion ar drosglwyddiad yn cael cymysgu â'r lleill unwaith roedden nhw ar y ffordd allan; doedd carchardai ddim yn awyddus i dderbyn cyffuriau neu dybaco yn eu system nhw o garchardai eraill. Ond pe bai Donoghue wedi derbyn rhywbeth a'i guddio yn ei gell, ni fyddai wedi cael cyfle i'w fachu cyn gadael. Wrth iddo fwyta'i frecwast ac yfed y 'diesel', sef te gor-felys, aeth dau sgriw drwy bopeth yn yr ystafell gan chwilio am unrhyw becynnau plastig bychain. Gwyliodd Donoghue hwy gyda'i drwyn wedi'i dynnu'n dynn, yn gwawdio – neu efallai mai'r te oedd i'w feio am hynny – gan fod Donoghue wedi cadw'n lân ers pum mlynedd er mwyn cael ei roi i lawr i gategori B, felly doedd o ddim am ddifetha hynny drwy ymhél â cyffuriau. Dim ond ei stereo bersonol oedd yno, cylchgronau, llun *pin-up* o'i gariad a chardiau ffôn. Roedd popeth arall yn perthyn i'w Mawrhydi.

'Diwrnod braf i symud, Donoghue!' meddai un o'r sgriws: defnyddio ei dacteg arferol i dynnu coes carcharor – siarad am y tywydd. Ar y tu mewn nid oedd cyflwr y tywydd o unrhyw ddiddordeb – mae'r waliau mor drwchus, y ffenestri'n ddigon bychain a'r awyr yn beth prin fel nad yw cyflwr pethau y tu allan o unrhyw ddiddordeb. Roedd mân siarad y sgriws am ragolygon hyfryd y penwythnos yn taflu llwch i lygaid y carcharorion.

Ond yng ngharchar Wyck Hill allan ar yr aber, roedd y tywydd i'w deimlo'n araf bach. Cafwyd noson o Hydref a gwyntoedd mawr yn chwythu'n gryf o Fôr y Gogledd, a bellach roedd y gwynt yn ysgwyd y bariau, yn chwibanu yn y cloeau triphlyg, ac yn darganfod y bylchau yn nillad tywydd mawr y sgriws – rhywbeth cynddeiriog ar raddfa Beaufort Naw wedi'i dywallt yn ddu dros dde Lloegr. Anfonwyd traffig Heathrow i Birmingham ac roedd pont Dartford wedi'i chau wrth iddi droi dros yr afon i fympwy'r gwynt.

'Gwell na'i bod hi'n rhy boeth,' brathodd Donoghue wrth y sgriw. 'Does arna i ddim awydd bocs chwys mewn tywydd poeth.' Bocsys chwys oedd yr enw am hen gerbydau'r carchar, y rhai oedd yn cael eu gyrru gan Securicor, Group Four neu VanGuard – cerbydau arfog wedi'u rhannu'n gelloedd wedi'u cloi'n unigol, rhai i un, rhai i bedwar, rhai i wyth, a 'bysiau' mawr i ddeuddeg neu fwy. Ond roedd Donohgue wedi bod yn y carchar ers peth amser – y dyddiau hyn roedd gan y cerbydau *air-con*, fel cafodd wybod.

Rhoddodd y sgriws y gorau i'w chwilio ac edrych ar ei gilydd i ysgwyd eu pen; roedd y gell yn lân, nid fod hynny'n syndod iddyn nhw gan fod Donoghue wedi gweithio'n galetach na phrif fachgen mewn ysgol Gatholig i sicrhau cael ei symud i gategori is.

'Reit, mi awn ni â ti i lawr i'r Dderbynfa a gadael i'r bois gael golwg i fyny dy dwll din di.'

Chwarddodd y sgriws eraill. 'Darn gorau eu diwrnod nhw. Gobeithio'u bod nhw wedi cael llond bol o frecwast da!'

Gan fod y celloedd eraill yn y rhan hon o'r carchar wedi eu cloi, cerddodd Frenchie Donoghue gyda gobennydd yn llawn o'i eiddo, ar hyd y landin ac at y grisiau. Gwaeddodd nerth ei ben, 'Wela i chi bois! Mae Frenchie ar ei ffordd allan!' a chlywodd ambell waedd a bangio cwpanau ar goesau gwlâu fel ffarwel boneddigaidd. Cafodd ei arwain o'r adain hon ac at y Dderbynfa lle cafodd ei archwilio'n drwyadl – ond doedden nhw ddim yn cael rhyw fwynhad milain o'r broses ychwaith – gan fod Donoghue wedi bod yn fodel o garcharor. Mewn ambell i achos arall efo boi gwirioneddol dreisgar, fyddai gweld *shanghai* yn digwydd ddim mor ddrwg.

'Dewch! Dewch yn eich blaenau!' Roedd Rheolwr yr Adain yn brysio pawb, 'Mae gen i ddiwrnod llawn o'mlaen.'

'S'dim rhaid i chi aros, *guv*,' meddai'r Dderbynfa wrtho. 'Mi allwn ni godi llaw arno fo i chi.'

'Na, mi wna *i* hynny, ac ar amser!' meddai. 'Dyma un dwi'n benderfynol o'i wneud ar amser.' Yna dywedodd, 'mae Garside yn lle anodd ar ddiwrnod marchnad...'

A gwyliodd wrth wthio pethau yn eu blaen. Aeth mor bell â chario papurau Donoghue allan i yrrwr y cerbyd ei hun; felly mewn ychydig llai na hanner awr wedi'r gair cyntaf, roedd y carcharor yn y VanGuard sigledig yn y gwynt ac yn cael archwiliad trylwyr o'i gorff.

''Dan ni wedi gwneud hynny'n barod.' Edrychodd Rheolwr yr Adain ar ei oriawr eto. Ond roedd gan y gwarchodlu preifat eu cyfrifoldebau eu hunain am garcharor ac nid oedden nhw'n mynd i dderbyn gair y sgriws fod person yn lân.

Cafodd Donoghue ei roi mewn cell a llithrodd y drws y tu ôl iddo – bws i wyth oedd hwn, ond fod Donoghue ar ei ben ei hun, gyda gyrrwr ar y blaen yn y cab a gwarchodwr yn y cefn. Eisteddodd Frenchie yn y sedd dynn ac edrych allan o'r ffenestr dywyll lle nad doedd dim byd i'w weld ond wal Wyck Hill yn cael ei chwipio â glaw. Bangiodd ar y drws cyn iddyn nhw gychwyn.

'Be?'

'Ydi'r *air-con* ymlaen?"

'Tydi hi ddim yn ddigon poeth i hynny. Mi fyddi di yn Garside o fewn yr awr.'

'Mae'n chwilboeth!' cwynodd Donoghue.

'Nac ydi! Mae hi'n uffernol o wyntog ac yn uffernol o oer.'

'Wel, *dwi'n* boeth!' Sychodd Donoghue'r chwys o'i wddf.

'A *dwi'n* oer felly cau hi!' A rhoddodd y gwarchodwr y gair i adael.

Bellach, yn ôl yn ei swyddfa, edrychodd y Rheolwr Adain ar ei oriawr – hwnnw oedd wedi deffro'r carcharor, rhoi brecwast iddo a gwneud yn bersonol siŵr ei fod wedi mynd trwy'r Dderbynfa – a chododd y ffôn. 'Job wedi'i wneud, deg munud wedi saith,' meddai. 'Bws ar ei ffordd, ugain munud i wyth.' Ni arhosodd am ymateb; roedd galwadau hirach nag ugain munud yn cael eu logio. Ond o'i ddesg, eisteddodd a gwyliodd y monitor CCTV oedd yn dangos prif giat Wyck Hill yn agor a Frenchie Donoghue yn dechrau taith nad oedd syniad ganddo ei fod am ei gwneud.

Trodd y bws VanGuard i'r chwith ac allan o'r carchar tuag at yr A133, Colchester a'r A12. Symudai popeth fel malwen yn y glaw trwm; dim ond y sych-wyr glaw yn symud mor gyflym ag yr oedd modd iddyn nhw wneud. Wrth i'r bws droi i'r ffordd ddeuol, tarodd y gwynt ochrau uchel y cerbyd a bu'n rhaid i'r gyrrwr afael yn dynn yn y llyw. Ond doedd dim rhaid iddo gadw i gyflymder unrhyw gerbyd arall. Gyda charcharor categori A neu derfysgwr ar y ffordd i'r llys, fe fyddai escort arall wedi bod yno, ond gan mai gostyngiad i gategori B oedd hwn, yr unig gar arall ar y ffordd oedd un yn eu dilyn. Car du oedd yno, yn cadw'n agos i gefn y bws, rhywun yn cadw golwg ar Frenchie Donoghue.

Cafodd Lesley fraw y bore hwnnw hefyd. Nid ffrindiau a theulu yn unig oedd wedi'i ffonio ers iddi symud tŷ, ond pobl o'r gorffennol hefyd – bob tro yn llawn mân siarad am fywyd, clecs, a sut *oedd* hi? A, doedd pawb yn ei cholli? Ond mae pobl ym myd y theatr yn brysur, a'u bywydau'n newid gyda'r gwynt; ac roedd y galwadau'n digwydd yn llai aml erbyn hyn. Felly'r bore Mercher hwn, tra bo *show biz* yn gweithio neu'n cysgu, daeth yr alwad ffôn fel syndod.

Roedd hi'n brysur: roedd tair o'r pedair ystafell ddwbl yn llawn ac roedd pentyrrau o blatiau brecwast i'w clirio ar unwaith. Ar hyn o bryd, roedd y tywydd yn echrydus y tu allan, gwynt yn taro'r tŷ fel wal o ddŵr môr a'r glaw yn dod o'r gors fel bwledi. Anodd oedd gweld mor bell ag ochr arall i'r ffordd yn y fath dywydd – ac roedd mynd at y bws yn Dymchurch ar ei beic wedi bod allan o'r cwestiwn i Sophia. Roedd hi wedi mynd yng nghar mam Jenny yn hytrach nag ar ei beic. Roedd y gwesteion yn eistedd yn yr ystafell fyw a'r ystafell wydr yn darllen eu papurau newydd, eu mapiau a'u llyfrau adar, yn gollwng ambell 'Wwww!' neu 'Aaa!' neu 'Ylwch ar hyn!' bob tro roedd chwa yn ysgwyd y gwydr yn y ffenestri. Roedd y peiriant golchi llestri yn brysur, y sosbenni'n mwydo yn y sinc, drws yr oergell ar agor tra bo'r bwrdd ochr yn cael ei glirio – ac fe ganodd y ffôn. Rhaid mai rhywun eisiau archebu ystafell oedd yno, rhywun yn chwilio am dywydd hanner call, felly gollyngodd Lesley bopeth er mwyn ei ateb.

'Pen y Gors.' Roedd ganddi ei dyddiadur mawr a beiro yn barod ar gyfer cymryd nodyn.

'Les Micheli?' gofynnodd llais gwan dynes.

'Ie.'

'Bee du Pont sydd yma.'

'O, helo. Sut gefaist *ti'r* rhif yma?' Prin y cam-gymerai neb hynny am groeso cynnes.

'Ffrind i ffrind, Les. Trwy dy asiant.' Oedodd Bee er mwyn pesychu – neu efallai mai'r lein ffôn oedd mewn storm. 'Gwranda, rwyt ti'n jocio, on'd wyt?'

'Jocio?'

'Yn claddu dy hun yng nghefn gwlad?'

'Dwi ddim yn meddwl.'

Mae'n rhaid bod un o'r gwesteion wedi clywed yr oerni yn ei llais. Cododd, symud oddi wrthi, a llechu ger rheiddiadur.

'Yn ôl y si, rwyt ti wedi'i gael o allan o dy system rŵan. Gwranda, rydw i d'eisiau di ar gyfer sioe.'

Syllodd Lesley at y nenfwd. 'Sori, Bee, dwi ddim ar gael. Rydw i wedi ymddeol – wnaeth dy ffrind i ffrind ddim esbonio hynny?'

'Ond mi wneith hyn dy demtio di'n ôl, cariad. *Arms and the Man* newydd, cast gwych – Bobbie Sexton wedi *gofyn* i ni dy gael di, mae dy asiant di'n awyddus – mae o'n agor yn Haymarket Llundain ym mis Rhagfyr—'

'Mi *ddwedais* i—'

Aeth y lein yn dawel rŵan, dim ond am eiliad.

'Wyt ti yna?' pesychodd Bee.

'Mae 'na storm yma...'

'Dwi'n gweld, "y ffyrdd i fyny a'r llinellau ffôn i lawr" – 'run peth yma. Gwranda, Les, mae arian Cyngor y Celfyddydau ac Ewrop yn hwn; set ddyblyg, un yn Llundain, un ar daith i bob prifddinas yn yr Undeb Ewropeaidd gyda chastiau rhyngwladol. Rwyt ti'n cael dy dalu ddwywaith! Mae'r arian yn *mega*, cariad, a'r ciwdos yn *supreme*. Mae hyn yn mynd i fod *mor* fawr i ti! Mi fyddan nhw dy eisiau di ledled Ewrop. Mi alla i roi deg diwrnod i ti cyn mynd at rywun arall...'

Ochneidiodd Lesley. 'Bee – *mae* rhywbeth o'i le ar y lein achos dwyt ti ddim yn fy nghlywed i. Dwi wedi cael y sgwrs yma sawl tro'n barod ac mae'n ddrwg gen i mai ti 'di'r ola' i gael clywed. Rydw i wedi ymddeol o'r theatr a dwi'n gwneud rhywbeth arall, ocê?'

'Cwcio brecwast a dwstio o dan wlâu, glywa i.'

'Felly rwyt ti wedi clywed yn iawn, Bee, yn berffaith iawn.' A rhoddodd Lesley'r ffôn i lawr gyda chrac fyddai'n cystadlu â thrawstiau'r *Dial* yn setlo liw nos. Gan anwybyddu llygaid ei gwestai, aeth ati gyda'i thasgau; ond fe fyddai unrhyw un oedd yn ei hadnabod yn iawn yn sylwi fod swing mwy pender-fynol i'w symudiadau.

'Ma' sawl pen bach del wedi bod yn yr helmed sbâr yna,' meddai Jenny wrth Sophia, wrth wthio i lawr y coridor rhwng gwersi, a'r storm y tu allan y gorfodi pawb i gerdded drwy un coridor gwydr. 'Nid ti fydd yr un cynta', Soff.'

Nid oedd angen i Sophia ateb wrth iddi arwain y ffordd trwy'r ryc. Oedd Jenny'n flin? Doedd hi erioed wedi ymddangos fel y teip fyddai'n llyncu mul – ond roedd hi wedi tyfu i fod yn ffrind rhy dda i unrhyw ddryswch wthio ei ffordd i mewn i'w cyfeillgarwch. Roedd Sol wedi cael y tocyn ychwan-egol ac roedd Jenny'n dod i'r disgo, ac fe fyddai hynny'n gymorth mawr pan fyddai Sophia'n dweud wrth ei mam, ac roedd Sol yn mynd i fynd ag un, ac yna'r llall, ar ei feic o dŷ'r Bartons. Roedd Sophia'n gweld y noson fel peth i'r tri ohonyn nhw, ac felly y dylai o fod, heb dorri Jenny allan – ond tybed a oedd Jenny'n genfigennus fod Sophia'n mynd i fod yn rhoi ei sylw i'w brawd drwy gydol y noson.

'Mae pob un wedi bod yn ddel, mae ganddo lygad dda o leia'. Dim cŵn hyll hyd yma.'

'Diolch!' meddai Sophia. '"Hyd yma"? Ydi hynny efo neu hebdda' i?'

'Efo, siŵr iawn. Ti'n *raver* bach. Ond dwi'n poeni am—'

'Fy mhrydferthwch pwerus yn ei anfon o'n wall-go'?'

Arhosodd Jenny a thynnu Sophia yn ei hôl, fel petai'n rhaid dweud y peth nesaf yma tra'i bod hi'n sefyll yn stond. '—Dwi'n poeni amdano fo. Mae o wedi troi'n rhy ddifrifol – ac mae o'n swnio fel *dyn*. Mae o'n mynd i'r *gwaith*. Mae o wedi chwarae o gwmpas efo merched a wastad wedi chwarae *jazz*, ond ers iddo fo gerdded i mewn a dy weld di mae o wedi newid ei diwn. Mae hyn wedi troi'n beth mawr mewn tipyn tridiau...'

'Mawr?' Pa wynt oedd yn corddi, pa law yn pistyllio, pa storm yn chwyrlio? Y cyfan y gallai Sophia ei glywed rŵan oedd geiriau Jenny. 'Sut – mawr?'

'Mi ddwedais i, ei fiwsig.' Aeth Jenny yn ei blaen eto. 'Maen nhw i gyd yn ganeuon serch; a does gen i'm syniad i ble mae o'n mynd i ymarfer, ond mae o'n eu chwarae nhw'n berffaith. Mae o byth a hefyd yn syllu allan o'r ffenestr ac yn eu chwarae nhw i ti, Soff, dwi'n gwybod – ac i rywun o'i oedran o, mae hynny'n beth *mawr*.'

Ceisiodd Sophia edrych fel rhywun heb ei heffeithio gan hyn.

'Neu efallai mai dim ond—' meddai Jenny gan barhau i siarad dros ei hysgwydd. 'Falle'i fod o jest wedi prynu llyfr caneuon newydd.'

'Ie,' meddai Sophia. 'Dyna ydi o.' A sgipiodd ar ôl ei ffrind.

Hyd yn oed os mai criw o bobl tywydd braf oedd adarwyr Pen y Gors y dydd Mercher hwnnw, yn tyrru i'r tŷ tra bo storm yn chwyrlio, roedd un person bach arall yn mynd o gwmpas ei phethau fel yr oedd hi'n arfer ei wneud. Y ddynes hon oedd yr un a roddodd fraw i Sophia drwy ymddangos allan o'r barlys ger Maenor Gors Ganol, yr adarwraig allai fod wedi profi nad oedd Fred Kiff yn adnabod yr ehedydd. Heddiw, roedd ei mantell feicio yn taflu ei hunan am ei gwddf ac yn slapio ei choesau'n gynddeiriog wrth iddi sefyll yng nghyntedd St James, yr eglwys wag yn Fallow Broad. Fe allai fod wedi cymryd lloches y tu mewn gan nad oedd y drws wedi'i gloi, ond roedd ei llygaid wedi eu serio ar y tu allan. Er bod yr adar wedi eu llorio gan y tywydd, roedd ei llygaid am i fyny – yn edrych at y ffordd; doedden nhw prin yn amrantu yn y glaw tanbaid hyd nes iddi weld Mercedes yn dod ar hyd y ffordd, ei oleuadau ymlaen yn y glaw. Sblasio heibio wnaeth y car, a daeth y ddynes allan, gan frysio o gyntedd yr eglwys. Rhedodd at ei fan yn yr encilfa, a dilyn y car ar hyd y gors at Sandgate.

Roedd y Nelson yn Sandgate yn cael ei guro'n ulw ger y traeth. Roedd y graean mwyaf mân yn cael ei chwipio i fyny a'i daflu at y drysau a'r ffenestri wrth i'r storm chwalu o'r môr ac ail-drefnu'r traeth mewn twmpathau o gerrig wedi'u taflu. Yn yr amgylchiadau hyn, fe fyddai Frank Leonard yn defnyddio'r drws ffrynt. Y tu mewn, o flaen tanllwyth o dân coed, roedd un neu ddau o bensiynwr Sandgate yn archebu cinio o'r fwydlen tra bo ambell i berson lleol sionc arall yn yfed eu cinio. Roedd Terry Ford yn cymryd archebion, a'r ferch yn y cefn yn eu rhoi yn y popty-ping. Oedodd, ond dim ond am un eiliad fach pan gerddodd Frank Leonard i mewn.

Gwenodd y pensiynwyr at y dyn ond prin y gwnaeth y criw lleol droi eu seddi tuag ato wrth iddo redeg ei fysedd trwy ei wallt gwlyb ac i lawr ei wyneb diferol.

'Digon gwlyb i ti?' gofynnodd hen ddyn.

'Allech chi ddweud hynny,' atebodd Leonard, gan droi ei wyneb i ffwrdd a'i goler i fyny.

Safodd Terry Ford gan ddisgwyl clywed y gair.

'Sgod a sglod i un. Fel gwnes i ei archebu,' meddai Leonard.

'Dim problem, syr.'

'Rhowch awr dda iddo fo.'

'Digon teg.'

Aeth Leonard heibio'r bar ac ymlaen drwy'r drws â'r gair 'Toiledau' arno, er mwyn taro golwg ar y llety. Ar y ffordd, pasiodd y ferch a gofiodd o'r tro blaen, yn brysur yn y gegin. Edrychodd arno ac anadlu i mewn yn gyflym, fflatio'i stumog, gwthio'i brest allan, a gwenu.

Arhosodd Leonard ar y grisiau. 'Dyna'r ffordd!' meddai. 'Gwna di'n siŵr fod fy ngwestai i'n fodlon am ddiwrnod neu ddau!'

Ond ar y foment hon, nid bodlon oedd Frenchie Donoghue, nac iach. Roedd yn dioddef go iawn yn ei gell glawstroffobig VanGuard. Roedd o'n taro'r wal-iau ac yn griddfan, ac yn sydyn, wrth ei glywed yn cyfogi, daeth y gwarchodwr at y twll gwylio bychan yn y drws. Edrychai'r carcharor braidd yn ddryslyd, fel pe bai'n methu ag anadlu, ei groen yn las oeriasol, ond chwys yn diferu ohono fel rhewlif yn meddalu.

'Iesu! Mae o'n cael trawiad!'

Roedd gan y gwarchodwr dri opsiwn, gan na fyddai'r cwmni yn caniatáu marwolaeth ar y daith. Y polisi oedd: mynd at y carchar agosaf gydag adain feddygol, fel mynd yn ôl i Wyck Hill; mynd i swyddfa heddlu lle byddai meddyg – neu ddewis adran Damwain ac Argyfwng yr ysbyty agosaf. Ac roedd yr argyfwng hwn yn edrych yn ddigon difrifol i warantu hynny. Agorodd ddrws Donoghue fel bod ganddo fwy o aer, ac edrychodd yn gyflym allan o'r ffenestr dywyll. Roedden nhw ar ffordd A yn mynd tua'r gorllewin, ddim yn agos i Garside nag unrhyw garchar arall.

Gwaeddodd drwy'r intercom ar y gyrrwr. 'Ysbyty'r Frenhines Mary, Totham – rŵan! 'Dan ni'n mynd i golli'r boi yma!'

Roedd Donoghue yn griddfan ac yn chwysu ac yn dechrau chwydu ei frecwast.

'Mae'r boi yma'n mynd i dagu ar ei chŵd ei hun!' Roedd dŵr argyfwng yno i'r gwarchodwr ei ddefnyddio – sychodd dalcen y carcharor a cheisiodd roi ychydig ohono iddo i'w yfed o gwpan plastig. Ond roedd mwy yn dod allan nac oedd yn mynd i mewn, ac roedd pen y carcharor yn llipa ac yn taro yn erbyn ochrau'r bws. Craciodd yn erbyn un ochr ac yna un arall wrth i'r bws droi'n gyflym i ffordd lai, y gwarchodwr yn dal yn dynn wrth yr ochrau cyn cipio ei radio a rhoi rhybudd i Heddlu Essex. Polisi eto, dull gweithredu: os oedd carcharor yn mynd i'r ysbyty ar frys, fel hyn, roedd yn rhaid cael heddlu mewn iwnifform wrth gefn.

Roedd y tywydd blin yn hyrddio'i ffordd dros y caeau chwarae wrth i'r cerbyd frysio trwy drofa Totham yn Hardy's Corner.

'Tân dani, Del – 'dan ni ddim isio gorfod rhoi adroddiad "marw ar gyrraedd yr ysbyty". Os ydi o am ein gadael ni, gad iddo fo wneud hynny yno!'

Ni atebodd y gyrrwr, roedd yntau'n rhy brysur yn canolbwyntio ar y ffordd, yn mynd drwy olau coch, yn troi i'r dde, i mewn i ffordd yr ysbyty, heibio glanfa'r hofrennydd ac at fynedfa ambiwlans yr ysbyty. Stopiodd y bws gyda chrac pen Donoghue ar y pared wrth i'r gyrrwr frecio'n galed a gyrru am yn ôl yn gyflym fel petai o yn iard yr Old Bailey. Neidiodd allan o'r cab a rhedeg i mewn i nôl cymorth.

Roedd gweld iwnifform wastad yn cael yr effaith o wneud i bawb neidio, ac o fewn dim roedd dau swyddog a dwy nyrs wrth y bws gyda throli. Nid ar chwarae bach y cludwyd corff y dyn diymadferth allan o'r gell a thrwy'r drws cefn, ond o fewn dim o gyrraedd yr ysbyty, fel Porche mewn *pit stop*, roedd o mewn ciwbicl ei hun ac wedi'i weirio i beiriant.

Rhedodd meddyg ifanc benywaidd atynt, a dau blismon mewn iwnifform hefyd.

'Roeddech chi'n gyflym!' meddai'r gwarchodlu wrthynt.

'Aye. Ro'n ni wrth law. Pwy di hwn?'

'Donoghue, ar drosglwyddiad o Wyck Hill i Garside. Wedi taflu harten atom ni!'

'Falle,' meddai'r meddyg, gan weithio ar ei bwls a'i bwysedd gwaed. 'Nyrs, mae angen pibell wynt arna i.' Brysiodd y nyrs allan trwy'r llenni.

'Felly ni bia fo rŵan.' Tynnodd y plismon wyneb ar y gwarchodwr. 'Allan o'ch bws chi ac i mewn i'n patsh ni.'

'Ydi o?'

'Pam? Wyt ti isio fo 'nôl, yn y cyflwr yna?'

Ysgydwodd y gwarchodwr ei ben.

'Dos di yn ôl i dy gerbyd a gwneud dy adroddiad i'r ddau garchar. Mi wnawn ni eistedd ar dy foi di rŵan.'

Trodd y gwarchodwr at y meddyg. 'Ydi o'n fyw? Ydi? Mi alla i ddweud wrthyn nhw ei fod o'n fyw, hyd yma?'

Nodiodd y meddyg. Gyda golwg o ryddhad ar ei wyneb, i ffwrdd â'r gwarchodwr – ei sŵn traed bron â diflannu ar y leino sgleiniog pan laniodd llaw anferth ar geg y meddyg.

'Ara' deg, ferch! Ara' deg!' Un o'r heddlu oedd yno. Ymladdodd hi yn erbyn ei fraich bwerus, mwmian rhywbeth i'w law, ond allai hi wneud dim byd i atal y plismon arall rhag rhwygo Donoghue o'r peiriant calon a gwthio'r troli allan o'r cuddygl. Roedd pobl ym mhobman ond ni ddaeth neb i'w atal; mae plismon mewn iwnifform bob amser yn gwneud y peth iawn. Aeth yn gyflym tuag at yr adran cleifion allanol.

'Sori, dol,' meddai'r plismon cyntaf yng nghlust y meddyg. 'Dwi ddim isio dy boeni di, ond mae hyn yn wleidyddol, MI6, stwff terfysgwyr. Tydi'r bois trosglwyddo ddim yn gwybod ond 'di'r boi 'ma heb gael harten. Dim ond ar lond ei groen o gyffuriau mae o.' Cododd ei law o'i cheg wrth i'r nyrs gyrraedd gyda phibell wynt.

'Mae hynna'n dal yn drais!' brathodd y meddyg ato. 'Dwi ddim yn "dol" a dwi ddim yn panicio!' Roedd hi'n ysgwyd o sioc a dicter, gymaint fel na ofynnodd y nyrs lle'r oedd y claf. 'Harten neu gyffuriau – does dim gwahaniaeth i mi – ro'n i ar fin dweud nad ydi o'n cael trawiad ar y galon, mae canhwyllau ei lygaid o fel dau ben pin – mae o yn fy 'sybyty i, a'm claf i ydio! Be 'di dy rif di?'

Cododd y plismon ei ysgwyddau, ond roedd ei wyneb yn dal i ddweud mai ef oedd yr un iawn. Pwyntiodd at ei ysgwydd. 'PC Spring,' meddai.

'I ble'r ydych chi'n mynd â fo?'

'Nôl ar daith,' meddai. 'Maen nhw wedi gwneud llanast o'r peth yn dod â fo yma. Paid â phoeni, mi fydd o'n mynd i mewn i'r adroddiad.' Agorodd y llenni, edrychodd i'r chwith a'r dde, a mynd, gan dynnu'r llenni ar ei ôl. Ond yn hytrach na mynd at fynedfa'r ambiwlans, aeth i'r un cyfeiriad â'r troli, a diflannu mewn traffig o bobl.

Ymbalfalodd y meddyg a'r nyrs gyda'r llenni wedi eu cau a rhedeg at y bws VanGuard oedd wedi'i barcio y tu allan – gan fethu â gweld dau blismon yn gwthio troli hanner canllath ymhellach ac yn ei lwytho i mewn i fan ddu heb ffenestri.

Tra bo'r gwarchodlu dryslyd yn wynebu meddyg a nyrs gandryll, cyrhaeddodd car heddlu Essex mewn sblash anferth o ddŵr, a dod allan o'r cerbyd – mantelli mawr a radio gwlyb gan bob un. Pasiodd y fan ddu hwy a gadael yn y storm. Trodd 'PC Spring' at ei gydymaith oedd yn gyrru. 'Job reit dda yn fan'na,' meddai. 'Doedd dim rhaid tanglo efo'r Glas hyd yn oed. Lle mae'r swap car nesaf?'

'Crow Green, Bri,' meddai'r llall. 'Wedyn mae hwn yn cael ei ddympio yn Harwich, wrth y dociau.'

'Gwaith da,' meddai Bri Tingle. 'A dwi'n cael swper o sgodyn lawr ar lan y môr yng Nghaint.'

PENNOD 8

Daeth Fred Kiff i Ben y Gors mor gyflym ag y gallai, tua deg o'r gloch. Heddiw, nid oedd ar ei feic, gyda'i gelfi'n clecian y tu ôl iddo, ond mewn hen groc o gar, yn gwthio'i drwyn drwy dywydd dieflig oedd fel petai'n mynd i barhau am byth.

'Sori, Misus, mae pawb mewn trafferth heddiw. Pan mae'r glaw yn dod atoch chi wysg ei ochr, mae o'n ffeindio mwy o dyllau nag y bydd pen-ôlau defaid yn ei wneud. Esgusodwch y gymhariaeth.'

Ond roedd Lesley wedi hen arfer â dywediadau brwnt, ar ôl gweithio yn y theatr; a thwll *oedd* y rheswm ei bod wedi gorfod ei ffonio. Roedd craciau yn yr hen ddrws cefn o 'styllod, ond y broblem fwyaf oedd y glaw yn cael ei yrru oddi tano mewn triongl mawr gwlyb yn chwythu lle'r oedd ffrâm drws y *Dial* yn sefyll ar ongl. Roedd hi wedi bod yn ei stwffio â hen glytiau drwy'r bore ond roedden nhw'n socian mewn dim o amser.

Yn ei got law hir, cwyr, a chap swyddog bad achub, astudiodd Fred Kiff y broblem o'r tu allan i mewn, gan esgusodi ei hun am ollwng pyllau o ddŵr ar y llawr carreg.

'Mi wna i hoelio darn o darpolin arno fo,' meddai wrth Lesley, 'mae gennych chi rolyn ohono fo yn y sgubor. Wedyn mi wnawn ni greu troed arall i'ch drws chi pan fydd yr haul yn tywynnu.' Ac aeth ati gyda chyllell finiog pysgotwr a llond ceg o hoelion, i grafu'r holl wyn o amgylch y pren, gofyn sut oedd busnes a'r math yna o beth. Ond tra bo rhai pobl siaradus yn pechu, nid oedd Fred Kiff yn gwneud hynny gan ei fod o mor agored am y peth. 'O, mi fydda i ar ben fy nigon yn cael gwybod hyn a llall am bopeth,' meddai o wrth Lesley, wedi cael clywed am yr ystafelloedd a'r *en-suites*, pa ystafelloedd oedd wedi eu llenwi a pha rai oedd yn wag. 'Clustiau a llygaid y gors: dyna ydw i.'

Roedd o'n dal wrthi pan ddaeth Sophia adref, wedi cael pàs gan fam Jenny, oedd wedi'i hanfon adref o'i gwaith gan fod y swyddfa o dan ddwy fod-fedd o ddŵr. Roedd unrhyw ddisgybl allai drefnu trafnidiaeth adref wedi cael mynd yn gynnar yn y storm, gan fod de Lloegr bellach wedi cael rhybudd tywydd garw. Roedd y ddwy ddynes wedi cyfarfod yn gyflym ynghynt pan ddaeth Mrs Barton i gasglu Sophia, felly gwahoddodd Lesley nhw i mewn am baned, yn yr ystafell fwyta, yn ddigon pell o forth-wylio Fred Kiff.

Hyd yn oed ar ôl rhedeg y pellter cwta rhwng y car a'r tŷ, roedd Sophia yn socian, ac roedd ei siaced yn gollwng oglau cryf fel corcyn wedi llosgi. Ond allai hi ddim ystyried mynd i newid gan fod gwylio'r ddwy ddynes yn mesur a phwyso ei gilydd yn rhy ddiddorol: y ddwy fam roedd hi ei hunan wedi eu cymharu. Roedd hi wedi sôn am y ddwy wrth y naill a'r llall, ond doedden nhw ddim wedi cyfarfod yn iawn. Nawr, dyma lle'r oedden nhw, yn gwneud yr hyn roedd Sophia wedi'i wneud, cymharu sefyllfaoedd ei gilydd. Roedd y ddwy'n famau ar eu pennau eu hunain, â merch oedd yn rhannu eu colled, a'r ddwy yn chwarae gêm galed bywyd. Ond fod Mrs Barton yn chwarae'r gêm o gartref, meddyliodd Sophia, a'i mam yn chwarae o le diarth. Siaradodd y ddwy am bethau llai pwysig na cholli eu gwŷr, ond gwyddai Sophia fod ail ystyr i'r ffordd roedden nhw'n gwylio dwylo ei gilydd, edrych ar esgidiau, syllu wrth drafod pa mor ddiffaith y gallai'r gors fod yn y gaeaf a'r tywydd echrydus oedd yn clepio'r drws. Adar o liwiau tra gwahanol oeddent, penderfynodd Sophia: ei mam yn fyrrach, a golwg iau arni, wyneb crwn; mam Jenny yn eistedd yn sych, mwy sobor, rhywsut yn dioddef mwy yn ei cholled – er nad oedd ei gŵr hyd yn oed wedi marw. Ai dyna'r gwahaniaeth rhyngddynt? Ond i fod yn onest, mae'n rhaid mai'r cyntaf oedd y peth anoddaf i'w ddirnad: rhywun yn cerdded allan, slap i'r wyneb yn ogystal â'r drws. Roedd hynny yn sicr wedi esgor ar fwy o alar.

Eisteddodd y ddwy ferch ac yfed Coke yn dawel nes i Jenny gael ei thaflu i mewn i'r sgwrs drwy dorri gwynt, a cheisiodd guddio hynny â'i llaw – ac ar yr un pryd roedd hi eisiau gwybod sut roedd Pen y Gors yn cael ei farnu gan ddiemwntiau'r Bwrdd Croeso. Fyddai'r tarpolin ar y drws cefn yn eu tynnu i gyd i lawr? 'Pwy sy'n cael y gair olaf?' gofynnodd, gyda phwl arall o wynt. Roedd rhaid i Sophia guddio y tu ôl i'w dwylo – allai hi ddim coelio hyn!

Daeth Mrs Barton i achub Jenny, dargyfeiriad gyda nòd bach at y gegin. 'Dwi'n gweld eich bod chi wedi cael Mr Kiff i mewn.'

'Mwy tu allan na'r tu mewn,' meddai Lesley, 'o deimlo'r drafft!'

'Dyn mor od. Hen ddigon o arian, yn ôl y sôn, ond o ble mae o'n dod? Mi godith rhyw bris bach pitw am hynna. Trwy wneud ambell job fach yma ac acw, 'sgota a chadw cae o ddefaid? Dylech chi weld ei gwch o...'

'Dwi wedi'i weld o,' meddai Sophia, 'yn y ffos. Mae o fel pỳnt bach.'

'O, nid hwnnw,' meddai Jenny, yn llawn igian bellach. 'Mae ganddo fo un yn harbwr Rye, un crand. Fel dyn biniau yn dreifio Rolls-Royce...'

'Wir?' Edrychodd Lesley yn ôl tua'r gegin lle'r oedd y morthwylio wedi dod i ben – ac ar y gair, i mewn â Fred Kiff i sefyll a diferu yn y drws.

'Dyna hynny wedi'i sortio fo, Misus, am y tro.' Roedd ei wyneb yn dangos effaith y tywydd cystal â darn o bren o'r hen *Ddial* ei hun. 'Mae'r hen ddrws yn llawn dŵr, angen calcio i atal y stwff gwlyb rhag dod i mewn. Neu ddrws newydd.'

Pwyntiodd Lesley at y bwrdd ffôn yn y cyntedd.

'Soff – wnei di estyn y Banc i mi?' Sef y bag colur o arian mân roedd Lesley'n ei ddefnyddio ar gyfer hyn a'r llall.

Erbyn i Sophia ei gyrraedd, roedd Fred Kiff yn gwrthod derbyn unrhyw beth. 'Dwi heb orffen eto.

Mi gewch chi 'nhalu fi am y job gyfan unwaith bydd y tywydd braf wedi cyrraedd.'

'Fyny i chi, ond dwi'n ddiolchgar iawn, iawn...'

Roedd o'n troi i adael pan ganodd y ffôn, cân fach ysgafn a anfonodd pawb i edrych yn eu pocedi a'u bagiau; wrth gwrs, Fred Kiff oedd yn derbyn yr alwad. Cloddiodd yn ddwfn i'w gôt law a thynnu Samsung bach taclus allan.

'Helo? Ie. Reiti-ho.' Diffoddodd y ffôn a'i chadw. 'Mae trafferth i'w gael ym mhob cornel o'r gors,' meddai. 'Henffych i chi oll, a dydd da.' A gyda symudiad cyflymach nag arfer, llusgodd ei hun at y drws cefn, gyda diolch arall gan Lesley yn cael ei anelu at ei gefn.

Ond fe ddigwyddodd hyn oll tra bo Sophia yn rhywle arall. Ar y pad memo wrth y ffôn, roedd enw o'r gorffennol, enw roedd hi wedi bod yn gweithio'n galed i'w weld, un a fyddai wedi anfon ei mam i chwifio'i breichiau a gofyn am dawelwch mawr pe bai'r alwad wedi dod tra'u bod nhw dal yn Llundain – Bee du Pont o Westwood Productions: brenhines y theatr, yr un oedd yn creu ac yn difetha bywydau theatrig. Oedd asiant ei mam wedi gwneud y tric, oedd *hi* wedi ffonio, y Bee fawreddog? Oedd cyfle fod ei mam yn mynd i dderbyn cynnig oedd yn rhy dda i'w wrthod?

Ond enw rhywun arall ysgydwodd yr ystafell i Sophia, er hynny, a'i thynnu yn ôl at y cwmni oedd gyda hi yn yr ystafell.

'Felly, rwyt ti'n mynd i'r disgo efo Solomon?' gofynnodd mam Jenny.

'Y? Solomon?' gofynnodd Sophia, oedd yn gwybod ei bod yn troi'n ddeg gwaith cochach na Jenny.

'*Solomon*?' gofynnodd Lesley. 'Pwy ydi o?'

'Fy Solomon i,' meddai Mrs Barton, gan edrych o un at y llall wrth iddi godi. 'Sol. Dwi'n siŵr ei fod wedi dweud dy fod ti'n mynd.' Roedd ei llais wedi mabwysiadu tôn tynnu coes annaturiol. 'Dwi'n gwybod y bydde fo'n reit ypset tase ti ddim...'

'Dwi'n mynd efo Jenny hefyd,' llwyddodd Sophia ei ddweud o'r diwedd. 'Mae Jen yn dod.' Roedd hi wedi bwriadu dweud wrth ei mam am frawd ei ffrind. Roedd y peth wedi bod ar frig ei rhestr ers wythnosau ond rhywsut doedd y peth erioed wedi cael ei grybwyll – roedd pobl yno byth a hefyd, hyd yn oed yn cnocio drws y gegin fin nos am hwn a'r llall – ni chododd y cyfle cywir. Yn y diwedd, gan fodloni gyda'r hyn y byddai ei thad wedi'i ddweud, roedd hi wedi penderfynu fod mynd gyda Jenny yn hen ddigon o wybodaeth i'w mam gael gwybod.

'Ydw, dwi'n mynd. Sophia yn gyntaf, yna fi. Ar ei feic,' meddai Jenny – gan wneud sŵn refio.

'O, wir?' gofynnodd Sophia, 'nid ar y bws?' – ond gan wybod nad oedd hi wedi twyllo ei mam o gwbl.

'Doedden ni ddim wedi trafod dim o hyn,' meddai Lesley yn sur wrth Mrs Barton, 'os byddech chi cystal â dweud wrth Solomon.' Roedd hi'n siarad yn union fel y byddai hi'n gwneud wrth gau ceg rhywun oedd yn ceisio cael gostyngiad pris mewn gwaith dylunio neu ddeunydd. 'Faint ydy oed eich mab?'

'O, mae o'n ugain, bron,' meddai mam Jenny – yn dor-calon i Sophia – doedd hi ddim yn deall y sefyllfa yma un tamaid. 'Dyn y tŷ!'

Gwelodd Sophia fod y gwahaniaeth o bron dair blynedd rhyngddyn nhw yn setlo ym meddwl ei mam; yn cael ei ffeilio a'i gadw ar gyfer y ffrae i ddod.

'Mae Solomon yn deall ei ffordd o gwmpas.'

O, Dduw! Meddyliodd Sophia. Caewch hi, ddynes! Oherwydd, tra bo Mrs Barton yn dweud hyn, roedd ei mam yn syllu, nid ar wyneb Sophia ond ar ei chorff. A dim ond pum munud ar ôl i Jenny a'i mam adael, chwythodd ei mam fel Vesuvius. Ar gyfer hyn, cafodd Sophia ei llusgo i breifatrwydd y gegin llawr-gwlyb, ond gan fod un set o westeion bellach ger y silff lyfrau yn yr ystafell fwyta a phâr arall yn eu hystafell ar y llawr cyntaf, roedd yn rhaid i'r ffrae fod mewn sibrydiadau dramatig.

'Felly, pwy ydi'r *dyn* yma? Ddwedaist ti ddim gair am fynd efo *dyn!*'

'Dim dyn ydi o, bachgen. Dim ond blwyddyn ar ôl Blwyddyn 13 yn r'ysgol ydi o, ond ei fod o wedi gadael yn gynnar.'

'Gwrywaidd ydi o.'

'Ie – siŵr i ti, mae o'n wrywaidd – ond fedra i'm dweud 'mod i wedi tsiecio!'

Ni amrantodd Lesley unwaith i darfu ar ei syllu blin. 'Efo beic modur!'

Gwnaeth Sophia wyneb fel petai hyn i gyd yn stori amser gwely i blentyn a bod y bwystfil newydd gyrraedd. 'Ie, beic modur mawr, mawr! Wyt ti wedi gweld y bechgyn bach 'run oed â fi?'

Agorodd Lesley gwpwrdd a'i gau'n glep eto am ddim un rheswm penodol, a gweiddi, 'Wyt ti'n meddwl 'mod i eisiau *ystyried* damwain ffordd arall yn y teulu yma? Trasiedi... arall?'

Hisiodd Sophia yn ôl, 'Rwyt ti wedi fy llusgo fi'r holl ffordd yma. Mae hynny'n hen ddigon o drasiedi. Dwyt ti ddim yn cael fy llusgo fi i'r Oesoedd Canol hefyd!' Safodd gyda'i chefn at ddrws *Dial* y gegin, y tarpolin i'w drwsio yn sugno a chwythu at ei thraed, ei hesgidiau du yn gwichian gyda'r glaw oedd wedi rhedeg oddi ar ei choesau, yn sefyll yno yn ei dillad socian a'i gwallt fel cynffonau llygod mawr. Teimlai fel hwren ar gornel stryd wlyb wrth i chwa o ddicter ei phlygu'n ddau – dicter at y ddynes hon a gredai y gallai'r ddwy ohonyn nhw fyw ymhell o bob man heb wynebu unrhyw fath o berygl, wedi eu lapio mewn gwlan cotwm.

'Beth sy' arnat ti ei ofn – fo ta'r beic?' gwaeddodd ar ei mam – gweiddi nerth ei phen, digon i ymladd â'r storm. 'Be sy'n gwneud i ti golli dy limpyn – y beic neu ei bidlen?'

Hyd yn oed wrth iddi ddweud y geiriau, ni allai Sophia goelio ei bod yn eu dweud. Ond roedd wyneb ei mam yn dangos ei bod wedi gwneud hynny – roedd hi wedi ymosod ar ei mam gyda cheg frwnt.

'Rhag dy gywilydd di! Y ffŵl bach gwirion!' meddai ei mam â sgrech denau, gryg yn crynu yn ei chorn gwddf. Cododd law; gostyngodd hi. 'Mae gen i ofn *y ddau* – mae gan bob mam ofn y ddau ar ran ei merch – ac mae gen i d'ofn di hefyd!'

'*Fi?*'

Trodd wyneb Lesley yn chwerw. '*Ti!* Rwyt ti wedi colli pob synnwyr o dy... ffiniau. Pam cadw'r boi'n gyfrinach? Dwed?'

Syllodd Sophia at yr wyneb dieithr yma, y ddynes yma roedd hi'n ei *chasáu* ar hyn o bryd. A Duw a ŵyr beth oedd wedi'i meddiannu hi, ond gadawodd bopeth i ddod allan. 'Tydi merched ddim yn dweud pethau wrth eu mamau os nad yden nhw'n... os nad yden nhw'n eu *caru*!' Gwaeddodd hynny ar Lesley yn ddigon uchel i adael i bawb wybod, nid y bobl yn y tŷ'n unig ond hefyd pawb ar eu hochr nhw o'r gors. A gwthiodd ddrws y gegin er mwyn hyrddio allan ac i mewn i chwip y gwynt a'r glaw solet, i'r ysgubor. Yna, gan ei bod wedi meddwl y byddai ei mam yn ei dilyn yno, aeth yn ei blaen, heibio ffordd y gors oedd yn gorlifo, at ei lle cyfrinachol.

Roedd Frenchie Donoghue yn dod ato'i hun, y presennol yn diferu i mewn i ben caled ei gur pen. Roedd wedi cael ei gario i mewn i'r trydydd car heddiw, ac roedd hwnnw'n mynd ar ei ffordd i lawr afon yr M20 at Ashford a Twnel y Sianel. Syllodd yn ddryslyd allan o'r ffenestr, ei ben yn simsanu o un ochr i'r llall, ond nid oedd dim i'w weld yn y storm – ac nid oedd ganddo'r egni i ofyn cwestiynau. Eisteddai Bri Tingle i un ochr ac un o'i fownsars i'r ochr arall. Esboniodd Tingle y sefyllfa.

'Rwyt ti'n westai i rywun y gwnest ti joban efo fo,' gwaeddodd Tingle yn erbyn gwich y gwynt a hyrddio'r glaw. 'Mae o'n amau dy fod ti'n gwybod lle mae rhywbeth mae o'i eisiau...'

Griddfanodd Donoghue.

''Dan ni wedi dy gael di, boi – felly 'dan ni am dy fownsio di rownd Ffrainc nes dy fod ti'n dweud lle mae'r diemwntiau wedi'u cuddio. Deall?'

Griddfanodd Donoghue eto.

'Ond yn gyntaf, 'dan ni am fynd i lawr at yr arfordir ac rwyt ti'n mynd i gael bywyd tawel am ddiwrnod neu ddau, gadael i awyr iach wthio'r carchar allan o dy 'sgyfaint.'

Ateb Donoghue oedd sbasm anferth o chŵd, wedi'i chwistrellu dros ddyn Tingle, ac fe gafodd ddwrn yn ei wyneb fel diolch, gyda'r fath rym fel na allai ofyn: gwestai pwy. Nid fod rhaid gofyn.

Chwarddodd Bri Tingle. 'Y bastard budr,' meddai. 'Doedd hynna ddim yn y sgript!'

Ymlaen â nhw, ar hyd y ffyrdd gwag. Ond, roedd rhywbeth nad oedden nhw'n ei wybod: wrth iddyn nhw aros mewn ffordd fechan i oleuadau glas car heddlu basio ar y draffordd, roedd cynlluniau Frank Leonard wedi cael eu chwythu ymaith yn y storm. Roedd y darn anodd wedi mynd yn ocê, ond roedd y darn hawdd yn mynd o chwith go iawn. Pan ffoniodd Terry Ford o dafarn y Sandgate Glwb y Dome yn Brighton, dywedodd wrth Leonard ei fod wedi'i siomi'n ddirfawr – roedd Leonard yno gyda'i wraig yn y Lolfa Aelodau, yn selio'i alibi yn ddigon pell o'r ddrama.

'Rydw i wedi'i weld o dair gwaith – y fan camper yna i lawr y ffordd, a does neb yn campio rownd fan hyn yn y fath dywydd. Mae pob aderyn yn y gors wedi rhoi ei ben i fyny'i dwll tin ond mae'r ddynes yma'n bownsio o gwmpas efo ysbienddrych wedi'i anelu at y Nelson. Nid adar mae hi'n gwylio ond fy nhafarn i.'

'Be ti'n ddeud? Mae rhywun yn eistedd arnat ti – wedi clywed rhywbeth am ein cynlluniau ni ar gyfer Donoghue?' Llithrodd llais Leonard i lawr nes ei fod yn ddim mwy na chwyrnu isel. 'Ti'n dweud fod rhywun wedi prepian...?' Roedd yr olwg ar wyneb Leonard yn dangos fod Terry Ford yn lwcus nad oedd o'n sefyll wyneb yn wyneb â Leonard. 'Ti'n deud wrtha i am ildio?'

'Nac ydw, Frank. Oedi, dyna'r cwbl. Mae o wedi bod ar y newyddion ac mae'r heddlu'n edrych mor fywiog â morgrug ar ddiwrnod hedfan. Rho fo'n rhywle arall tra 'mod i'n sortio'r busnes camper yma allan...'

Caeodd Leonard ei ffôn â chlep, a rhegi. 'Y bastard sgriw yna!' hisiodd at Bev. 'Mae o'n chwarae ffon ddwybig â rhywun!'

Ond nid cydymdeimlad oedd ar wyneb Bev, ond pryder. 'Pam na wnei di ildio, Franki?' gofynnodd. ''Dan ni wedi bod yn iawn efo'r hyn sy' gynnon ni. Gad iddyn nhw ffeindio Donoghue, mynd â fo 'nôl i mewn...' Rhoddodd fwythau i'w ben-glin: doedd hi ddim mor lluniaidd bellach ond roedd hi'n dlos. 'Ti a fi, 'nôl fel oedden ni'n arfer bod pan ddaethom ni yma yn y lle cynta' – mae gynnon ni hen ddigon efo'r holl bethau eraill sydd gen ti ar y gweill. Anghofia'r diemwntiau. Beth am gael y *dream team* yn ei ôl, dwed, Frankie a Bevvy?'

'*Dream team*? Hunllef ti'n ei feddwl!' Trodd Leonard ei gefn arni a deialu rhif arall.

Canodd ffôn ym mhoced Bri Tingle. 'Ie?'

'Lle 'dach chi?'

'A2070 – jest heibio Warehouse.'

'Warehorn, yr ionc! Gwranda, anghofia'r dafarn. Mae 'na rywun yn eistedd arno fo. Daliwch 'nôl fymryn. Mi ddo i 'nôl atoch chi efo lle cuddio arall ac mi wna i gyfarfod â chi yno. Rhaid bod yn gyflym neu mi fyddan nhw wedi bygio hwn. Sgen ti fap?'

'Yn rhywle.' Pwysodd Tingle yn ei flaen a dechrau ymbalfalu yn y blwch menig.

Roedd Frenchie Donoghue wrth ei ochr, yn dechrau magu lliw yn ei wyneb bellach, lle'r oedd o wedi cael ei daro. Trodd at ei warchodwr. 'Sgin ti broblemau?' gofynnodd.

'Dwyt ti ddim yn un ohonyn nhw!' meddai Tingle. 'Reit,' meddai wrth ei ffôn. 'Ma'r map gen i. Mi wna i aros i ti ffonio 'nôl.'

Ac wrth i'r car herwgipio wthio drwy'r tywydd dieflig i ddarganfod arhosfan arall, cipiodd Frank Leonard ffôn Bev a dechrau deialu rhif arall.

PENNOD 9

Crynodd Sophia o dan gysgod Tŵr Micheli. Roedd
yn lle gwahanol mewn tywydd fel hyn, gyda gwlyb-
aniaeth yn treiddio o'r rhedyn oddi tani yn ogystal â
diferu uwch ei phen o'r coed a'r creigiau. Fel mae'n
digwydd, roedd hyd yn oed y tir o dan y cysgod ar
lethr bychan, felly roedd hwnnw hefyd yn rhedeg â
mwd. Dim un lle i eistedd. Roedd y graig esmwyth
lle'r oedd hi'n arfer ysgrifennu ei barddoniaeth o
dan awyr agored ac mor wlyb â charreg ar y traeth
ar lanw isel: dim cysur yn unman, dim yn ei phen
ychwaith, wrth iddi sefyll a chrynu o dan ordo'r
graig. Beth oedd hi wedi'i ddweud wrth ei mam?!
Allai hi ddim coelio ei bod wedi bod mor anweddus
am Sol – ond nid dyna'i hanner hi. Dweud wrth ei
mam nad oedd hi'n ei charu: dyna oedd y peth
gwaethaf, isaf allai hi fod wedi'i wneud erioed. Bob
cam o'r ffordd wrth redeg oddi yno, roedd yr atgasedd
ati hi ei hun wedi bod yn pigo'i chydwybod. Roedd
y ddynes yn weddw ac yn ceisio delio â bywyd heb
y person roedd hi'n ei garu. Nid dyna oedd ffordd
Sophia o ddelio â'r peth ac roedden nhw wedi ffraeo
o ddifrif – ond roedd dweud yr hyn y gwnaeth hi yn
anfaddeuol. Yn fwy nag unrhyw un yn y byd, roedd
ei mam angen ei chariad am iddi golli cariad Toni.

Doedd o ddim yno mwyach i chwarae 'I've Got You Under My Skin' yn feddylgar: hi oedd yr unig berson y byddai'n chwarae'r gân iddi. Yn y misoedd i ddod, yr unig berson allai gofleidio ei mam oedd hi, Sophia Micheli, ei merch. A gyda'i geiriau sbeitlyd, roedd Sophia wedi tynnu ei breichiau yn ôl. Roedd hi eisiau taro'i phen yn erbyn yr hen fwa carreg, i gosbi ei chorff, i gnocio'r atgof o'r hyn roedd hi newydd ei wneud allan o'i phen: oherwydd roedd rheolau ar gyfer ffraeo o fewn teulu – ac roedd hi wedi torri'r un bwysicaf oll, i beidio croesi'r ffin, i beidio symud oddi wrth y ffrae benodol i fod yn rhywbeth personol. Roedd ei mam yn llygad ei lle, roedd Sophia wedi colli pob synnwyr o'i ffiniau. Ond y peth anoddaf oll i'w ddirnad oedd ei bod hi wedi bwriadu'r geiriau. Roedd hi'n ceisio caru ei mam â'i holl nerth ond allai hi ddim.

Tynnodd Sophia ei siaced socian yn nes amdani a chrynu yn yr oerfel a'r gwlybaniaeth oedd wedi bod yn glynu wrth ei chroen ers awr bellach. Er mwyn cadw'i dwylo'n brysur yn hytrach na sefyll a chrynu a blasu ei gwenwyn ei hun, estynnodd Sophia am y darn o wlân a'r matsys roedd hi wedi'u cuddio. Roedd y ddau'n sych. Daeth o hyd i'r tin ffa, hefyd yn sych, a thynnodd y label papur oddi arno; yna chwiliodd am frigau mân sych. O, na fyddai'n medru cynhesu ei hun rhywsut! Ond nid oedd gobaith! Efallai bod y storm yn gostegu rhyw ychydig bellach, ond roedd wedi dod dros y corsydd wysg ei hochr, ac nid oedd un gwrthrych sych i'w gael yno. Ac wrth gwrs, doedd hi byth wedi dod ag agorwr tin yno beth bynnag felly doedd dim cysur i'w gael yn hwnnw: roedd popeth yma wedi dod i ben pan ddaeth Sol a'i syfrdanu. Heb arian, roedd dianc i Lundain allan o'r cwestiwn; ond allai hi ddim hyd yn oed wersylla allan yn y fan hon. Trawodd y gwir hi: roedd hi *angen* cartref ar hyn o bryd, hyd yn oed os mai dim ond fel lloches – ac felly roedd hi angen ei mam.

Taflodd Sophia ei ffa i'r coed, gwasgodd y gwlan a'r papur i'r mwd o dan ei throed, a phwysodd yn erbyn y graig a beichio crio ei thrueni wrth y gors.

Roedd Terry Ford yn y lloches traeth yn Sandgate. Roedd rhuo'r storm wedi disgyn ychydig bellach ond roedd cerrig mân yn taro yn erbyn gwaelodion y lloches ac roedd clywed sgwrs ar y ffôn yn anodd.

'Royal George Hotel.'

'Ie. Dwi'n chwilio am ystafell, dwy ystafell—'

'Pryd fyddai hyn, syr?'

'Heno – tan ddydd Sadwrn.'

Gallai glywed y sugno trwy'r dannedd yn ddi-drafferth. 'Mae'n ddrwg gen i, syr, does dim byd yma. Rydyn ni'n llawn o achos y—'

'Ie, dwi'n gwybod. Y blydi penwythnos hedfan. Chi 'di'r pumed lle i ddweud yr un peth.'

'Mae hi wastad yn brysur yr amser yma, syr.'

'Wel, 'cin grêt i chi!'

Y drafferth gyda ffôn ar y lôn ydi na allwch chi roi clep iddo fo wrth roi'r ffôn i lawr. Yr unig beth allwch chi ei wneud yw pwyso botwm yn galed – neu daflu'r ffôn cyfan ymaith; felly mae'r dicter i gyd yn aros y tu mewn i chi, ac ar hyn o bryd roedd y lloches traeth yn ysgwyd o rym rhegi Terry Ford, ac yna dechreuodd gicio a tharo paneli'r waliau nes iddo fodloni â chwalu un yn friwsion silicon.

Roedd Denise, y ferch o'r dafarn oedd i fod i gadw Donoghue yn addfwyn tra'i fod o yno, yn sefyll a gwylio o ben pellaf y lloches. Gyda phob cic, gwingodd, a cheisiodd fynd ymhellach allan drwy'r gwydr.

'Alla i ddim mynd â fo adre i dy dŷ di!' chwyrnodd Terry Ford arni. 'Os yden nhw'n eistedd arna i, maen nhw'n eistedd ar dy fam.' Edrychodd allan ar hyd ffordd Sandgate i le'r oedd y fan camper wedi'i pharcio, brin dafliad carreg o'r Nelson. 'Tydi hi ddim be' fyddet ti'n ei ddisgwyl, y snŵp yma. Mae hi'n un o dîm. Mi fyddan nhw'n gwybod popeth amdanat ti! A fi. Petawn i'n cael gwared ohoni hi...'

'Pwy wneith?' Llwyddodd Denise i ofyn. 'Pa dîm?'

'*Nhw!* Y gyfraith. Y baw. Pwy bynnag sy'n gwylio! 'Dan ni wedi cael ein twyllo, ferch, a dim ond lwc ydi o nad yden ni wedi gwneud rhywbeth eto...'

Edrychodd y ferch arno ac ysgwyd.

Canodd y ffôn.

'Ie?'

Gwrandawodd a gwyliodd tra bo Ford yn cael trefn ar ei hun eto ac esbonio'r sefyllfa llety cyn dechrau nodi cyfarwyddiadau eraill gan y dyn ar yr ochr arall. 'Reit!' meddai, a'i ddiffodd. Ond nid oedd o'n ddyn hapus. Nid oedd o'n rhydd o hyn o bell ffordd.

'Tyrd,' meddai gan roi gorchymyn i'r ferch – a rhedodd y ddau i lawr y traeth o'r Nelson at ei gar ef; wedi iddyn nhw neidio i mewn, aeth y car i gyfeiriad y gogledd ac i mewn i dir y gors.

Roedd ffenestr gefn fan y ddynes wedi niwlo. Roedd fel cerbyd gwyliadwriaeth heddlu – fel cerbyd nwy neu drydan neu fwrdd dŵr sydd ddim yn tynnu sylw ato'i hun a gwneud i rywun edrych ddwywaith arno. Mae pobl yn disgwyl eu gweld nhw o gwmpas, a dim syniad ganddyn nhw fod pedwar swyddog heddlu y tu mewn, yn 'eistedd' ar rywun sy'n cael ei ddrwgdybio ac yn barod i hyrddio allan o'r cerbyd – pob un â chamera, a theclynnau monitro electronig a gwrando. Doedd gan y fan camper hwn ddim llenni ond ffenestri oedd ond yn eich galluogi i weld trwyddyn nhw un ffordd: edrych allan, nid i mewn. Ac ar y foment hon, roedd y ddynes y tu mewn yn siarad i mewn i radio.

'Neb wedi cyrraedd,' meddai wrth rywun. 'Dylen nhw fod yma bellach, hyd yn oed yn y tywydd yma. Un ai rydyn ni wedi camddeall neu maen nhw wedi'i roi o yn rhywle arall. Ydych chi'n siŵr ei fod o wedi'i gipio?' Gwrandawodd ar y llais oedd yn clecian o'r peiriant ac ochneidio. Roedd gwyliadwr-iaeth yn fusnes oer ac anghyfforddus; ac roedd mynd i'r toiled yn amhosib. 'Iawn, mi arhosa i yma,' meddai, a rhwbio marc ei hanadl oddi ar y ffenestr fel ei bod yn medru gweld y Nelson o hyd.

*

Gan fod gwesteion y tŷ wedi eu gorfodi i aros ym Mhen y Gors gan y storm, allai Lesley Micheli wneud dim byd ond mynd o gwmpas ei phethau fel arfer. Petai hi ar ei phen ei hun, gallai hi fod wedi taflu ei hun i'r llawr a chrio ar ôl i Sophia weiddi arni; ond yn ei busnes newydd, roedd yn rhaid iddi fynd ymlaen â'r sioe fel prif actores. Er bod y tegellau a'r bagiau te arferol yn yr ystafelloedd, roedd hi'n gwneud ymdrech i ymateb i ddrama tywydd drwg drwy gynnig diodydd poeth a bisgedi yn yr ystafell fwyta. Ond roedd ei hwyneb di-wên a'i gwefus dynn yn cyfathrebu'n ddigon clir na ddylai neb gydymdeimlo â hi am 'ferched' a 'môr a mynydd'. Ac er y chwyrlïo nawr ac yn y man y tu allan, pan ganodd cloch y drws ffrynt, daeth tawelwch llethol dros yr ystafell fwyta, tawelwch mor drwm fel y byddai wedi cael ei chwalu gan sŵn pitw llwy yn disgyn.

Aeth Lesley i agor y drws, ei hwyneb ysgafn yn dangos ei bod yn barod am unrhyw beth: ffrae neu ymddiheuriad.

Dyn ar feic modur mewn dillad lledr oedd yno, ei helmed yn diferu o dan ei fraich.

'Mrs Micheli?'

'Ie.'

'Sol Barton ydw i. Brawd Jenny...'

Daeth moment o oedi anochel cyn i Lesley ei wahodd i mewn. 'Tyrd drwodd i'r gegin.'

'Diolch.'

Roedd rhai yn darllen dail te wrth iddyn nhw basio drwy'r ystafell fwyta at ddrws y gegin. Caeodd

Lesley'r drws ar eu hôl. Agorodd y llyfrau adar eto, clustiau ar i fyny.

'Ie?' Eisteddodd Lesley wrth y bwrdd derw ar ôl tynnu cadair allan i Sol gael eistedd.

Roedd gwallt Sol wedi'i glymu'n ôl â band elastig, ei lygaid yn dawel a'i wên yn addfwyn. Rhyddhaodd ei ddwylo o'u menig ac eistedd. 'Roeddwn i'n meddwl y dylwn i ddod draw i gyflwyno fy hun.'

'Pam?'

'Gan 'mod i'n ffrind i Sophia. A does gen i ddim diddordeb mewn bod yn ffrind cyfrinachol.'

Roedd llygaid cul Lesley yn dweud wrtho nad oedd hi eisiau cael ei seboni.

'Dyma pam 'mod i wedi dod – roedd Jenny'n meddwl 'mod i'n swnio fel y bwystfil rheibus o Gors Romney yn mynd o gwmpas yn chwilio am ryw, y ffordd roedd Mam yn siarad amdana i. Ond boi reit gyffredin ydw i. Dwi'n gweithio gan 'mod i wedi diflasu yn yr ysgol, mi wnes i gyfarfod â Sophia yn tŷ ni ac mi ofynnais iddi ddod allan efo fi. Boi yn gofyn i ferch fynd i ddisgo.' Rhoddodd ei helmed ar y llawr lle siglodd ar y slabiau. 'Dwi'n un deg naw a dwi'n onest. Nid y Romeo lleol ydw i a dwi ddim yn hen ddyn budr – ac os nad ydych chi isio i Sophia fynd i'r disgo, wel, awn ni ddim.' Safodd, a chwipio'i helmed i fyny. 'Roeddwn i'n meddwl y dylwn i ddod i ddweud hynny.'

Estynnodd Lesley ei llaw allan i wneud yn siŵr fod Sol yn eistedd yn ôl yn ei sedd eto. Edrychodd i fyw ei lygaid, ac edrychodd ef yn ôl arni, a gwenu.

'Dim ond fi ydw i,' meddai.

Dilynodd Lesley siâp cwlwm yn ngraen y bwrdd â'i bys. 'Dwi ddim yn hapus efo'r beic modur, mae hynny'n sicr,' meddai.

'Na Mam, ond... ocê Mrs Micheli, dyna'r unig beth ddois i i'w wneud.' Cododd, plygodd yn gwrtais, gan wichian yn ei ledr. 'Yn *Northanger Abbey*, fe fydd-ai'r alwad yma wedi bod yn *calling card*.'

'Welaist ti'r teledu?' Daeth llygaid Lesley'n agos i loywi. 'Mi wnes i helpu dylunio ar gyfer y cynhyrch-iad yna.'

'Na, darllen y llyfr wnes i.'

Cododd hi hefyd. Edrychodd Sol at y drws, fel y bachgen chwithig yn sydyn. 'Ga' i air cyflym â...'

'Tydi Sophia ddim yma. Mae gen i ofn ein bod ni wedi cael ffrae a—'

'Dim amdana i?'

'Nage. Amdana i, fel mae'n digwydd bod. Ac mae hi wedi rhedeg allan.' Roedd Lesley ar fin crio.

'I ble?'

Cododd Lesley ei hysgwyddau. 'Jest – allan. Trwy'r drws. Tydi hi ddim yn y sgubor.'

'Pryd oedd hyn?'

Edrychodd Lesley ar gloc y gegin. 'Gormod o amser yn ôl, bellach.'

Gwisgodd Sol ei fenig, aeth at ddrws yr ystafell fwyta. 'Mi a' i i'w nôl hi,' meddai.

'Fe allai hi fod yn unrhyw le!'

'Gallai. Ond fydd hi ddim. Mi wn i'n iawn lle fydd hi.' Ac fe aeth Sol allan at ei Honda a dechrau'r modur.

*

Clywodd Sophia hynny uwchben sŵn ei chrio wrth iddo gyrraedd lle'r oedd y ffordd yn cyfarfod ymyl y cae, allan cyn y perthlys. Roedd hi'n adnabod sŵn ei fodur yn barod; roedd yn wahanol i unrhyw fodur arall, ac roedd hi'n adnabod y tro cyflym yna roedd Sol yn ei roi i'r pŵer cyn ei ddiffodd. Beth oedd hi am ei wneud? Roedd o'n dod yma yn y glaw am ryw reswm ar ei ben ei hun – lle tamp i ymarfer o dan ordo'r graig – ac fe fyddai'n ei darganfod hi yno mewn cyflwr truan â'i llygaid wedi crio'n sych! Rŵan! Roedd yn rhaid dod o hyd i le cuddio – a mynd oddi yno tra bo ganddi'r cyfle – gan na allai hi adael iddo ei gweld hi fel yr oedd hi. Edrychodd tuag at lle roedd y perthlys yn tewychu, ac anelu at y bwlch rhwng dau lwyn, llithro ar y dail gwlyb a disgyn ar ei hwyneb i'r llawr.

'Caf! Caf! Wyt ti yna?'

Felly, roedd o'n gwybod y byddai hi yno; yn gwybod lle i ddod o hyd iddi. Tynnodd ei hun o'r llawr, yn teimlo'n fwy truenus a gwlyb nag oedd hi erioed wedi teimlo yn ei bywyd – ei thu mewn yn union fel ei thu allan. Allai hi mo'i wynebu rŵan! Roedd yn rhaid dianc! Ond drwy lithro sefyll a llwyddo i gymryd cam neu ddau, disgynnodd eto a chnocio unrhyw egni allan ohoni ei hunan.

'Oi!' meddai Sol gan ddod i mewn i'r groto. 'Be' di'r gêm, Caf?' Cyn iddi fedru ateb – nid fod ganddi ateb – roedd yn ei thynnu i'w thraed.

Allai hi ddim edrych i fyny, y peth olaf y gallai wneud yn ei bywyd oedd ei wynebu, gadael iddo weld llanast ei llygaid. Edrychodd ar y llawr ond ni allai weld hwnnw trwy ei dagrau. Ceisiodd wynebu'r ffordd arall – ond roedd ei helmed a'i fenig yn cael eu taflu i'r llawr, a gyda'i freichiau cynnes a'i ddwylo'n ymestyn at ei hwyneb, tynnodd hi tuag ato. Syllodd arni, gwenu, a'i chusanu.

'Mae gen ti fwd ar dy wyneb,' meddai ar ôl cyffyrdd-iad cyntaf ei wefusau. 'Dwi'n hoffi'r olwg *urchin*.' Symudodd ei freichiau i'w chofleidio'n iawn, gwasgu'r gwlypni ohoni, a'i chusanu eto.

Ac mewn un eiliad fel yna, roedd y sefyllfa o'i blaen yn haws na sgwrs; doedd dim angen geiriau ar y sefyllfa, dim esboniad, doedd dim na allai gael ei ddweud fel hyn. Cusanodd Sophia ef yn ôl, ond nid â chusan iard ysgol fel yr un y byddai wedi'i roi i Jonny Leete ond gyda chusan hir a chwarae tafodau oedd yn ei gadael heb aer i anadlu. Camodd y ddau yn ôl i edrych ar ei gilydd, a chusanu eto, yn danbaid ac am y tro olaf, am y tro.

'Mi wnes i ddyfalu lle bydde ti,' meddai.

'Dwi'n fodlon bod yma am byth, fel yma.'

'Na, mae 'na ormod o fwd.' Dechreuodd Sol ei harwain yn ôl drwy'r perthlys tua'r ffordd.

Ond wrth iddi ei ddilyn, gan ddal ei law ac osgoi camu ar ddail gwlyb, fe'i trawyd hi gan gwestiwn. Sut roedd Sol wedi dyfalu lle'r oedd hi? Tynnodd yn galed a gwneud iddo oedi lle'r oedd o. 'Pam ddoist ti yma, beth bynnag?' gofynnodd.

'Dim cyfrinach fan'na, Caf. Fe ddywedodd dy fam wrtha i dy fod ti allan a heb ddod yn ôl.'

'Rwyt ti wedi bod adre' i Ben y Gors?'

'Do. Mi es i yno i gyflwyno fy hun...'

'Ddywedodd hi 'mod i wedi'i gwthio hi'n rhy bell ac wedi rhedeg allan?' Roedd Sophia yn gwybod ei fod, mae'n rhaid, yn gwybod rhywbeth. Doedd o heb ofyn dim am ei dagrau, ac mewn ffordd od, roedd hi'n teimlo fel petai hi'n ddeg oed eto – gyda brawd mawr wedi dod allan i roi trefn arni.

'Paid â dechrau meddwl ei bod hi wedi gofyn i mi chwilio amdanat ti. Ro'n i isio. Isio gwybod dy fod ti'n ocê gymaint ag oedd hi. Roedd gen i syniad erchyll ohonot ti mewn nant wedi gorlifo.'

'A fi oedd yn gwneud y gorlifo yn lle hynny, yn crio fel babi...' Gadawodd iddo ei harwain eto, yn ddigon bodlon bod yn ddeg oed eto. Ond roedd hi'n un ar bymtheg eto erbyn dod i ben y perthlys a chusanodd ef hi eto.

'Gesia be' sy' gen i wrth y beic?'

'Mam – ar y sedd gefn.'

'Na – ti'n colli deg pwynt.' Aeth â hi at yr Honda, a thra bo'r glaw yn tasgu, dad-strapiodd helmed o'r beic, un o'r un steil â'i un yntau. 'Mae o'n newydd. I ti. Does neb wedi'i wisgo fo o'r blaen.'

Ni ddywedodd Sophia air – allai hi ddim. Safodd yn stond wrth iddo ei godi dros ei phen a'i roi yn ei le, gan ei strapio'n ofalus o dan ei gên.

'Mae'n ffitio, yli,' meddai.

'Ydi,' meddai Sophia. A dyna'r unig beth allai hi ei wasgu allan.

Pa mor hen oedd y ferch gynta' i ti ei chusanu'n daer
Nid yn y scuola, nid yn yr iard
Ond allan yn y goedwig yn Alássio,
Yn ddwfn a hir ac amoroso?
Ai Lesley oedd y canfed – a thybed oeddet ti'n malio
A fyddet ti'n ei chusanu byth eto?
Ai dyna'r tro cynta' i chi gyfarfod ar eich pennau eich
    hunain?
Tu cefn i'r llwyfan yn yr opera neu'n ei cherdded hi
    adref
Ar ôl 'dress' neu noson gyntaf llawn sêr
Neu wrth fwyta ryw pizza yn dawel yn y gwyll?
Ac, oedd hi'n cusanu hefyd, neu ddim ond ti?
Beth ddywedodd hi, beth wnaeth hi?
Oedd hi mor llawn o hapusrwydd ag oedd Duw wedi
    'ngwneud i?
Oedd hi'n teimlo'r foment honno, rhyw genfigen
Am unrhyw ferch arall?

A sut mae hi'n teimlo, heb gusan, fyth eto?
Faint mae'n brifo? Pa uffern yw'r boen?

PENNOD 10

Roedd Sant James, yn Fallow Broad yn eglwys 'ddi-angen' yn y gors: hynny yw, nid oedd ficer yno, neb yn addoli, a dim oedfa o unrhyw fath. Ond ni fyddai'r drws byth yn cael ei gloi yn ystod y dydd, fel y gallai pobl ymweld, ac roedd y llyfr ymwelwyr a'r bocs ceiniogau yn dangos fod pobl *yn* dod i weld yr adeilad Normanaidd. Roedd pamffled yn dweud hanes y cyfnod pan oedd canol yr eglwys yn cael ei ddefnyddio i gneifio defaid yn gyfrinachol er mwyn smyglo 'gwlân Caer-gaint' i'r cyfandir, a phan gâi tybaco ei smyglo'n ôl a'i guddio yn nhŵr yr eglwys, a hwnnw i'w arogli ddau gae oddi yno. Roedd yr eglwys fel petai'n falch o'i hanes *contraband*, ac ar wal y festri, roedd darn o gerdd Kipling 'A Smuggler's Song' wedi'i fframio.

> *If you wake at midnight, and hear a horse's feet,*
> *Don't go drawing back the bling, or looking in the*
> *   street.*
> *Them that asks no questions isn't told a lie.*
> *Watch the wall, my darling, while the Gentlemen go by!*
>
> *Five and twenty ponies*
> *Trotting through the dark—*

Brandy for the Parson,
'Baccy for the Clerk;
Laces for a lady, letters for a spy.

And watch the wall, my darling, while the Gentlemen
go by!

Pan gyrhaeddodd y ferch a Terry Ford, roedd grŵp ymwelwyr yr eglwys yr un mor ffiaidd a chaled â gangiau o smyglwyr Romney. Roedd Bri Tingle yno yn y cysgodion gyda'i ddau fownsar – yr un oedd wedi gyrru'r car a'r llall, yn dal i ddrewi o chŵd , oedd wedi eistedd gyda Donoghue yn y cefn. A Frenchie ei hun hefyd, yn cael ei warchod gan y lleill – wedi plygu dros sedd ac yn syllu'n swrth ar yr hen slabiau carreg ar y llawr.

'Dyma i chi gynulliad del!' meddai Ford, wrth ddod i mewn.

'Pwy 'di hi?' gofynnodd Tingle, gan edrych ar y ferch.

'Denise,' meddai Denise. 'Pwy wyt ti?'

Anwybyddodd Tingle hi. Edrychodd Donoghue i fyny. Roedd yn adnabod Terry Ford. Roedd pawb o'r East End yn ei adnabod.

'Felly, beth sy'n digwydd?' gofynnodd Tingle.

Cerddodd Ford at y carcharor rhydd a sefyll yn y sedd o'i flaen. 'Helô, Frenchie,' meddai. 'Terry Ford. Dwi'n edrych ar d'ôl di.'

'Dwi wedi dy weld di ar y teli. Ti'r un mor crap fel actor ag wyt ti fel boi caled.' Trodd Donoghue ei olygon at y ferch. 'Ond rwyt ti hefyd yn edrych yn hŷn, mewn bywyd go iawn.'

Croesodd Ford ei freichiau. 'Roedd popeth wedi'i drefnu'n dwt i ti, boi. Llety da, bwyd da, digon i'w yfed, ychydig o sgert i d'atgoffa di o fywyd y tu allan; fel bod dy aberth di'n werth rhywbeth...'

'Yr unig beth dwi 'di 'i aberthu 'di'r gell yna yn y carchar,' meddai Donoghue. 'A 'mrecwast. Eto, o be dwi'n ei glywed, mae popeth wedi mynd o'i le...' Roedd golwg herfeiddiol ar Donoghue.

'O, dim byd hollbwysig. *Manylyn* sydd wedi mynd o'i le, ond rydw i'n dal yma i wneud bywyd yn bleserus i ti, felly paid â bod yn flin efo fi.' Aeth Terry Ford at Bri Tingle, a gostwng ei lais. 'Mae'r boi mawr ar ei ffordd. 'Dan ni am ddal yn dynn nes iddo fo gyrraedd. Wedyn, gwneud be' mae o'n ei ddweud. Ond fedra i ddim dod o hyd i stafell yn unlle, heb sôn am ddwy neu dair. Mae'r lle 'ma'n llawn dop.'

'Sgen ti unrhyw fwyd? Mi wnawn ni'r tro yn fan'ma tan i ti sortio pethau allan. Does neb yn mynd i ddod i weddïo yn y tywydd yma. Ac os daw rhywun...' Aeth Tingle at yr hen ddrws derw a'i folltio – yn union fel yr oedd handlen y drws yn troi a chnoc i'w chlywed o'r ochr arall.

Rhewodd pawb yn yr eglwys; roedd y gnoc wedi taflu carreg ateb o un hen wal blastr i'r llall fel crac yr hen ddynion tollau. Roedden nhw wedi disgwyl Terry Ford ond ni allai Frank Leonard fod yma eto, nid yr holl ffordd o Brighton. Gyda gair cyflym gan Tingle, rhedodd y ddau warchodwr a Donoghue i lawr ystlys yr eglwys ac i'r pen arall i'w wthio i'r festri, gan ei ddilyn i mewn. Pwyntiodd Ford at Denise a rhoi ei ddwylo at ei gilydd fel mewn gweddi; eisteddodd hithau wrth sedd a phlygu'i phen. Gwnaeth yntau'r un modd mewn rhan arall o'r eglwys, gan benlinio – tra bo Tingle yn mynd at y drws, i'w agor.

'Rydyn ni wedi cau,' meddai wrth bwy bynnag oedd yno. 'I gyfri stoc.'

Cododd Ford ei lygaid at y nefoedd.

'Wel, mi gewch chi fy ngadael i i mewn 'run fath. Dwi'n diferu allan yma.'

Roedd Tingle fel petai'n adnabod y llais. 'Ti sy' 'na?'

'Wel, neb arall.'

'Dyn y cwch?'

'Dyna ni. Capten Bligh o'r *Bounty*.'

Agorodd Tingle y drws fymryn, yn barod â'i ddwrn os oedd rhaid; ond pan welodd pwy oedd yno, gadawodd i'r dyn newydd gerdded i mewn. 'Ti 'di boi'r *Hei Lwc*.'

Fred Kiff oedd yno. Ysgydwodd ei got olew a chrynu yn y lle oer. 'Dwed un peth wrtha i,' meddai Terry Ford, oedd yn codi o'r llawr. 'Mi wnest ti ddewis diwrnod da ar gyfer hyn, on'd do?'

'Be wyt ti'n da 'ma?' gofynnodd Tingle.

'Pwy ti'n meddwl ddewisodd y lle yma? Fi ddyw-edodd wrth y dyn, fo ddywedodd wrthot ti. Mae'n gystal lle ag unlle arall fel lle cuddio tan iddo fo benderfynu beth i'w wneud.' Roedd Fred Kiff fel petai'n dalach ymysg y giang yma, ychydig yn iau, ac nid oedd ei lais yn llawn gwynt fel arfer, mwy o dderw solet na dail llac. 'Wnest ti ddod â'r stwff?' gofynnodd Terry Ford.

'Pa stwff?'

'Y stwff lliwio gwallt, fel dywedodd y dyn.'

'Yn y car.'

''Swn i'n bwrw 'mlaen efo hynny, 'swn i'n ti. Ti i'm isio'r stwff yn rhedeg lawr ei wyneb yn y glaw 'ma.' Aeth Kiff at y drws ac edrych allan. Roedd y tywydd wedi gwella ychydig, ond roedd y nentydd yn llawn ac yn bygwth gorlifo i'r caeau a'r ffyrdd. Daeth yn ei ôl. 'Fedrith o ddim fforddio cymryd ei amser,' meddai, 'mae niwl yn dilyn hwn. Mi allen ni fod yma tan Nos Galan Gaeaf.'

'O, na!' meddai Denise. 'Ysbrydion! Dwi ddim yn ffansïo hynny!'

Edrychodd Bri Tingle arni, a wincio. 'Mi wnei di ffansïo beth bynnag wnawn ni ei ffansïo, dol,' meddai. 'Dwi wastad wedi bod isio bod yn gaeth yn rhywle efo merch ddel.'

Ond roedd gwaith i'w wneud. Gan ddal Frenchie Donoghue yn ei sedd, aeth Denise a Terry Ford ati i drin ei wallt. Cafodd ei gopa du ei ddocio, ei olchi mewn dŵr glaw a'i liwio'n olau, bron yn wyn. 'A chofia'i ail-wneud o'n ddigon aml,' meddai Ford wrth y ferch. Yna, rhoddwyd sbectol dywyll iddo a rhoddwyd dewis iddo ynglŷn â'i ddannedd soled.

'Maen nhw'n ormod o nodwedd, dy berlau di, braidd. Rhaid i ni eu gwneud nhw'n llai "amlwg"...'

Agorodd Terry Ford botyn o golur dannedd ar gyfer ffilmiau. 'Neu fe allwn ni gnocio ambell un allan – dy ddewis di.'

Edrychodd Donoghue ar y tun a nodio. Agorwyd ei geg fel llew syrcas gan Ford tra bo Denise yn dechrau'r peintio.

Ond daeth tap sydyn ar y drws – rhewodd pawb eto wrth i Tingle redeg ato. Un gair o'r tu allan ac fe agorodd y drws – i mewn â Frank Leonard. Dechreuodd Frenchie Donoghue godi ar ei draed er mwyn dangos ei lawn daldra ond cafodd ei wthio i lawr eto. Safodd dynion Tingle fel bownsars, mewn steil angladd East End gyda'u dwylo o'u blaen. O'r drws, llygadodd Leonard ei wystl a cherdded ato'n araf.

'Jiwdas!' Poerodd Leonard at Donoghue. 'Gefaist ti fy negeseuon i pan oeddet ti'r tu mewn...?'

Ni allai Donoghue siarad. Roedd hancesi wedi eu stwffio i'w geg er mwyn i'r paent dannedd sychu. Ond cododd ei ysgwyddau, fel petai'n dweud *dwi'n gwybod dim.* Safodd a nodiodd Leonard at y *con*, pob amnaid yn ddiemwnt i'w ddarganfod, yn sgôr i'w setlo.

'Rwyt ti'n mynd i fynd â ni i lle'r wyt ti wedi cuddio'r stwff – ac os nad ydw i'n dod yn ôl efo be dwi'i isio, dwyt ti ddim yn dod 'nôl chwaith. *Byth,* ti'n deall?'

Nid oedd angen mwy o eiriau rhyngddyn nhw – roedd geiriau Leonard wedi bod yn ddigon clir. Trodd ymaith ac aeth Terry Ford ac yntau i lawr ystlys yr eglwys i siarad yn dawel am ddiffyg llety yn yr ardal, ei ddwylo'n dangos diffyg syniadau. Gwrandawodd Leonard, yna galw am Fred Kiff.

'Ti'n deall pethau?' gofynnodd.

'Ydw, syr.'

'Beth am gerbyd trên? Rhaid i ni ei gadw o yn rhywle tan i'r awyren yma hedfan ddydd Sadwrn.'

Dechreuodd Terry Ford nodio. 'Gallows Gap! Mae fanno o'r ffordd. Rydych chi wedi bod â chyffuriau a gynnau yno. Pam ddim pobl?'

Edrychodd Fred Kiff arno. 'Gan nad yw pobl erioed wedi bod ar restr siopa Mr Leonard. Dwi erioed wedi dod â phobl i'r lan yn Gallows Gap.' Yn Gallows Gap, roedd ganddo hen gerbyd trên wedi'i drawsnewid i fod yn *chalet* yn y dyddiau pan oedd dinasyddion Llundain yn cymryd gwyliau i lawr yng Nghaint. 'Mi allwn ni guddio'r criw yma yno ond nid am dridiau. Mae'r cymdogion yn ocê, cyn belled â 'mod i ddim yn dod ag enw drwg i'r lle.'

Gwgodd Ford, heb ddeall.

'Mae dros nos yn un peth,' aeth Kiff yn ei flaen, 'ond mae lôn gyfan o griw i lawr yna, a 'di'r gweddill ddim yn angylion. Maen nhw'n hoffi cael llonydd hefyd.' Tapiodd ei drwyn. 'Ac maen nhw wrth eu boddau â gwobrau! Mae ganddyn nhw deimlad sbesial am fewnfudwyr anghyfreithlon a ffoaduriaid, a dyna maen nhw'n meddwl ydi'n busnes ni. Mi fydden nhw'n ein gwerthu ni i'r Glas mewn chwap – mi fydden nhw'n gwerthu eu plant am ganabis, nhw.'

Edrychodd Leonard i bob cornel o'r eglwys, yn ôl at Terry Ford ac yna at Fred Kiff eto. 'Felly be' wnawn ni?' gofynnodd.

Ac yna, tynnodd Fred Kiff ei hen gap oddi ar ei ben a dechrau rhwbio ei ben gwlyb. 'Wel, os ydych chi wedi trio pobman arall, dwi'n nabod rhywun gydag ambell ystafell wag. Gwely a Brecwast yn y gors, rhyw ychydig i lawr y ffordd o'ch lle chi. Am ddiwrnod neu dau. Yr hen Dŷ Dial. Roeddwn i'n defnyddio'r ysgubor bob amser, cyn iddo gael ei werthu. Dynes a'i merch. Ond mi fydd yn rhaid i chi chwarae rôl twristiaid...'

'Mae hynny'n bosib...' meddai Frank Leonard.

'Dim gair amdana i, cofiwch. Dyn jobsys bychain ydw i. Cadwch fi allan o'r peth. Ond mi alla i eich arwain chi yno. Ac mi allwch chi ddweud eich bod yn sownd, yn y tywydd yma.'

'Dyna ni!' trodd Frank Leonard ar ei sawdl yn sydyn a cherdded yn gyflym i gefn yr eglwys lle'r oedd y lleill yn llechu. Ef oedd y dyn ar y brig, unwaith eto.

'Rhowch y boi ar ei draed!' gorchmynnodd.

Cafodd Donoghue ei dynnu i'w draed, y ddau warchodwr yn gafael yn ei freichiau. Syllodd i wyneb Leonard, ei geg ar agor o hyd. Edrychodd Denise i ffwrdd, at y wal.

'Paid â phiso'n dy drowser, dwi ddim am dy waldio di! Dwi am ddweud rhywbeth. Rwyt ti'n mynd i lety cyffredin, gyda dy ddwylo wedi'u clymu i'r gwely am ddiwrnod neu ddau, ac mi rwyt ti'n mynd i fihafio a pheidio codi gwrychyn nag amheuaeth. Achos, os wnei di, Donoghue, rwyt ti'n ddyn marw; a chyn i ti farw – cyn i ti *groesawu* dy farwolaeth – mi wnei di ddatgelu popeth wrtha i.' Nid oedd Leonard wedi amrantu i guddio ei lygaid clêr unwaith. 'A phaid â'm temtio i, boi, achos falle mai dyna 'di'r ffordd hawdda' i ni – ychydig o artaith a sblash dros ochr cwch. Felly ni sy'n gwneud ffafr â thi. Deall?'

Nodiodd Donoghue.

'A chau dy geg waedlyd!' meddai. 'Mae dy geg di'n drewi o garchar.'

'Oes rhywun wedi'i chwilio fo?' Brathodd Leonard.

Edrychodd pawb at Bri Tingle. 'Na, Frank, maen nhw wedi gwneud hynny ddwywaith fel arfer. Yn Wyck Hill ac yn y bws.'

Rhegodd Leonard. 'Am gyffuriau a baco, do. Ond beth am fap, yn ei leinin, rhywle? Falle bydde hynny'n ein harbed ni rhag mynd â fo yno...'

Tynnwyd Donoghue o'r sedd ac i mewn i'r ystlys i gael archwiliad poenus a thrylwyr tra bo Ford yn mynd trwy ei ddillad.

'Dim!' meddai Tingle, gan fynd i olchi ei ddwylo yn y bedyddfaen.

'Ond mae gen i rywbeth,' meddai Terry Ford. 'Ym mhoced ei grys. Be 'di hwn, Frenchie, llun del?'

Tra bo Donoghue yn cau ei lygaid mewn anghrediniaeth, rhoddodd Ford lun bychan wedi'i blygu a'i gracio i Frank Leonard. Llun o ferch oedd yno, ar y traeth heb dop ei bicini, ac arhosodd Ford am chwerthiniad budr. Ond ni ddaeth. Roedd llygaid Frank Leonard wedi troi'n ddau hollt fel genau-goeg wrth iddo syllu ar y llun. Yr hyn oedd ganddo, rhwng ei fysedd, oedd llun o'i wraig, Bev.

'Dwi 'di newid fy meddwl,' meddai Frank Leonard yn dawel, 'Dwi am dy daro di!' A tharodd Frenchie Donoghue gyda phwniad i'w fol ac yna fe'i lloriodd gyda chic i'w gefn – trais na fyddai'n dangos, oni bai ei fod o'n cael ei ganfod mewn mortiwari yn Ffrainc.

Roedd Sol yn cymryd ei amser ar y ffordd wlyb, gyda Sophia yn dal yn dynn yn ei ganol. Roedd yr helmed yn ei ffitio, a hyd yn oed gyda'r oerfel a'r gwlybaniaeth am ei choesau, roedd hi'n od o gyfforddus. Roedd dal yn dynn yn Sol yn lle naturiol iddi fod. Pe baen nhw ond yn mynd i unrhyw le ond yn ôl i Ben y Gors. Ond roedd yn rhaid wynebu Lesley Micheli, doedd unman arall y gallai ei merch fynd y foment hon – a beth bynnag, doedd hi erioed wedi bod yn llwfrgi, doedd dim un Micheli'n llwfrgi. Fe fyddai'n mynd yn ôl i mewn ac yn ceisio cymodi â hi, a gweld sut y byddai pethau'n mynd o hynny ymlaen. Roedd un peth yn gwneud hyn yn haws – sef fod Sol yno ar ei chyfer hi, a gallai ddal yn dynn ynddo: roedd hyn yn newid y ffordd y gwelai hi bethau rhywsut. *Golygai y gallai dosturio â sefyllfa ei mam eto.*

Ond nid oedd rhaid wynebu dim byd wedi cyrraedd adref gan fod plât Lesley'n llawn gyda gwesteion newydd o nunlle. Roedd car wedi'i barcio o flaen Pen y Gors ac roedd drws y tŷ'n agored er mwyn i'r glaw chwythu i mewn. Daeth merch allan o'r tŷ: tynnodd got allan o'r car a mynd yn ôl i'r tŷ, gan gau'r drws.

'Pobl newydd,' meddai Sol, wrth iddo godi helmed Sophia o'i phen.

'Iep.'

'Mi wela i di, 'lly Caf.'

'Dwi'n gobeithio. Wel, *gwnei*, mi wnei i!' Daeth o hyd i wên arbennig ar ei gyfer. 'Sgen ti ffôn?'

'Oes.' Ond roedd o'n gwisgo ei holl ddillad lledr, fe fyddai rhoi'r rhif iddi'n cymryd hydoedd. 'Mi ffonia i ti nes ymlaen – ydy dy rif di gan Jenny?' Nodiodd Sophia. 'Ac mae Pen y Gors yn y llyfr.'

Siarad busnes oedd popeth nawr, o flaen y tŷ, a strapiodd ei helmed hi i'w sedd gefn. 'Pob lwc i ti! Mi fydda i'n meddwl amdanat ti.'

'A ti, Sol...'

'Dwi 'di dysgu darn newydd. Wel, bron wedi'i ddysgu o.' Neidiodd ar ei feic a'i danio.

'Be' ydi o?'

'*Angel Eyes*, Ella Fitzgerald.'

'A Frank Sinatra,' meddai Sophia. 'Roedd o'n ei chanu'n aml.'

'Ti'n nabod y gân?'

'Roedd Dad yn ei chwarae hi. I Mam.'

'Mi wna i ei chwarae hi i ti, Caf, yn ein lle ni, pan fyddwn ni ar ein pennau ein hunain, pan gawn ni amser.'

'Grêt.'

Ond nid oedd ganddi amser ar hyn o bryd. Daeth dyn allan i symud y car i gefn y tŷ a gwelodd Sophia gip o'i mam yn cario tyweli wrth droed y grisiau. Cododd law ar Sol a rhedeg i'r tŷ i ddal ei mam cyn iddi fynd i fyny'r grisiau. Roedd yn rhaid iddi gael gweld ei hwyneb, edrych i fyw ei llygaid, i wneud rhyw fath o gysylltiad eto.

'Mam!' meddai.

'Iesu!' meddai Lesley wrth weld yr wyneb coch, gwlyb, mwdlyd. 'Dwi'n gwybod!' ychwanegodd, 'ddylwn i ddim cablu!' Gan ddal y tyweli'n ddigon pell, rhoddodd gusan ar foch fudr Sophia, â'i llygaid yn agor led y pen. 'Dos i olchi, dwi am wneud swper heno...'

'Yn arbennig ar gyfer pwy?' Chwifiodd Sophia ei breichiau o gwmpas i gyfeirio at y bobl newydd, pwy bynnag oeddynt.

'Y cwpl yn y Renoir, dau ddyn yn y Degas ac un sengl yn y Turner. Wedi gofyn am damaid i'w fwyta, wedi cael eu dal yn y tywydd yma, ar ôl dod i 'sgota a'u cwch nhw wedi'i falurio yn y storm. Mi wneith godi calon y lleill hefyd.'

'Mi wna i helpu.'

'Siŵr iawn y gwnei di.' Syllodd ar Sophia am un eiliad yn hirach nag oedd rhaid. 'Tân dani rŵan!' A brysiodd i fyny'r grisiau i roi'r tyweli yn yr *en-suites*.

Aeth Sophia i'r gegin i ddefnyddio'r grisiau cefn i'w hystafell hithau; gallai fynd i'w stafell ymolchi breifat nhw o'i hochr hi. Roedd hi'n sefyll o flaen y drych yn edrych ar yr hyn roedd Sol wedi'i alw'n *urchin*, a phrin yr oedd hi wedi bod yno dri munud pan gerddodd dyn i mewn heb gnocio – diolch byth nad oedd hi wedi tynnu ei dillad.

'Ara deg! Sori, *babe*.'

Wynebodd Sophia ef, wedi'i synnu gormod i fod yn flin.

'Dwi wedi dod i fyny un llawr yn ormod. Dwi jest yn y llofft un i lawr...'

'Oh. Turner...'

'Na, ym, Smith. Mr Smith.' Roedd o'n ddyn â llygaid mawr, pen wedi'i eillio nes ei fod yn disgleirio, a thrwyn bocsiwr. Ond ar y wên fechan y sylwodd Sophia gyntaf.

'Y *llofft* yw Turner. Mae gan bob ystafell enw. Ar ôl artistiaid.'

'Handi,' meddai, 'Achos artist ydw i, artist meddwi'n racs.' Chwarddodd yr artist. Roedd o'n gwisgo crys gwyn glân a throwsus du, yn edrych fel cerddor y tu ôl i'r llwyfan ar ôl perfformiad, heb ei dei bô a'i siaced. 'Unrhyw beth ti isio, *babe*, jest cnocia ar fy nrws i.' Ac yna aeth, gan gau'r drws mor ofalus â bwtler.

Clodd Sophia'r drws, tynnu ei dillad gwlyb a gwisgo gŵn nos. Roedd criw ffiaidd yr adarwyr wedi bod yn y tŷ'n barod, meddyliodd, a nawr oedd amser y rhai roedd Jenny'n eu galw'n BBB – Brawd-oliaeth Bysgota Blonegog. A dechreuodd bendroni – tybed beth fyddai barn ei mam, nawr fod ochr llai chwaethus y farchnad wedi dechrau dod i'w thŷ?

Beth bynnag am hynny, meddyliodd, roedd hi'n mynd i wneud sioe o ddangos ei chefnogaeth i wneud iawn am ei hymddygiad ofnadwy y prynhawn hwnnw ac am y pethau roedd hi wedi eu dweud.

PENNOD 11

Nid oedd Frank Leonard yn hoffi cael ei groesi, yn enwedig gan y rhai mwyaf agos ato. Ond roedd wastad yn llwyddo i ddial, ac roedd dewis y foment gywir i wneud hynny'n rhan o'r pleser. Arhosodd un dihiryn bach ifanc am flwyddyn gron gan dderbyn dim ond parch gan Leonard cyn cael trip pysgota bach unffordd ar yr *Hei Lwc*. Felly, fe gâi Bev aros, doedd o ddim am ddelio â hi eto, ond roedd Gerald Scott yn ei groesi, a'r tywydd hefyd, ac roedd yn rhaid delio â'r rhai hynny ar frys. Ar hyn o bryd, roedd Leonard mewn tymer arbennig o ddrwg oher-wydd y cyfarfod oedd i fod i ddigwydd rhyngddo yntau a'r peilot yn archfarchnad Ashford. Roedden nhw'n sefyll yn Halfords gan edrych ar radio car.

'Be ti'n feddwl, mae o *off*! Beth sydd *off* amdano fo?' Roedd Leonard eisiau cael gwybod.

'Popeth *off*, syr. Le Touquet wedi canslo, mae'r maes awyr o dan ddŵr, a Lydd wedi canslo pob hediad nes i'r tywydd glirio – niwl trwchus yn eistedd ar bopeth. Dwi wedi bod yn siarad efo'r rheolwr traffig awyr – mae'r unig gyfle oedd gennym ni wedi diflannu tan y gwanwyn nesa. Biti.'

'Aros di eiliad – blydi *biti*! Mae gen ti adenydd...' Roedd Scott yn chwarae'n nerfus â theledu bychan i gar. 'Ond mae o yn Lydd, a fedra i ddim ei gael o allan. Maen nhw wedi cau Heathrow, chi'n gwybod.'

'Dwi'n gwybod, tydw. Heddiw. Maen nhw wedi cau ceg y Gweinidog trafnidiaeth, *heddiw*. Ond dwi'n siarad am y penwythnos – neu wythnos nesa.' Tynnodd y teledu o ddwylo Scott cyn i'r larwm ganu. 'Gwranda Biggles – mae'r boi wedi'i guddio o'r ffordd mewn lle saff felly 'di diwrnod neu ddau ddim yn mynd i frifo neb. Tydi dydd Sadwrn ddim mor bwysig bellach – felly'r cwbl sy' raid i ni ei wneud ydi pennu diwrnod arall.'

'A dyna'i chi beth arall.' Cymerodd Gerald Scott un cam yn ôl, rhag ofn, i edrych ar gwmpawd car. 'Mae'ch boi chi wedi bod ar bob un newyddion. Mae unrhyw awyren fechan yn mynd drosodd i Ffrainc ddydd neu nos, y penwythnos yma neu wythnos nesa, yn mynd i ddangos ar y radar fel staen ar liain.' Gwthiodd ei law i'w boced a thynnu amlen allan. 'Dwi allan o'r gêm, mae'n ddrwg gen i, syr. Dyma'ch arian chi 'nôl, Mr Leonard, pob ceiniog.'

Trodd Leonard ar ei sawdl a cherdded i'r cyfeiriad arall. 'Cymera fo'n ôl, y cachgi! Mae 'na fwy o gamerâu yn y lle 'ma nag yng nghynhebrwng Ronnie Kray. Rwyt ti allan pan ddyweda i dy fod ti!'

Ochneidiodd Gerald Scott. Ymddangosai fel petai'n rhoi'r amlen yn ôl yn ei boced ond gollyngodd hi i'r llawr yn sydyn a'i chicio o dan arddangosfa o nwyddau. 'Na, dwi allan, a dyna'i diwedd hi.' A cherddodd o'r siop, gan adael Leonard i edrych o'i amgylch am ychydig cyn plygu at ei esgidiau a nôl ei arian.

'Dyna'i diwedd hi – ti'n iawn!' meddai wrtho'i hun. 'Paid ti ag anghofio, deryn bach, dwi'n gwybod lle ti'n byw!'

Y cyfle cyntaf gafodd Sophia a'i mam i siarad oedd pan oedd Lesley'n gyrru ei merch i ddisgo Digital South yn Neuadd Tref Hythe. Roedd y tywydd wedi tawelu ond arhosai naws stormus, fel euogrwydd ar ôl ffrae fawr. Gan fod y baromedr yn codi ar ôl i'r gwynt ostegu, roedd niwl y gors yn codi o'r môr a'r system wresogi yn y car yn gweithio'n galed i gadw'r sgrin wynt yn glir; felly roedd yr egni roedd ei angen arni i yrru yn cymryd blaenoriaeth Lesley. Er hynny, gan eu bod nhw'n eistedd mor agos at ei gilydd a chan nad oedd neb arall yno, roedd sgwrs breifat yn anochel. Ac roedd Sophia wedi aros cyhyd am y cyfle fel mai rhyddhad oedd dechrau nawr.

'Doeddet ti ddim yn meddwl beth ddwedaist ti, nag oeddet?'

Achubodd Sophia ar y cyfle i ddweud ei phwt. 'Na. Siŵr iawn. Ro'n i jest yn flin.'

'Roedd o'n beth poenus i'w ddweud.'

'Am wn i 'mod i wedi bwriadu hynny, pan ma' rhywun yn flin...'

Cafodd ochenaid flin Lesely ei cholli yn sŵn y ffan.

'Wel, roedd o'n brifo. A taswn i heb fod mor brysur, mi faswn i wedi colli cwsg o'i achos o.'

'Fi hefyd. Wel, mi rydw i wedi gwneud. Sori. Ond dwyt ti ddim yn meddwl eu bod nhw'n griw od i'w cymryd i mewn?'

Roedd rhyw deimlad chwithig wedi bod yn yr aer ym Mhen y Gors ers tri diwrnod a hanner a doedd hynny ddim yn gyfan gwbl oherwydd y ffrae am Sol. Nid oedd pysgotwyr yn greaduriaid tebyg i adarwyr, roedd hynny'n sicr: efallai am fod un criw yn caru a'r criw arall yn lladd, meddyliodd Sophia. Roedden nhw'n rheoli'r tŷ mewn ffordd hollol wahanol, i fyny ac i lawr y grisiau, eisiau'r hyn a'r llall o'r gegin. Dim ond y cwpl roedd Sophia wedi cael cip arnyn nhw yn y Renoir – dyn gyda gwallt golau od a'r ddynes yna – oedd yn aros yn eu hystafell ac allan o botes pawb.

'Dwi prin wedi cysgu winc,' aeth Lesley yn ei blaen, 'Mae'n biti mod i wedi dweud bod gen i le ar eu cyfer nhw.'

'Roeddet ti'n dweud nad oeddet ti ddim wedi colli cwsg...'

'Drosot ti, ro'n i'n ei feddwl.'

Rhwbiodd Sophia ei ffenestr ac edrych allan ar y gwrychoedd gwlyb. 'Mae 'na rywbeth... Llundain amdanyn nhw... on'd oes?' Am foment, ymlaciodd; roedd hi'n credu fod yr hyn oedd angen ei ddweud am y ffrae wedi cael ei ddweud. Am eiliad.

'Paid ti byth â dweud rhywbeth fel yna wrtha i eto, wyt ti'n deall? Hyd yn oed os wyt ti'n ei feddwl o.'

Gwyrodd Sophia ei phen mewn gwendid, ond yna cododd ei chalon. Nawr ei bod wedi cael clywed y drefn go iawn ac yn ffurfiol – dyna ddiwedd i'r stori. *Ac* roedd hi ar ei ffordd i'r disgo lle byddai Sol yn aros amdani. 'Gwell peidio gwybod?' gofynnodd i'w mam – a damio ei hagwedd wamal yr eiliad wedyn. Pam ddiawl ei bod wedi dweud hynna?

'Mae rhyw fath o esgus yn help.' Roedd Lesley yn sychu ei chadach lledr dros y sgrin eto, llaw brysur i gyd-fynd â'r datganiad oedd i ddod: 'Does dim byd yn gwneud iawn am golli cusan y dyn rwyt ti'n ei garu; ond mae cusan ar dy foch yn medru helpu.'

Nid oedd y cadach yn ei le cyn i Sophia bwyso tuag ati, plannu cusan ar ei boch a rhoi ei braich am ysgwyddau ei mam. 'A dim esgus ydw i!' meddai. Roedd hi'n deall yn iawn beth oedd ystyr ei mam; ond ar yr un pryd doedd hi ddim yn deall sut y gallai'r un gair gael ei ddefnyddio ar gyfer y gusan fechan honno, a Toni yn ei chusanu hi – yn union fel roedd Sol a hithau wedi cusanu yn Nhŵr Micheli.

Ac erbyn diwedd y noson, pan ddaeth ei mam i'w nôl am hanner nos, roedd Sophia'n pendroni ynghylch ystyr y gair 'cofleidio' hefyd.

Pan aeth drwy'r drws – Jenny wrth y drws a Sol y tu mewn, yn barchus – wrth iddi glywed y DJ a'r drymiau, wrth weld y goleuadau yn chwyrlïo a chlywed y gerddoriaeth yn taranu, sylweddolodd yn sydyn mai heno oedd y tro cyntaf iddi fynd allan ers y noson ofnadwy yng Nghlwb 17. Y noson y bu farw ei thad, roedd hi wedi bod i le fel hwn, wrth ei bodd, yn barod am noson dda, yn un o'r giang efo Eli – ac roedd hi wedi mynd adref i farwolaeth a galaru, hiraethu ac unigrwydd. Nawr, roedd hi yn ei dillad gorau eto, yn mynd allan am y noson, a gan na fyddai mellten yn taro ddwywaith, cydnabu'r foment wrth gerdded drwy'r drws ar ei hunion.

'Haia!' meddai Jenny.

'Ti ddim yn meindio?' sibrydodd Sophia wrth yr awyr.

'Ddim yn meindio be'?'

'Sori, Jen – siarad efo fi'n hun ydw i.'

'Wel, neith *o* ddim meindio. Y boi sydd dros ei ben a'i glustiau, y tu mewn. Ti'n edrych yn wych!'

'Diolch. Ti 'fyd.'

'Tyrd o'na. Does 'na'm pwynt gwastraffu'n talentau allan yn fan'ma nag oes?'

Aeth y ddwy i mewn ac i fyny'r grisiau i'r llawr dawnsio, lle'r oedd Sol yn siarad â grŵp o bobl; pobl weddol ifanc ond hŷn na fo, cydweithwyr a'u partneriaid, meddyliodd Sophia. Ai dim ond hi oedd yn meddwl ei fod o'n sefyll allan, gyda'i wallt hir sgleiniog, ei grys glaswyrdd a'i siarad bywiog, yn gwneud i bawb chwerthin? Roedd un o'r merched yn ei lygadu, yn rhoi sylw i bob un gair ddeuai allan o'i enau nes ei bod hi bron yn hongian oddi arno, ac yn pwyso'n wan yn ei erbyn. Teimlodd Sophia rhyw bwl o egni y tu mewn iddi: adrenalin yn codi fel petai ei henw'n cael ei alw yn y Gwasanaeth yn yr ysgol, pwl o gyffro a chenfigen oedd yn tynhau ei chorn gwddf ac yn caledu ei brest – ac ni allai goelio pa mor hunanfeddiannol roedd hi'n teimlo wrth gerdded tuag at Sol.

'Haia, Caf.' Cusanodd Sol hi ar ei boch, rhoi llaw ar ei hysgwydd a'i chyflwyno i'w ffrindiau. 'Sophia Micheli,' meddai; ac nid oedd ei henw wedi swnio mor arbennig erioed o'r blaen.

Camodd y ferch llygaid-mawr yn ôl, wincio ar Sol fel petai'n dweud *mi fydda i yn fancw* a mynd i ddawnsio gyda rhai o'r lleill. Rhannodd y grŵp, ac fel ffrind go-iawn, aeth Jenny at y bar gydag ambell ffrind arall i nôl Spring Boost, gan adael Sophia gyda Sol.

Doedd dim llawer o sgwrs ganddo ond roedd o'n dawnsio fel cerddor jazz – nid ar guriad y gerddoriaeth ond gan wybod yn union lle'r oedd o, dim ofn cymryd cam gwahanol ond wastad o dan reolaeth, gan arwain Sophia gydag o neu'n ei dilyn hi gyda'r gerddoriaeth, a lle'r oedd eraill yn stompian ac yn chwysu, roedd yntau'n camu ac yn gloywi. Doedden nhw ddim yn cyffwrdd, ond yn wynebu ei gilydd, a thra bod y rhan fwyaf o'r bobl yn dawnsio *at* ei gilydd yn hytrach na *gyda'i* gilydd, roedd triawd i Sophia a Sol: nhw ill dau a'r gerddoriaeth. Ac ni edrychodd oddi arni unwaith: ocê, llygaid at y nenfwd, neu at y llawr, ond byth dros ei hysgwydd neu o gwmpas yr ystafell, dim un golwg at unrhyw beth nad oedd i'w wneud â'r ddawns neu hi.

Nid Clwb 17 oedd hwn, yn sicr: nid clybio. Roedd Clwb y Gymdeithas Eidalaidd wedi'i neilltuo ar gyfer stwff pobl ifanc – y gerddoriaeth fwyaf diweddar a chynulleidfa o blant ysgol – ond yma roedd disgo byd gwaith lle'r oedd y Cyfarwyddwr yn gwneud y *twist* a'r gweddill wedi eu rhyddhau o'u desgiau i symud eu cluniau i unrhyw fath o gerddoriaeth; parti blynyddol Digital South lle byddai pawb yn teimlo cywilydd o weld ei gilydd y bore wedyn. Ond roedd hyn yn berffaith i Sophia. Roedd raffl a chwis, gwobr flynyddol am berfformiad (ho ho ho) a hyd yn oed egwyl i ddadorchuddio'r bwffe; a olygai fod hen ddigon o amser i Sophia a Jenny, Sol a'i ffrindiau greu parti mawr gydag un jôc yn arwain at y nesaf, dywediadau doniol, straeon i wneud iddyn nhw gochi a diodydd wedi eu prynu o'r *kitty*: *banda di amici*. Felly nid oedd Sophia yn anwybyddu Jenny – roedd hi wedi dal llygad goruchwyliwr ifanc beth bynnag, ac roedd hi wrthi'n ei holi'n brysur am hyd ei goesau yn ei ffordd unigryw, uniongyrchol, hi. Noson wych i bawb, meddyliodd Sophia: cyfeillgar a hwyliog, a dim angen wyneb coch, sychu ei cholur ar y diwedd, na thynnu ei sgert i lawr ar gyfer ei mam am hanner nos. Hynny yw, tan tua deg munud i hanner nos, pan ddechreuodd y DJ chwarae'i gasgliad olaf o ganeuon. Gostyngodd y goleuadau, a chwaraeodd gân araf, sef *Kiss Me in the Rain* gan Barbara Streisand.

Aeth Jenny a'i goruchwyliwr i'r llawr dawns, y Cyfarwyddwr a'i wraig yn arwain pawb, trodd Sol ei gefn ar law'r ferch llygaid-mawr i roi ei fraich am Sophia a'i harwain i ganol y llawr lle byddai'r ddau'n cael eu cuddio.

'Felly, sut wyt ti, Caf?' gofynnodd, wrth iddyn nhw ddechrau camu.

'Dwi'n iawn.'

'Rwyt ti wedi cael dod, felly?'

'Edrych felly.'

Aeth y ddawns yn ei blaen ychydig.

'Cân dda,' meddai am y Streisand.

'Ti ddewisodd hi?'

'Na, ond mae'n ffitio.'

Daeth cyfnod tawel arall wrth iddyn nhw symud yn araf a phenderfynodd Sophia beidio dweud yr hyn oedd ar ei meddwl. Ond yna byrstiodd. 'Fel ni.'

'Be?'

''Dan ni'n ffitio.' Gwir pob gair – o edrych o'u hamgylch. Ni allai'r Cyfarwyddwr nesáu at ei wraig gan fod ei fol ef a'i bol hithau'n creu bwlch rhyngddynt, ac roedd Jenny gyda'i goruchwyliwr yn gorfod cymryd eu tro i edrych i lawr neu i siarad. Ond roedd Sophia a Sol yn gyfforddus, ei phen yn gyfforddus ar ei ysgwydd a'u cyrff yn cyffwrdd yr holl ffordd i lawr at eu pengliniau. Ni ddywedodd yr un o'r ddau air; roedd popeth yn berffaith fel yr oedd. Daeth tawelwch rhwng dwy gân; bachodd rhai'r cyfle i ddiolch i'w partner a gadael, rhai eraill yn dod i ddawnsio; ond arhosodd Sol a Sophia yn yr unfan ac aros i'r gerddoriaeth gychwyn eto gyda *I Will Always Love You*. Ymlaciodd Sol ei freichiau amdani, a gafael ychydig yn agosach; tynnodd Sophia ei hun fymryn yn agosach ato hefyd; a, gan fowldio'n un, symudodd y ddau eu traed yn araf.

A dyma brofiad newydd i Sophia: gallai ei deimlo yn ei herbyn mewn ffordd na ddylai hi, efallai. Doedd dim pwysau arni na dim ymwthio ganddo yntau, ond dyna lle'r oedd o, i lawr yn fan'na, fel ffaith o fod yn dawnsio. Ni symudodd ei wyneb, arhosodd ei breichiau lle'r oeddynt, ond y tu mewn iddi, roedd hi'n gweiddi cwestiwn wrth ei hunan: beth fyddai ei thad yn ei ddweud? Beth ddylai merch dda ei wneud ar foment fel hyn? Ac roedd yr ateb yn glir. Roedd rhaid i Sophia Micheli gamu'n ôl, tynnu'n ôl – ond dim dyna'r oedd hi eisiau ei wneud; roedd hyn yn neis, yn naturiol, yn gyfforddus. Roedd ei phen hi ac yntau wedi codi fel petaent yn gwrando ar ddarn hyfryd o gerddoriaeth, ac nid oedd Sophia eisiau i hyn ddod i ben. Ond roedd yn rhaid iddo! Rhaid oedd tynnu'n ôl.

Ond ni wnaeth hi, er hynny, gan nad oedd rhaid. Wrth i'r foment dyfu, Sol oedd yr un i dynnu'n ôl, a gyda gwên fach gam, wedi cochi ychydig, dywedodd, 'Sori, am hynna.'

Ac fe ddylai Sophia fod wedi ateb, 'Ocê,' neu 'Paid â phoeni,' neu rywbeth fel yna a dal i ddawnsio ond heb fod mor agos. Ond ni wnaeth. Yn fyrbwyll, yn ôl ei natur, 'Paid â bod. Ond tyrd, mi awn i nôl rhywbeth i'w yfed,' meddai. Ac arweiniodd ef, ar ei gyflymder ef, at y bar.

Tra bo Lesley yn hofran uwch eu pennau yng ngheg y drws, gofynnodd Sol iddi a fyddai'n fodlon ei gyfarfod y diwrnod wedyn, yn eu lle nhw.

'Ie, plis,' meddai.

'Tri o'r gloch?'

'Iawn, mi fydda i yno.'

'Mi wna i chwarae *Angel Eyes*, dwi'n barod i ti wrando.'

'Dwi'n barod hefyd.' A rhywsut, gan ddefnyddio'i thraed fel adenydd, aeth Sophia heibio i ddymuno nos da wrth Jenny a mynd at ei mam, i fynd adref.

Dyma ddymuniad Duw
Ymyrraeth ddwyfol
Roddodd bleser
I'r cariad

Ni osododd bechod
Yn ei ddeimensiwn
O blesio'n gilydd
I'n craidd

Paid â galaru'r
Emosiwn sydd i fod
Yr hyn a greodd Ef
Fe'i caniateir.

*

Ymddangosai'r noson fel nos Wener ddigon diniwed
– rhywbeth bach i'w yfed yn y Mermaid ond fyddai
Fred Kiff ddim yn y fath le ar noson arferol. Tafarn
twristiaid oedd hi, gyda nenfwd isel yn rhoi argraff o
hanes smyglwyr. Roedd smyglwyr cyfoes yn cadw'n
ddigon pell oddi yno a'r math yma o le, ond pan oedd
Frank Leonard eisiau gair, roedd gair yn digwydd –
lle bynnag roedd yn dymuno'i gael.

'Mae'r dyn gen i, ac mae'r map ganddo fo yn ei
ben. Mae o wedi'i guddio o'r ffordd gyda dy bobl di,
a beth bynnag 'di gêm plismyn Caint, yn gwylio'r
Nelson, mae'r gweddill yn rhedeg ar ôl ein ceir ni
wedi'u dwyn o Harwich i Harlech. Rho ddiwrnod

neu ddau iddyn nhw ac mi fydd pawb wedi rhoi'r gorau i hyn a symud ymlaen at rywbeth arall...'

Snwffiodd Fred Kiff i'w frandi a chicio'r tân coed gyda blaen ei esgid. 'Dwi'm yn gweld y broblem, 'te.'

'Blydi Biggles!' Chwythodd Leonard. 'Fo 'di'r broblem! Wneith o ddim mynd â fo! Mae o wedi tynnu allan oherwydd y blydi tywydd!'

'Beth am y fferi?' gofynnodd yr hen ddyn. 'Ei guddio fo efo twr o bobl yn mynd i Ffrainc am y diwrnod?'

Nid oedd gan Leonard amynedd i ateb hynny. Snapiodd ei fysedd er mwyn archebu tonic arall gan ddyn y bar. 'A tydi car Tingle o ddim defnydd i ni – gall o ddod â'r stwff yn ôl wedyn ond fedrith o ddim mynd â Frenchie yno tra'i fod o'n ffres. Fe fydden nhw'n sylwi ar *bozo* fel fo mewn dim, yn enwedig os ydi o *eisiau* cael ei weld. Nes ymlaen fydd Bri o ddefnydd.'

Daeth ei ddiod yn arbennig o gyflym. Edrychodd Fred Kiff ar Leonard gyda golwg ar ei wyneb oedd yn dweud, *Pam 'mod i yma?* 'Wel, fedra i ddim hedfan – a dwi ddim yn un o dy stra-te-gwyr.' Dangosodd ei ddwylo i'r fflamau.

'A, dwi ddim yn gwastraffu d'amser di, Kiff. Cofia di hynna! Ti sydd yma am y pecyn!'

'A?'

'A dim ond y cwch wneith y job.' Roedd llais Leonard wedi gostwng i fod yn is na chracl y brigyn lleiaf yn y tân.

Snwffio wnaeth Fred Kiff eto, a rhwbio ei hen ben. 'Mae'r storm yn pasio ond mae tipyn o dwrw, a niwl môr digon trwchus i'w fwyta â llwy...'

'Yn union. Felly fydd neb yn disgwyl dim, dim am noson neu ddwy, fydd neb yn dy weld di'n mynd. Wedyn, ti'n dod yn d'ôl yn wag ac fe gân' nhw godi pob planc os ydyn nhw eisiau...'

Roedd yr hen lygaid yn gloywi ychydig. 'Mi fydd hynny'n ddrutach, felly,' meddai. 'O dipyn...'

'Iesu, mi fydd digon ar gyfer dy "o dipyn" drutach di. Galwa fo...'

Llowciodd ei frandi a chliciodd Leonard ei fysedd i archebu un arall.

'Mae fy hen *Hei Lwc* yn gwch reit solet, mor ddibynadwy â bad achub, dwi'n meddwl y gallen ni fynd yno'n saff liw nos...'

'Dyna be dwi isio'i glywed, Fred. Tyrd di at harbwr Rye a dod allan yn Gallows Gap. Mi allwn ni gampio yn y cerbyd trên am awr neu ddwy a mynd allan ar y llanw. Nos yfory.'

'Fel wyt ti isio—' Dechreuodd Fred Kiff bendroni. 'Mae'r llanw'n siwtio hynny: tua'r deg yma. Ond mi fydda i isio—'

'Dim *isio*, Fred. Mi *gei di*. Does dim rhaid i ti hyd yn oed ei ddweud. Mae'r diemwntiau yna'n mynd i wneud dynion cyfoethog o bob un ohonom ni. Mi fedri di roi dy gwch i orffwys a rhoi'r gorau i'r gynnau a'r cyffuriau a'r alcohol am byth...'

Pwysodd Fred Kiff yn ei flaen a phoeri i mewn i'r tân. 'Dwi ddim yn gwybod am hynny,' meddai. 'Dim

syniad gen i beth i'w wneud efo fi'n hun heb ryw-
faint o ddrygioni! I be faswn i'n dweud ta-ta wrth y
job fwyaf diddorol ar arfordir y de?'

PENNOD 12

Roedd hi'n ddiwrnod 'mynd adref' ym Mhen y Gors. Nid oedd yr adarwyr yn mwynhau cwmni'r pysgotwyr fu'n llenwi'r ystafell fwyta â mŵg a siarad uchel. Pan gwynodd un o'r merched am glywed y gair 'F' amser brecwast, gofynnwyd iddi a oedd hi erioed wedi'i glywed yn y gwely. Tra bod y tost yn oeri, roedd bagiau wedi eu pacio a cheir wedi cael eu clirio o ddail a brigau yn y niwl iasol, a'u gyrru i flaen y tŷ. Fel y cyfaddefodd y ddynes a gafodd ei sarhau wrth Lesley, 'Mae'n ddrwg gen i, bach, ond dydyn nhw ddim fel ni.'

Ni wyddai Lesley beth i'w wneud. Aeth â Sophia i lawr i'r seler er mwyn cael trafod yn ddigon pell o glustiau eraill ac mewn lle na fyddai unrhyw un yn torri ar eu traws. Nid seler taldra llawn oedd yno, heblaw am gornel yn y pen pellaf lle'r oedd dec sgwâr dros ryw fath o ddraen i mewn i nant, felly mater o fynd ar eu cwrcwd neu blygu er mwyn siarad oedd hi.

'Does dim byd yn y llyfr yn dweud beth i'w wneud,' meddai Lesley. Roedd Bwrdd Croeso Prydain yn cymryd yn ganiataol y byddai gwestai'n ymddwyn yn iawn; ond o ymddygiad y pysgotwyr, fe fyddai hi'n cael ffrae digon o faint i ddod â'r byd i ben petai hi'n gofyn iddyn nhw adael.

'Beth oedd ar eu ffurflenni cofrestru?' gofynnodd Sophia. 'Sawl noson maen nhw'n bwriadu aros?'

'Mae hwnnw wedi'i adael yn wag – dweud nad ydyn nhw ddim yn siŵr. Ambell noson.'

'O ble maen nhw'n dod?'

Cododd Lesley ei hysgwyddau. 'Mae hwnnw'n wag hefyd.'

'Wnaethon nhw ddim llenwi'r ffurflen o gwbl, felly?' meddai Sophia. 'Ydyn nhw'n *medru* sgwennu?'

'Mae o wedi'i arwyddo, gan y boi yn y Turner: mi ddywedodd o y byddai o'n gwneud y gweddill pan oedd ei ddwylo fo'n sych.'

'Wel, beth am rif eu car? Allen ni ffonio'r heddlu a chael eu cyfeiriad nhw?'

'Car wedi'i fenthyg ydi o, meddai o.'

Aeth Sophia ar ei chwrcwd i fod yn fwy cyfforddus. 'Swnio'n *fishy*, Mam!'

'Wel, pysgotwyr ydyn nhw!'

Ond ni allai'r ddwy chwerthin. Doedd y jôc ddim yn ddigon doniol ac nid oeddent yn yr hwyl beth bynnag; roedd eu hwynebau'n cyfleu eu hofn. Gyda'r adarwyr olaf wedi mynd, roedd Lesley a Sophia ar eu pennau eu hunain ym Mhen y Gors gyda giang o ddynion caled ac un o'u merched.

Wedi dod i fyny o'r seler, dechreuodd Lesley goginio eto. Roedden nhw wedi gorchymyn bwyd tua'r chwech o'r gloch neu hanner awr wedi, fel nad oedd angen iddyn nhw fynd allan. Roedd batri'r car yn fflat, medden nhw, ac nid oedd Lesley'n mynd i wrthod. Daeth Sophia i roi cymorth gyda'r bwrdd, ac yna cadw'n ddigon clir – roedd y boi pen-wyn a'r ferch yn dal yn eu hystafell – ac fe allai hithau aros yn ei hystafell hi tra bod y lleill yn gamblo â chardiau yn yr ystafell fwyta. Fe fyddai eu pryd ar ôl i Sophia weld Sol am dri. Roedd hi wedi dewis beth i'w wisgo'n barod – crys-T du, trowsus tri-chwarter, esgidiau *wedge* a thop wedi'i gwiltio dros y cyfan; wel, mis Hydref oedd hi wedi'r cwbl. Roedd hi yn y tŷ, ond eto, y tu allan i'r tŷ hefyd. Roedd ei chorff yno, a rhan o'i meddwl hefyd – yn ei phoenydio hi am bryderon ei mam am y gwesteion cas. Ond roedd ei meddyliau dyfnach yn dod yn ôl at y gerdd roedd hi wedi'i hysgrifennu wrth iddi bendroni am y noson o'r blaen, ac wrth feddwl am y cyfarfod cyfrinachol i ddod.

Penderfynodd fod rhaid i hyn fod yn gyfrinach. Allai hi ddim, mewn gwirionedd, adael ei mam gyda'r bobl hyn am yn hir, ond fe fyddai hi'n dweud ei bod yn mynd â llyfr ysgol pwysig i Jenny ac y byddai'n brysio. O, Fair Sanctaidd! Pam fod rhaid i bopeth fod mor *gymhleth*, o hyd? Wynebodd ei hun yn y drych a cheisiodd weld beth fyddai Sol yn ei weld. *Angel Eyes?* Llygaid angel *pryderus*... roedd bywyd mor annheg! Na, fyddai hi ddim yn hir gyda Sol, ond roedd yn rhaid iddi ei weld am ychydig, roedd yn rhaid iddi glywed ei gerddoriaeth a gwneud rhyw ychydig o'i cherddoriaeth mwyn ei hun gydag o.

Gyda'i dillad yn barod ar y gwely a'i dyddiadur wedi'i gloi ar ôl ysgrifennu, rhoddodd Sophia ei theledu ymlaen, gan ei bod eisiau cael ei chlywed yn gwneud rhywbeth, nid stelcian yn unig. Ar ôl rhyw raglen am bêl-droed, daeth y newyddion; y brif eitem oedd trafod y tywydd – peryglon gorlifo, dau wedi eu lladd gan goed wedi dymchwel, moroedd peryglus yn golchi cae cyfan o garafannau ger Sheerness i'r môr a nawr y niwl trwchus ar yr arfordir. Roedd manylion eraill am yr heddlu – rhybuddion am rywun yn dianc oddi wrthynt, y math arferol o bethau – yna'r newyddion lleol: Ystafell Newyddion y De Ddwyrain. Arweiniodd hwnnw gyda'r newyddion, hefyd, ond gyda mwy o fanylion, pethau perthnasol i Gaint; a'r ddrama leol arall, ond am y carafannau, oedd bod merch ar goll o rywle ger Sandgate. Rhywun heb fynd adref neithiwr a'i mam yn llefain ac ofn ei bod wedi'i chymryd gan y môr yn y storm. Roedd y tywydd drwg yn gwneud pethau'n anodd i chwilio amdani ond roedd gobaith, bla, bla, bla... Dangoswyd llun, ond llun wedi'i dynnu mewn *rave* oedd o, llygaid mawr a thonsilau i gyd, neb y byddai Sophia yn ei hadnabod.

Galwodd Lesley i fyny'r grisiau; ni fu hi erioed yn un am adael i bobl eraill laesu dwylo. Roedd hi'n awyddus i wneud yn siŵr fod yr ystafelloedd gwag wedi eu hwfro, a'r biniau wedi eu gwagio, gan ddymuno'n dawel bach y byddai rhywun arall yn dod i'w llenwi. Aeth Sophia drwy'r drws o hen ran *Dial* y tŷ i'r darn Fictoraidd. Y Manet a'r Monet oedd angen sylw; roedd rhaid iddi fynd â'r biniau a'r tywelion budron i lawr a dod â'r stwff glân i fyny.

Taflodd y pethau budr allan i'r landin ac roedd hi'n cau un o'r drysau pan ddaeth arogl sigarét ddienw. Roedd drws y Renoir wedi'i agor ac roedd rhywun yn dod allan.

Y ferch oedd yn rhannu gyda Blondi oedd yno, rhywun doedd hi prin wedi edrych arni. 'Mae o yn *la-la-land*,' meddai hi. 'Oes gen ti rywfaint o fodca a Red Bull, cariad?'

Ysgydwodd Sophia ei phen. Doedd dim alcohol yn y tŷ heblaw am win gwyn a Cassis ar gyfer *kirs* Lesley. Ond rhewodd ei llygaid wrth iddi ysgwyd ei phen. Roedd hi'n edrych ar y ferch goll, y ferch o'r newyddion ar y teledu – doedd hi heb foddi ond yn hytrach yn cael penwythnos budr ym Mhen y Gors! Allai Sophia ddim atal ei hun rhag dweud, 'Oeddet ti'n gwybod fod dy fam yn edrych amdanat ti? Mae hi'n meddwl dy fod ti wedi boddi hefyd. Mae hi wedi bod ar y bocs...'

Rhegodd y ferch a galw enw ar ei mam. 'Sgen ti ffôn?' gofynnodd mewn llais grug. Nodiodd Sophia. 'Dos i'w nôl o, 'te. Tra bo Romeo yn rhoi brêc i mi...'

'Ocê.'

Daeth chwerthiniad uchel, budr o'r wers gardiau i lawr y grisiau.

'Jest ti a fi!' rhybuddiodd y ferch gydag edrychiad gofalus i lawr y grisiau. 'Brysia! Hegla hi!'

Brysiodd Sophia i'w hystafell. Nid oedd yn gwybod beth oedd gêm y ferch, pam ei bod wedi'i chloi gyda Blondi, ond fe wyddai nad actio roedd ei mam ar y teledu. Os oedd y ferch ar benwythnos cyfrinachol, fyddai dweud wrth ei mam ei bod yn iawn ddim yn brifo; neu o leiaf gallai ddweud ei bod yn fyw.

Wedi'r cwbl, fe fyddai Sophia'n gwneud yn union yr un peth i'w mam hithau un diwrnod, er mwyn cael mynd i rywle gyda Sol...

Daeth hi â'r ffôn i'r prif adeilad a mynd â'r ferch i ystafell Manet. 'Gad o yn y fan yma pan wyt ti wedi gorffen,' meddai. 'Mi fydda i 'nôl mewn munud.' Aeth yn ei blaen â'i thasgau. Gwagiodd y bagiau plastig i'r biniau cyngor y tu ôl i'r tŷ a chario bagiau a thyweli glân i fyny'r grisiau, gan ddefnyddio ei grisiau *Dial* ei hun fel na fyddai'n rhaid iddi basio'r chwaraewyr cardiau yn yr ystafell fwyta bob tro. Yn y gegin, roedd ei mam yn brysur uwchben y sinc, yn golchi bresych lleol a moron roedd Sophia wedi eu torri. Ac ni wyddai Sophia pam, ond wrth iddi gerdded trwy'r gegin, ni ddywedodd air am y teledu a'r ferch – neu efallai ei bod yn gwybod pam: doedd hi ddim eisiau ychwanegu at wg ei mam.

Pan ddaeth yn ôl i fyny'r grisiau, roedd y ferch wedi gorffen ei galwad ond roedd hi wedi dal ei gafael yn y ffôn; efallai nad oedd hi wedi gorffen wedi'r cwbl. Aeth Sophia i'r ystafell Manet i newid y tyweli. Wrth ddod allan, gwelodd y ferch ar y landin, yn cario'r bag sbwriel o'i hystafell ei hun.

'Mae ei drwyn o'n gwaedu'n ddiawledig,' meddai. Ac yn wir, roedd y bag yn llawn o hancesi papur wedi'u gwasgu. 'Mi wna i lanast o'r garthffosiaeth os ro i hwn i lawr y tŷ bach.'

Cymerodd Sophia'r bag, gafael ynddo o led braich, ac edrych ar wyneb y ferch. Nid oedd hi wedi cael llawer o gwsg, roedd hynny'n glir, roedd hi'n edrych fel Lesley Micheli yn yr wythnosau ar ôl marwolaeth Toni. Os mai penwythnos cyfrinachol gyda dyn roedd hi'n ei garu oedd hwn, doedd dim naws ramantus iawn iddo: fe ddylai fod yn *gloywi*. Fe fyddai Sophia, gyda Sol...

Aeth i lawr y grisiau, i lawr y cefn eto, drwy'r iard niwlog i daflu'r bag i'r bin; ond wrth iddo ei godi, gwelodd rywbeth. Bocs gwag oedd yno, fel bocs siampŵ, a thrwy'r plastig, fe allai ddarllen *Just for Men – Scandinavian Blond*. Roedd gwallt Blondi wedi'i liwio! Wel, roedd hi'n gwybod nad lliw naturiol oedd o, roedd hynny'n amlwg o'r edrychiad cyntaf – ond roedd hyn yn golygu mai rhywbeth *diweddar* oedd hynny. Newydd droi'n benfelyn oedd o. I blesio'r ferch oedd hynny? Neu oedd yna reswm arall? Roedd Sophia wedi gwagio'r biniau o ystafelloedd yr adarwyr ond doedd dim cyfrinachau yn y rhai hynny.

Ac roedd rhywbeth arall, nawr fod ei sylw'n siarp. Wrth wagio'r bag – yn hytrach na'i daflu fel yr oedd o – gwelodd becyn o labelau Marks and Spencer's a thagiau plastig wedi eu torri – stwff oddi ar bentwr o ddillad newydd. *Dyn ar benwythnos pysgota wedi mynd o'i le, mewn dillad newydd?* Ac fe feddyliodd Sophia pa mor ofalus roedd hi wedi dewis ei dillad ar gyfer Sol heddiw a'r olwg arw ar y ferch. Oedd o wedi eu prynu iddi *hi*? Yn sicr, roedd rhywbeth o'i le

173

yma. Brysiodd Sophia yn ôl i'r tŷ i ddweud rhywbeth wrth ei mam; ni allai ei gadael allan o hyn nawr, roedd rhaid dweud beth oedd wedi cael ei ddarganfod – ac am y ferch. O Fair Sanctaidd, fe allai fod yn rhyw fath o wystl, neu'n gaethferch!

Ond wrth gerdded i mewn i'r tŷ, clywodd sŵn car ar y ffordd, yn arafu, yn stopio, ac wrth geisio siarad â'i mam roedd yn rhaid iddi ei dilyn at y drws wrth i'r gloch ganu.

Dwy ddynes oedd yno, chwiorydd fyddech chi'n meddwl, tua thrigain neu chwe deg pump oed.

'Helo, bach, rydyn ni jest yn chwilio am ystafell. Dim ond i ni'n dwy...'

'Wel,' meddai Lesley. Roedd y tŷ'n dawel am eiliad, y gêm gardiau swnllyd wedi peidio.

'Fe fydden ni wedi ffonio'n gynharach neu o leiaf wedi dod yma'n gyntaf—' meddai un.

'Chi *oedd* ein dewis cyntaf—' meddai'r llall.

'—ond fe gawson ni ein dal yn ôl gan heddlu oedd wedi cau'r ffordd ac yn holi pawb, yna'r niwl ofnadwy yma.'

'Wedi cau'r ffordd?' meddai llais y tu ôl i Sophia. Y dyn o ystafell Turner oedd yno, yr un oedd wedi cerdded i mewn ar Sophia. Mr Smith. 'Ddwedsoch chi fod yr heddlu'n cau'r ffordd?'

'Dim ond ein bod ni wedi ein dal yn ôl, bach. Ar yr A20. Ro'n i jest yn dweud wrth eich gwraig, chi *oedd* ein dewis cynta', ond—'

'Ond, ond...' meddai Bri Tingle yn ddigywilydd. 'Rydyn ni wedi cau.' A throdd Lesley gerfydd ei hysgwydd i'w wynebu. 'Wnest ti fyth newid yr arwydd, naddo?' Gwenodd yn ddwl ar y menywod. 'Sori!' A chaeodd y drws arnynt.

Arhosodd Lesley lle'r oedd hi, yn ei wynebu, ei dyrnau'n dynn, ei llygaid yn loyw â dicter. 'Pa hawl sy' gen ti i anfon busnes i ffwrdd? Pwy ddiawl wyt ti'n ei feddwl wyt ti?'

Plygodd Tingle yn agosach. 'Mr Smith, *doll*, fel dwedais i. A ti 'di'r landledi, a dwi newydd brynu dy ystafelloedd sbâr di. Paid â phoeni, mi gei di dy arian!'

'Na, mi ga' i'r heddlu!' gwaeddodd Lesley, a gafaelodd yn y drws, ei dynnu'n agored – â llaw ar Sophia i'w llusgo hi allan hefyd.

'Bihafiwch!' caeodd Tingle y drws â chlep gyda'i droed. Roedd y ddau ddyn arall wedi'i ddilyn i'r cyntedd. Nodiodd Tingle arnyn nhw ac yn sydyn, cafodd weiren y ffôn ei rhwygo o'r wal. 'A dalo i'r pibydd a ddewisa'r dôn! Rŵan, ewch chi 'mlaen efo'ch gwaith ac mi fyddwch ch'ch dwy'n iawn.'

'Mae hyn yn gywilydd!' brathodd Lesley at Tingle, ac aeth Sophia ato â grym, ond dim ond mater o eiliadau oedd hi hyd nes bod y ddwy'n gaeth yn ei ddwylo ac yn gwingo.

'Ara' deg, rŵan, ara' deg!' meddai. 'Dwi'm isio i neb gael babi!' Gostyngodd ei lais i dôn resymol. 'Rydych chi filltiroedd o bobman, rydyn ni mewn niwl fel lob-sgows go iawn, mae'r ffôn wedi torri ac mae'r drysau wedi'u cloi. Dau gyw bach ydych chi, ac mae gennym ni'n tri freichiau mawr – heb sôn am y lwmpyn sy' fyny staer. Felly gwnewch chi'ch job fel merched ac fe gewch chi lonydd; bihafiwch ac mi fyddwn ni wedi gadael heno. Ar ôl i ni gael ein pryd pan fydd y golau'n pylu, mi awn ni, yn ôl i Lundain. Yna mi gewch chwarae'r diawl...'

Roedd Lesley'n syllu arno â llygaid llawn casineb. Roedd Sophia'n crynu yn ei grafanc. Roedd hyn fel *Crimewatch!* Am un eiliad ofnadwy, roedd hi'n meddwl ei bod hi ar fin gwlychu'i hun.

'A phan fydd y cwbl drosodd, a ninnau wedi'ch talu chi, a chithau wedi rhoi hanner awr i ni fynd ar ein ffordd, mi fyddwch chi'n fodlon eich byd, dwi'n dweud wrthoch chi!'

'Dos i Uffern!' meddai Lesley.

'A dyna'n union wnei di os fyddi di'n codi yn f'erbyn i. Cofia, dol, dwi'n gwybod lle i ddod o hyd i ti. Unrhyw bryd!'

Ac yn sydyn, roedd Sophia a Lesley yn ôl yn y foment honno pan fu farw Toni Micheli, yn dal ei gilydd, yn crynu fel un.

Roedd y diferion o'r coed fel petaen nhw'n cythruddo Sol yn fwy nag oedd diferu'r glaw wedi gwneud ynghynt, yn taro'i wddf bob yn hyn a hyn heb iddo'u disgwyl. Safodd yn Nhŵr Micheli gan grynu yn y tamprwydd a'r niwl gludiog yn codi ac yn tewhau yn y stŵr ar ôl y storm. Edrychodd o'i amgylch ac eistedd i lawr yn ei drowser lledr ar garreg wlyb, ac yna codi eto. Tynnodd ei lawes yn ôl, edrych ar ei wats, yna chwliodd yn ei boced am ei

Hohner. Chwythodd ar ei fysedd, eu plygu, rhedeg y metel yn erbyn ei wefus a dechreuodd chwarae *Angel Eyes* fel petai'n swynwr yn galw ar ysbryd. Ond ni ddaeth ysbryd – roedd yno ar ei ben ei hun gyda'r defaid.

Rhoddodd hanner awr iddi, yna chwarter awr arall, ac yn y diwedd, rhoddodd ei Hohner yn ei boced fel tric hud oedd wedi methu ac aeth yn ôl at y ffordd a'i feic modur. Cododd ei ysgwyddau a gyrrodd oddi wrth y môr ar y ffordd o'r gors tuag at Ashford; ond ger un groesffordd, trodd yn sydyn mewn bwa a gyrru'n ôl i mewn i'r niwl ar ei ffordd i Ben y Gors. Tua hanner can metr o'r tŷ, arhosodd, diffoddodd ei fodur a symud tuag ochr y ffordd. Yno, parciodd, a cherdded yn araf a thawel tua'r adeilad unig. O'r tu ôl i wrych, edrychodd i fyny at y ffenestri ar y llawr cyntaf, i'r ystafell roedd yn gwybod oedd yn ystafell i Sophia. Edrychodd ar ei oriawr eto – a gyda phenderfyniad sydyn, daeth allan o'r gwrychoedd a cherdded tuag at ddrws y tŷ. Nawr roedd ei ben i fyny, pob ystum yn ei wyneb yn stond, yn barod ar gyfer gwrthodiad, a derbyn hynny fel dyn.

Roedd Lesley wedi mynd i'r seler i nôl llysiau pan ganodd cloch y drws. Roedd Sophia yn plicio tatws, gydag un o'r dynion oedd wedi'i dal i lawr yn ei gwylio. Ond roedd hi'n agosach at ddrws y tŷ nag oedd o, ac roedd hi wedi bod yn aros am rywbeth fel hyn. Ar y caniad cyntaf, taflodd y gyllell i lawr a thaflu ei hunan at y drws, gan ei wthio'n agored.

Ond roedd hwnnw y tu ôl i gefn cawr y gwarchodwr arall, oedd yn gorchuddio'r drws cyfan. Rhegodd – ac agorodd Sophia ei cheg i sgrechian. Ond yn yr amser y cymerodd iddi hi anadlu digon, daeth llaw o'r tu ôl a chlampio ei hwyneb, a llaw arall i'w dal mewn crafanc digon tynn i dorri esgyrn.

Canodd y gloch eto.

'Unrhyw un yna?'

Gallai Sophia glywed y llais – Sol – Sol Barton wedi dod i weld lle'r oedd hi! Ond o glywed llais dyn yn hytrach na llais dwy hen ddynes unwaith eto, cafodd Sophia ei thaflu a'i dal i fyny yn yr awyr, yn cicio ac yn tagu gyda'r llaw ffiaidd o hyd am ei cheg. Bellach, nid oedd un o'r dynion yn symud, ac ni allai hithau, ond am ei thraed diwerth – yr unig beth allai hi ei wneud oedd syllu wrth i'r prif ddyn ddod allan o'r ystafell fwyta a mynd at y drws. Agorodd y drws, ond dim ond crac.

'Ie?' gofynnodd.

'Haia, Sol Barton ydw i.'

'Sori, mêt, rydyn ni wedi cau. Welaist ti'r arwydd?'

'Na, dwi ddim isio stafell...'

Gwingodd Sophia, straffaglu, ceisio brathu llaw'r dyn oedd yn ei thagu – ond roedd hi'n ddiymadferth yn erbyn ei rym.

'Wedi cau i bawb.'

'...Dwi isio gweld Miss Micheli.'

Dwi yma! Roedd Sophia Micheli eisiau sgrechian ar Sol Barton – *Dwi yma!* Trwy hollt drws y tŷ, fe allai hi ei weld, hyd yn oed.

'Sori, pal, tydi hi ddim yma.'

'Mae hi wedi mynd allan?'

'Wel, os ydi hi ddim yma, mae hi allan. Tyrd 'nôl ddydd Llun...'

Gwelodd Sophia Sol yn cymryd cam yn ôl. Yn sydyn, roedd golwg *drist* arno, wedi drysu.

'Ydi Mrs Micheli i mewn?'

'Yli, does gen i'm amser i hyn,' meddai'r dyn wrth y drws. ''Den ni'n peintio... mae gynnon ni job i'w wneud...'

'Sori,' meddai Sol. 'Ond ddywedodd hi ddim wrtha i am hynny. Ydyn nhw wedi mynd allan efo'i gilydd, Mrs a Miss Micheli?'

Fe allai Sophia ei weld yn ceisio gweld y tu mewn i'r ty, ond roedd y dyn wedi symud i guddio unrhyw beth.

'Rhaid eu bod nhw,' meddai, 'achos tydyn nhw ddim yma. Iawn?' Dechreuodd gau'r drws.

Wedi digalonni bellach, gwelodd Sophia Sol yn troi ymaith, edrych ymaith tua chefn y tŷ. 'Ond mae'r car dal yma. Wnaethon nhw fynd ar feiciau?'

'Do, dyna ni, y ddwy ohonyn nhw. Ar feiciau.'

Naddo, wnaethon ni ddim! Wnaethon ni ddim! Roedd Sophia eisiau gweiddi. *Rydyn ni mewn yn fan'ma ac yn garcharorion!* Ond dim ond glafoerio'r geiriau allai hi. *Paid â mynd, Sol! Bydd yn ddrwgdybus! Paid â derbyn yr ateb yna!* Ond sythodd Sol, cymryd cam yn ei ôl, ymddangos fel ei fod ar fin dweud rhywbeth ond ni wnaeth.

Aeth y dyn wrth y drws yn ei flaen i gau'r drws. 'Rhaid i ni fynd yn ein blaenau yma,' meddai, 'cadw ymyl y paent yma'n fyw.' A gwelodd Sophia Sol yn troi i ffwrdd, yn union fel cariad wedi'i wrthod.

A thra bo'r llaw ffiaidd yn dal ei cheg o hyd, roedd pawb arall yn sefyll fel rhew wrth i gamau Sol grensian i ffwrdd, ymhellach a phellach – ac yna sŵn ei Honda'n cychwyn, a rhuo wrth iddo fynd.

Nawr cafodd Sophia ei gollwng. Poerodd ei ffieidd-dod i lawr y cyntedd, a sychu ei cheg. Ond roedd y prif ddyn yn dod ati.

'"Dwi isio gweld Miss Mic-elli!" Ai dy gariad di oedd hwnna, Miss Mic-elli?' gofynnodd gyda gwên lydan. 'Tydi o'n foi lwcus!' Syllodd ar y lleill. 'Ond ydi o wedi bod yn lwcus, rhaid i ni ofyn? Os ydych chi'n gwybod be dwi'n ei feddwl?'

Ho, ho, ho.

'Dos, mi fedri di ddweud – tydi dy fam ddim yma.'

Syllodd Sophia arno gyda'r gorau o lygaid Eidalaidd balch ei thad. Trodd oddi wrtho, heb fwriadu ei fodloni ag unrhyw ateb. Ond mewn gwirionedd, nid y budreddi yma oedd yn ei phoeni go iawn – ond Sol mor agos i ddarganfod yr hunllef roedden nhw'n ei ddioddef, ac yna'n methu! A hefyd y ffaith iddo fynd oddi yno gyda'r syniad ei bod hi wedi meddwl fod ganddi bethau gwell i'w gwneud na'i gyfarfod o, a'i bod hi wedi mynd i rywle efo'i mam – felly fyddai o ddim yn trio eto. Y foment honno, mae'n debyg ei fod o'n mynd tua Halfords i weld beth fyddai'n ei gael am helmed ail-law.

Ond nid oedd y dynion yn hapus fod rhywun wedi anwybyddu'r arwydd 'Llawn' a galw ym Mhen y Gors. Gydag un gair gan y dyn mawr, cafodd Sophia ei thynnu i'w thraed gerfydd ei braich, drwy'r gegin ac i'r seler, lle'r oedd Lesley'n sortio'r llysiau.

'Mi gewch chi ddod allan mewn hanner awr, cyn belled a bod y Boi Lwcus ddim yn dod yn ei ôl!' ac fe gafodd y drws ei gau a'i folltio arnynt.

'Lwcus?" gofynnodd Lesley.

'Sol Barton. Nhw sydd wedi rhoi enw twp iddo fo. Fe ddaeth at y drws rŵan. Ro'n i i fod i'w gyfarfod o heddiw.'

'A beth ddigwyddodd?' Syllodd Lesley am arwydd o obaith.

'Mi ddywedon nhw ein bod ni wedi mynd allan, eu bod nhw'n peintio...'

'Beth wnaeth o?'

'Derbyn y peth. Mae o wedi mynd.'

'*Cachu!*' Ciciodd Lesley sach o datws ar y llawr. 'Ar ein pennau ein hunain, filltiroedd o bobman – fydd neb arall yn dod yma, ddim yn y tywydd yma...'

Dechreuodd Sophia godi'r tatws oedd wedi disgyn o'r sach, peth hollol dwp i'w wneud, ond awtomatig, fel carcharor wedi'i gondemnio yn tacluso'i gell.

'Beth wyt ti'n meddwl maen nhw'n ei wneud, go iawn?' gofynnodd i'w mam. 'Yn onest rŵan.'

Meddyliodd Lesley am y peth. 'Dwi wastad yn onest,' meddai o'r diwedd.

'Wyt ti'n gwybod?'

'Na, dwi ddim, Soff.' Rhoddodd Lesley ei braich am ei merch. 'Yn amlwg maen nhw'n droseddwyr o ryw fath, mae ganddyn nhw'r dyn i fyny staer yn union fel y mae ganddyn nhw ni – tydi o ddim yn un ohonyn nhw, dwi wedi clywed eu siarad nhw, maen nhw'n mynd a fo i rywle heno...'

'A lle mae hynny'n ein gadael ni?' Ond er iddi fod eisiau gonestrwydd gan ei mam, roedd Sophia yn ofni ateb ei mam. '*Ydyn* nhw'n mynd i adael a gadael llonydd i ni?'

Edrychodd Lesley arni hi ac yna ar y llawr. 'Rwyt ti wedi colli un,' meddai, a phwyntio at daten.

Heb wthio am ateb pellach, plygodd Sophia i'w chodi.

PENNOD 13

'Mi ges i dy gyfeiriad di gan rywun sy'n yfed yn y Nelson,' meddai'r ddynes o'r fan camper. 'Fo ddywedodd fod dy ferch yn gweithio yno.'

'Ond mae hi'n iawn, ydech chi ddim wedi clywed? Mae hi wedi cael ei ffeindio! O, da yw Duw!' Roedd mam Denise yn dal i wisgo'i siwt borffor golau a'i blows hufen ar ôl cyfweliad y teledu, ei llygaid coch yn llawn dagrau a'i thrwyn wedi'i or-rwbio yn gwneud iddi edrych yn hŷn nag oedd hi, fel hen nain drist mewn priodas. 'O'r *Echo* ydych chi?'

'Ie, Mrs...?'

'Clarke, gyda "e". Mrs Clarke.'

'Mae'n rhaid ei fod o'n rhyddhad, felly, ei bod hi'n iawn?' Ni amrantiodd llygaid glas y ddynes wrth iddi wenu'n garedig.

'Tase hi heb ei weld o ar y teledu, fyddai hi ddim yn gwybod 'mod i'n poeni... wel wrth reswm mae hi'n hogan fawr, mi ellith hi fyw ei bywyd, heb glocio i mewn ac allan efo fi, dwi ddim yn ei chadw hi dan glo nac ydw... ond doedd hi ddim yn y Nelson felly ro'n i'n meddwl, wir, fod y môr ar draeth Sandgate wedi'i 'sgubo hi i ffwrdd.'

'Hwyrach wir ei bod hi wedi cael ei sgubo oddi ar ei thraed yn sydyn? Gan ddyn ifanc? Neu oes yna rywun ydych chi'n gwybod amdano...?'

'Na, mae hi'n cadw'i hun at ei hun.' Arhosodd Mrs Clarke a rhoi ei llaw at ei cheg. 'O, wnewch chi ddim mynd a phrintio hyn, wnewch chi? Chi ddywedodd o, nid fi.'

'Yn union, Mrs Clarke. Gwybodaeth freintiedig. Felly... ddywedodd hi le'r oedd hi, rŵan?'

Ysgydwodd Mrs Clarke ei phen a sychu ei thrwyn â hances.

'Sut wnaeth hi gysylltu â chi?' gofynnodd y ddynes.

'Ar y ffôn, siŵr iawn.'

'Siŵr iawn, y ffôn! Er nad ydio'n gwestiwn od – mae e-bost yn bosib...'

Roedd mam Denise yn meddwl fod hyn yn ddoniol. 'E-bost! Fi! Dim ond newydd sortio allan sut mae Sianel Pump yn gweithio ydw i! A pheidiwch â sôn am y meicro-don...!' chwarddodd yn ei blaen, ei rhydd-had yn tywallt allan nawr, yng nghanol hysteria.

'Felly, ar ei ffôn hi neu flwch ffôn neu – o dŷ rhywun falle?' Yn sydyn, roedd y 'newyddiadur-wraig' yn swnio'n hamddenol iawn, ei hwyneb yn dweud dim wrth Mrs Clarke y gallai hyn fod yn ateb hollbwysig.

'Dwn 'im am ffôn bocs na thŷ – ond does ganddi hi ddim ffôn. Nunlle i'w roi o, o feddwl be' mae hi'n ei wisgo.' Rhwbiodd ei thrwyn, ei wiglo, a gwneud sŵn amhleserus.

'Oes unrhyw un wedi'ch ffonio chi ers hynny? Neu ydych chi wedi ffonio allan?'

'Dim eto. Sori. Mi wna i. Wel, rydych chi bobl yn gwybod ei bod hi'n iawn rŵan, ac mi ddyweda i wrth bobl y teli, roedden nhw mor glên. Ond does neb arall *i* wybod i fod yn onest.'

Pwysodd y ddynes y tu allan fymryn yn agosach. 'Dim ond yn answyddogol, rhyngoch chi a fi, Mrs Clarke, mi allwn ni ffeindio allan lle mae hi...'

'Gallwn?'

'Wel, mi all unrhyw un ffeindio allan o le daeth galwad, drwy ddeialu 1471 – ond gyda'n – *adnoddau papur newydd*... gall yr *Echo* gael y cyfeiriad ar gyfer y rhif.'

'Wir?' Ond roedd Mrs Clarke yn niwlog yn sydyn, ei rhyddhad wedi mynd a gofid wedi dod yn ei ôl. 'Na, dwi ddim isio i neb fynd ar ei hôl hi eisiau stori... Sori, cariad, dwi ddim yn bwriadu dim drwg, ond mae'n rhaid iddi fyw ei bywyd ei hun.'

Camodd y ddynes yn ôl. 'Siŵr iawn. Rhaid i reolau preifatrwydd gael eu cadw. Rydyn ni wastad yn gwneud hynny yn yr *Echo*.' Daeth yr agwedd hamddenol ac ysgafn yn ei ôl, gan baratoi i fynd. 'Ond falle gallech chi roi eich rhif *chi* i mi fel ein bod ni'n medru trefnu cau'r stori ar ôl iddi ddod adref: llun o'r fam a'i merch yn hapus yn ôl gyda'i gilydd?'

'Siŵr iawn, cariad.' A rhoddodd Mrs Clarke ei rhif iddi.

'Mi wnawn ni gadw mewn cysylltiad felly.'

'Ie, cariad. A Clarke efo "e" ydi o fel yn *Brownie*...'

'Ta-ta.' Ac i ffwrdd â'r ffug-newyddiadurwraig, yn ôl at ei fan oedd wedi'i pharcio rownd y gornel, lle eisteddodd o flaen ei hoffer electronig a dechrau chwilio – gan edrych ar y nifer o rifau oedd wedi ffonio Mrs Clarke, a chanfod mai ffôn symudol oedd wedi'i ffonio, a derbyn cyfeiriad y ffôn hwnnw.

Y llygaid oedd yn effeithio ar Sophia. Nid oedd hi erioed o'r blaen wedi profi pa mor ofnus y gallai llygaid fod wrth syllu, pan nad oedden nhw'n amrantu am hydoedd. Roedd plant ei hen ysgol wedi syllu arni, y bechgyn hynny ar fws Dymchurch byth a hefyd yn trio'u lwc gyda winc herfeiddiol, yr hen adarwyr ym Mhen y Gors wedi edrych arni'n ddigon trylwyr heibio ochr eu llyfrau. Ond nid oedd neb yn syllu a syllu, roedd pawb yn ei wneud yn gyflym a phreifat. Ond roedd dau o'r dynion hyn – y rhai oedd yn eu cadw nhw yno'n wystlon, cynorthwywyr y dyn mawr – yn syllu arni heb gogio gwneud dim byd arall; dim ofn cael eu gweld yn gwneud hynny arnyn nhw. Roedden nhw bron yn ei dadwisgo drwy edrych.

Roedd un o'r dynion mor wyn â'r galchen, fe allai fod yn ymgymerwr heblaw am y tatŵ a'r tlws yn ei glust; y llall – gydag wyneb hir, caled – roedd yntau'n gwisgo lleuad gilgant ar gadwyn aur am ei wddf, mae'n rhaid mai o Dwrci roedd o'n wreiddiol. Ymddangosai fel bod yr un gyda chlustdlws yn gwylio Sophia, tra bod ei bartner yn canolbwyntio ar ble'r oedd Lesley yn mynd. Roedd gan yr Ymgymerwr lygaid bychain fel llygoden fawr, ac roedd yn edrych ar Sophia fel petai'n llechu mewn rhyw fath o wâl, yn gwylio ei ysglyfaeth. Pan fyddai hi'n mynd i'r tŷ bach, aeth yntau hefyd, a sefyll y tu allan – roedd yn rhaid iddi roi tywel yn hollt y drws, rhag ofn, gan y byddai ei lygaid o yn ffitio yn yr hollt lleiaf. Roedd o'n afiach, ac roedd yn gwneud i Sophia deimlo'n fudr. Ac nid oedd yr olwg ar ei wyneb byth yn newid, dim ond llygaid fel pennau pinnau – popeth arall yn brysur tu mewn i'w ben budr, heb unrhyw amheuaeth am hynny.

Roedd y llall – y Twrc – yn edrych arni'n wahanol. Roedd ei wyneb yn denau ond roedd ei lygaid yn fawr ac yn frown, ac er ei fod yn syllu, roedd yn gwenu o hyd, yn rhwbio'i wefus – a dangos ei dafod.

Ond y dyn mawr oedd yn goruchwylio'r cyfan oedd y gwaethaf – gan fod ei lygaid o'n rhai normal, ond fe allai syllu heb amrantu am gyfnod hirach na'r ddau arall. Y ffaith fod hwn yn medru syllu mor hir, gyda'i lygaid normal, heb wneud dim byd arall, oedd yn aflonyddu Sophia – gan fod ei olwg, nid yn unig yn hir, ond yn ddwfn. Dim ond troi i edrych arni oedd yn rhaid iddo'i wneud, ac roedd hi'n teimlo fel pe bai rhywbeth dychrynllyd ar fin digwydd; roedd popeth mor gyfrinachol a chudd. Bu bron iddi neidio allan o'i chroen pan gerddodd drwy'r cyntedd gyda chadair ychwanegol o'r ystafell fwyta. Wrth iddi basio, clywodd ratl ysgafn modur y tu allan yn y niwl, ond yno'n syllu arni roedd y dyn mawr. Ni symudodd, ni ddaeth i'w chyffwrdd na'i dal i lawr, dim ond edrych arni'n benderfynol ac yn ddwfn – ac roedd hi'n gwybod mai gwell oedd peidio â'i bryfocio. Gwenodd arni, mewn ffordd arferol, a dweud, 'Dyna i ti ferch dda, Miss Mic-elli,' a chlywodd Sophia'r modur yn tawelu'n ddim wrth iddo adael. Rhewodd ei chalon. Doedd dim byd yn bodoli a allai ei dwyn o'r sefyllfa hon, ei hachub rhag y bygythiad hwn.

Yn Harbwr Rye, roedd Fred Kiff yn edrych ar ei oriawr wrth stocio *Hei Lwc*. Brysiodd i fyny'r bompren, eistedd yn sedd y capten, tynnu ei ffôn symudol allan a thapio rhif i mewn. Cafodd yr alwad ei hateb yn gyflym.

'Ti sy' 'na?' gofynnodd. Yn sydyn, nid wyneb dyn diniwed oedd yn gwneud jobsys bychain i bobl y gors oedd ganddo, na hyd yn oed wyneb y capten medrus, ond wyneb smyglwr caled o deulu oedd wedi bod yn ymladd gwarchodlu'r arfordir a'r tollau ers dau gan mlynedd. 'Rŵan, ti'n gwrando? Mae gen i gyfarwyddiadau i'w rhoi i ti...' Edrychodd ar y cronomedr ar ei banel mordwyo. 'Ti'n symud am wyth, heno, ar ôl iddi d'wllu,' meddai. Snwffiodd a gwenu, gan gymryd brathiad brysiog o hen frechdan oedd ar yr ochr. 'Rŵan, jest gwranda, a chofia...' roedd tôn ei lais – fel petai'n rhywun ar linell gymorth teleffon – yn dweud wrth y person ar yr ochr arall yn union beth oedd yn rhaid ei wneud am wyth o'r gloch. 'Ac os wyt ti'n cael unrhyw drafferth, mi ddylet ti fy ffonio i,' gorffennodd. 'Ond gwell i ti beidio!'

Diffoddodd Bri Tingle ei ffôn a gadael ei lofft. Roedd Sophia'n dod i lawr y grisiau o'i llofft hi, lle'r oedd hi wedi bod yn nôl tabledi lladd poen – yr Ymgymerwr yn agos y tu ôl iddi. Roedd ganddi gur pen, ond roedd rhywbeth arall yn brifo mwy, sef gwybod y dylai hi fod wedi taflu'r gadair yna at y dyn mawr a'i heglu hi tua'r drws. Wel, ocê, roedd y drws wedi'i gloi – ac fe fyddai wedi'i dal, a'i chlymu – ond o leiaf fe fyddai hi wedi *trio*. Fel yr oedd hi, yr unig beth roedd hi a'i mam yn ei wneud oedd dilyn gofynion y cnafon yma, ac aros, aros, aros.

Nawr, roedd hi'n dod i lawr o'i hystafell ac roedd yntau'n sefyll y tu allan i ystafell Turner.

'Honna oedd yr alwad, rŵan?' gofynnodd yr Ymgymerwr.

'Cau hi, wnei di! Mi bydda i'n dweud beth bynnag fydd angen ei wybod arnoch chi pan ddaw'r amser. Deall?'

Ciciodd yr Ymgymerwr y wal.

Edrychodd Sophia ar y bós. Ar hyn o bryd, roedd fel petai rhyw fygythiad pwysig newydd yn ei lais, tôn â straen ychwanegol. Hyd yma, roedd wedi bod yn llawn rhuo a chwythu; nawr roedd ar bigau'r drain, gyda thyndra newydd iddo. Ond wrth ei gweld hi'n dod ato ar hyd y landin, newidiodd eto a mabwysiadu'r ymddygiad arferol. Safodd i un ochr gyda'i gefn at y wal i adael iddi basio, fel athro mewn coridor ysgol.

Coridor cul oedd hwn, ac roedd yn gwybod hynny – a'r foment honno, drysodd Sophia. Roedd yn rhaid iddi ei basio, a dylai hi fod wedi troi ei chefn ato, ond mewn hanner cam roedd hi wrth ei ochr ac yn ei basio'n barod. Ac roedd yntau'n gwneud ei hunan yn fwy, nid yn sefyll yn fflat yn erbyn y wal fel y gallai fod wedi'i wneud ond yn sefyll yno'n stond. Yna ymlaciodd ei stumog, anadlu allan rhywfaint wrth iddi basio – a hithau'n cadw ei golwg wedi'i droi oddi wrtho i ganolbwyntio ar gyfeiriad ei cham, roedd yn rhaid iddi hi gyffwrdd ynddo. Tynnodd ei hun i un ochr gymaint ag y medrai, ond ni wnaeth yntau le iddi, ac roedd cyffwrdd yn anochel.

'Ara' deg!' meddai. 'Prin fod yma le i ddau, Miss Mic-elli.'

Ac roedd hi wedi mynd heibio iddo, yn crynu – yr unig beth wnaeth o oedd mynd yn ôl i'w ystafell, sef yr union beth y gallai o fod wedi'i wneud yn y lle cyntaf. Pa hawl oedd ganddo fo i'w thrin hi fel yna? Dyna lle'r oedd Sol mor wahanol – ac o! na fyddai o wedi llowcio efengyl y cnaf yma wrth y drws. Oherwydd, er ei dicter, roedd ffawd posib ei mam a hithau yn corddi y tu mewn iddi yn fwy nag erioed nawr.

Heibio'r caeau oedd yn gwisgo côt drom o niwl, yn Maenor Cors Ganol, roedd ffau Frank Leonard yn y seler fel ystafell weithrediadau. Roedd mapiau o ogledd Ffrainc wedi eu gwasgaru dros y bwrdd snwcer yno, a sawl maes awyr wedi eu nodi ar y mapiau mewn inc melyn llachar – ond roedd rhaid anwybyddu'r rhain nawr. Yn hytrach, roedd yn dilyn trywydd o St-Valery-en-Caux ar arfordir Normandy i lawr y D20 tua Rouen. Rhegodd wrth i'w ewin ddilyn y llinell fain, a'i lygaid yn dilyn y map drwy chwyddwydr.

Daeth cnoc ar ddrws y ffau. Ni atebodd, ni edrychodd i gyfeiriad y drws. Daeth cnoc arall, ysgafn fel ymddiheuriad, yna agorodd y drws yn araf.

'Dim ond fi sy' 'ma Frank, Bevvy.'

Trodd nawr. 'Stopia ddefnyddio'r enw gwirion yna!' meddai. 'Dim un ar bymtheg wyt ti. Be ti isio?'

'Dim ond dod ag ychydig o de i ti ydw i.'

Anwybyddodd hynny, a mynd yn ôl at y map. Rhoddodd Bev y te ar fwrdd bychan, ond arhosodd yno, yn llechu drosto.

'Dwyt ti heb fynd?' gofynnodd Leonard iddi.

'Naddo, Frank.' Daeth tuag ato. Roedd hi wedi'i gwisgo'n ddel, a'r colur arni'n berffaith. Roedd hi'n arogli'n ysgafn o *Lingering Love,* hoff bersawr Leonard. 'Ro'n i jest isio i ti gael gwybod... dwi wastad yma i ti,' meddai. 'Ar gyfnodau prysur fel hyn, roeddet ti'n arfer mwynhau cael fy nghymorth i. Roedd gen i ran i'w chwarae – ac rydw i dal yma i wneud hynny. Dwi'n ferch smart.'

Edrychodd Leonard arni gyda golwg llawn casineb ar ei wyneb. Gadawodd hi gyda dim byd i'w chysuro ond hynny, a mynd yn ôl at y map.

Cymerodd hi gam yn ôl. 'Dwi ddim yn deall be' sy'n mynd ymlaen,' meddai.

'Mi wnei di,' meddai. 'Ymhen amser. Mae pawb yn cael gwybod beth sy'n mynd ymlaen efo Frank Leonard yn y pen draw – pan mae o'n penderfynu gwneud rhywbeth am y peth...'

A gyda hynny, roedd yn rhaid iddi adael.

*

Roedd Sophia a Lesley o dan wyliadwriaeth hyd yn oed mwy tanbaid gan y giang. Tra bo Denise yn cadw Donoghue yn y cymylau o hyd, y ddau yn dawel yn eu hystafell, a Tingle i fyny'r grisiau yn ei ystafell yntau, yng nghegin yr hen *Ddial*, roedd yn rhaid i Sophia eistedd wrth y bwrdd tra bo Lesley'n sefyll wrth y popty – gyda llygaid eu goruchwylwyr arnyn nhw bob eiliad. Ond, gan fod gan bob un ddyn yr un, roedd y pethau anochel yn digwydd. Ar hyn o bryd, wrth i'r coginio gyrraedd ei uchafbwynt, roedd Sophia'n cadw ei phen i lawr yn y pamffled Gwely a Brecwast: yn Llundain, roedd ei thad wedi'i dysgu nad ydych chi'n edrych i fyw llygad sefyllfa anodd, byth yn ei brofocio. A dynion cyhyrog proffesiynol oedd y rhain, a phetai hithau neu Lesley wedi gwneud un symudiad tua'r drws, yna nid oedd amheuaeth beth fyddai'r dynion yn ei wneud. Wrth i'r coginio fynd yn ei flaen, roedd yr hen dderw yn yr ystafell yn chwysu nes bod haen denau o chwys gludiog drosto, fel yr hen *Ddial* yn paratoi i fynd i frwydr.

Trodd Sophia'r tudalennau heb ddarllen gair, yn ymwybodol o'r perygl yn yr awyr, o oglau powdwr gwn cyn y sbarc, fel petai. Roedd llygaid parod ym mhobman. Roedd rhywbeth yn mynd i ddigwydd – gan fod pob arwydd yn dweud wrthi fod y ffrwydr-iaid ar ddod.

Ond yng nghanol hyn i gyd, ni allai beidio â meddwl am Sol Barton. Cyn dod yma gynnau, mae'n rhaid ei fod wedi mynd i Dŵr Micheli ac aros amdani, a phan benderfynodd nad oedd hi'n dod – ac yntau hefyd wedi cael ei wrthod wrth ddrws y tŷ – mae'n rhaid ei fod wedi penderfynu nad oedd ganddi ddi-ddordeb ynddo, oherwydd beth ddigwyddodd yn y ddawns, mae'n rhaid. Fe fyddai wedi rhoi dau a dau efo'i gilydd a phenderfynu ei bod hi wedi ail-feddwl. Ei *dewis* hi oedd peidio â mynd; roedd yntau wedi cymryd cam gwael yn y disgo, drwy adael i'w deim-ladau ddangos, ac er iddi fod yn foesgar am y peth ar y pryd, mae'n rhaid ei bod wedi meddwl yn wahanol nes ymlaen.

A sut allai o wybod am y gerdd a ysgrifennodd hi...?

Eisteddodd Sophia a syllu, ond roedd coginio ar gyfer pum ceg fawr yn rhoi hen ddigon o waith i Lesley. Roedd ganddi ddwy sosban o datws ar y tân, gyda llysiau lleol o'r seler a dau becyn o Auntie Bessie's Yorkshire Puddings o'r rhewgell – ac yn gig, golwyth bychan oedd yn rhostio'n araf fel nad oedd o'n sychu a chrebachu gormod.

Roedd y dyn mawr wedi dod i lawr ddwywaith i weld sut roedd pethau. Nawr, roedd o'n dod am y drydedd waith, ac edrychodd Lesley i fyny'n siarp.

'Dim ti!' meddai. Pwyntiodd at Sophia. 'Ti.'

'Be' ti isio?' torrodd Lesley ar ei draws. 'Gofynna i mi – mi gei di ei chadw hi allan o dy fusnes di!'

Rhwbiodd y dyn ei law dros ei ben gloyw. Roedd ei olwg arferol wedi diflannu: nawr, roedd o fel balŵn wedi'i ymestyn ac angen ei fyrstio, neu medd-wyn angen gwydryn. 'Paid â phiso'n dy glwt! Dim ond gofyn cwestiwn iddi hi dwi isio.'

'A dwi wedi dweud – mi fedra i ateb unrhyw gwestiwn!' Camodd Lesley oddi wrth y popty.

'Ie, ond rwyt ti'n brysur efo'r swper – a dwi isio hwnnw ar blydi amser. Mi geith hi ddweud wrtha i be dwi isio.' Edrychodd ar Sophia. '*Chop chop*, Miss Mic-elli!' meddai. 'Cyn i mi orfod rhoi slap i dy fam.'

Wedi dychryn am ei henaid, ond ddim eisiau gweld ei mam yn cael slap, caeodd Sophia'r pamffled a cherdded at y drws, gyda llygaid ei mam yn llosgi ar y dyn wrth i Sophia ei phasio a mynd i fyny'r grisiau.

'I mewn fan'ma!' meddai'r dyn ger ystafell Turner.

'Be?' meddai Sophia. 'Be ti isio'i wybod?'

Gwthiodd ef hi i mewn i'r ystafell a chau'r drws y tu ôl iddo. 'Fyny fan'ma,' meddai, gan nodio tuag at y nenfwd. Gollyngodd ei lais yn bwrpasol. 'Be di hwnna?'

Edrychodd Sophia i fyny. 'Wel,' meddai, 'rydyn ni'n galw hwnna'n olau – *golau* – ac uwch ei ben, nenfwd. *Nen*—' Allai hi ddim atal ei hun, ond roedd rhaid iddi esgus nad oedd arni ofn.

Cododd llaw'r dyn ond rhegodd a dal ei hun yn ôl. 'Paid â thynnu coes efo fi!'

Rasiodd adrenalin drwy gorff Sophia. Anadlodd yn gyflym, gymaint ag y gallai ei chorff ei ganiatáu. 'O, ti'n siarad am y sêr? Sêr, dyna ddylen nhw fod,' meddai, gan gamu'n fân at y drws.

Ond gosododd ef ei gorff o'i blaen, ei lygaid wedi hanner eu cau â channwyll ei lygaid yn anferth. 'Ro'n i'n meddwl mai dim ond sbotiau oedden nhw, mewn patrymau, ar gyfer pan mae'r golau'n mynd allan, yn y tywyllwch...' Roedd ei lais nawr yn isel ac yn llawn cyfrinach, plentyn mewn parti yn codi stêm i drio'i lwc.

'Yn union. Yr awyr, liw nos. Hemisffer y gogledd. Jyst ychydig o hwyl...' Duw, meddyliodd Sophia, am ddewis twp o eiriau!

'A dwi ddim yn licio ychydig o hwyl.' Ond roedd yn plygu ei freichiau fel dienyddiwr, rhywun heb ddim diddordeb mewn chwilio am hwyl. 'Rŵan dwi'n meddwl am y peth...' pwyntiodd at y nenfwd '...mae'r awyr i fyny fancw, a phwy sydd ar yr ochr arall y tu hwnt, yn y nefoedd?'

Ei thad, meddyliodd Sophia, yn gorfod gwylio'r bwlio yma.

'*Ti*. I fi, i lawr yn fan'ma, rwyt ti yn y nefoedd i fyny'n fan'cw, i fyny uwchben y sêr – yntydi hynny'n wir, Miss Mic-elli?'

Syllodd Sophia ar ei wyneb, oedd yn troi'n goch llachar. Roedd o'n arwain at rywbeth. 'Mae hynny'n fy ngwneud i'n farw,' meddai hi, yn llais rhywun arall.

'Mi ddweda i beth mae hynny'n dy wneud di, cariad, mae o'n dy wneud ti'n union beth wyt ti: fy angel fach i! Angel sy'n medru mynd â fi i'r nefoedd! Ti'n gwybod be dwi'n ei feddwl?' Gwlychodd ei wefus yn araf.

Ni edrychodd Sophia arno: roedd ei meddwl wedi rhewi oherwydd ei eiriau. Roedd yr aros wedi dod i ben.

'Be 'di *am-or-oso*?' aeth yn ei flaen.

Ni atebodd; roedd hi'n llygadu'r drws, y ffenestr, y blwch llwch trwm wrth y gwely.

'Be mae o'n ei feddwl? *Amoroso*?'

Roedd Sophia yn gwybod yn iawn, ond nid oedd hi am sarnu'r gair drwy ei ddweud yng nghanol y budreddi yma. Wrth iddi ei wylio, er hynny, aeth at gwpwrdd y gwely a'i agor.

'Wyt ti'n un fach dda am gusanu, wyt ti?' Ac oddi yno, tynnodd ddyddiadur Sophia, y clo wedi'i dorri a'r lledr wedi'i rwygo'n flêr. '"*Yn ddwfn ac yn hir ac yn amoroso*"!' darllenodd, ei lais yn dew yn ei wddf. 'Secsi go iawn! Dwi'n ffansïo tipyn o hynny, a thipyn mwy na hynny hefyd...!'

'Y bastard!' roedd Sophia'n sgrechian. Rhedodd ato, ceisio cipio, cicio. Roedd wedi'i halogi hi, wedi torri i mewn i le preifat. 'Fi sydd bia hwnna, mae o'n breifat! I Dad mae o, nid ar gyfer dy lygaid budr di!' Roedd hi'n sgrechian a sgrechian, yn neidio am ei dyddiadur oedd yn cael ei ddal yn uchel uwch ei phen, fynta'n chwerthin. 'Rho fo'n ôl!'

'Rhaid i ti ymestyn amdano fo!' gwawdiodd. 'Tyrd, gad 'mi gael dipyn bach ohonot ti!' Ac er mawr syndod i Sophia, dechreuodd agor ei drowser gyda'i law rydd.

Roedd hi ar ei phen ei hun gydag o. Fe allai weiddi nerth esgyrn ei phen ac ni fyddai neb yn clywed ar y gors wag. Fe fyddai'n ymladd nes ei bod hi'n gelain ond y dyn mawr hwn oedd yn rheoli'r tŷ ac yn gwneud yr hyn a fynnai – roedd ei lygaid llwglyd yn dweud hynny. A nawr, camodd ati.

Ond yn sydyn, hedfanodd drws y llofft ar agor a daeth Lesley i mewn, yn sgrechian nerth ei phen. Taflodd ei hun at y dyn, ei hwyneb yn llawn casineb a chyllell y gegin i fyny, yn barod i ddod i lawr arno. Yn dynn ar ei sodlau, rhedai'r gweddill, ond roedd hi yno'n barod, yn barod i ladd, rhwng y dyn mawr a Sophia. 'Na!' roedd hi'n sgrechian. 'Allan! Gad lonydd iddi hi!'

Yr unig beth wnaeth y dyn oedd chwerthin. 'Mi wna i dy roi di 'nôl yn y seler os ei di yn dy flaen fel yna!' Taflodd y dyddiadur ar y gwely. Gan siglo ar flaenau'i draed, edrychodd arni i weld sut y byddai'n dwyn y gyllell oddi arni heb gael niwed.

'*Gad lonydd iddi! Mi gei di ddelio â fi!*' gwaeddodd Lesley. Gwthiodd Sophia ymhellach y tu ôl iddi, camu yn ôl hanner cam ei hunan, cymryd cipolwg ar y lleill i gyd – ac yn sydyn trodd y gyllell a'i phwyntio at ei chorn gwddf ei hun. 'Un symudiad tuag ata i – unrhyw un ohonoch chi – ac mi rof i ddiwedd ar hyn i gyd!' Roedd hi'n brin o wynt, yn cael trafferth dweud hyd yn oed y geiriau hynny. Roedd ei dwy law yn dal y gyllell yn dynn. 'Os nad oes gwahaniaeth gynnoch chi os ydw i yma... neu... beidio... dwi am wneud yn siŵr fod fy *marwolaeth* i ar eich dwylo chi!'

Gwaeddodd Sophia. '*Mam! Na!*' Beth oedd hi'n ei wneud? Nid oedd dim byd yn werth hyn.

'Mi fydda i'n rhan o'r pictiwr pan gewch chi eich dal!' Roedd Lesley ar flaenau'i thraed, yn barod i wthio; ac fe wyddai Sophia ei bod yn golygu pob gair, wrth syllu â llygaid gwallgof ar y dyn mawr. Rhewodd ei chorff wrth i fygythiad difrifol ei mam gymryd sylw'r dyn yna am eiliad.

'Gad hi, Mr Smith,' meddai'r Ymgymerwr. 'Mae hyn yn ddigon budr fel...'

'Ie,' meddai'r llall. 'Mae ein dwylo'n llawn efo'r mêt yma a'r hogan. Mi gei di'r holl hwyl ti isio ar yr ochr arall.'

Roedd tawelwch mawr cyn i'r dyn gymryd cam yn ei ôl. Ond roedd ei lygaid ar Sophia'r holl amser, yn sgleinio o fusnes heb ei orffen. Ac yn sydyn, deifiodd i mewn a bachu'r gyllell gan Lesley.

'Paid â meddwl fod diawl o bwys gen i os wyt ti'n dod allan o hyn yn fyw ai peidio!' Trodd at ei ddynion. 'Rŵan, ewch â'r hen ddynes i lawr y grisiau tra 'mod i'n gorffen beth gychwynnais i.'

PENNOD 14

Roedd y fan camper – y cerbyd roedd Sophia wedi'i glywed – wedi gyrru heibio Pen y Gors ond wrth y tro wedi'r tŷ, roedd wedi gwthio'i thrwyn at bont dros nant oedd ond yn cael ei defnyddio fel arfer gan ffarmwr i fynd i'w gae.

Daeth y ddynes allan o'r fan – ac fe gafodd sioc debyg i honno roedd hi unwaith wedi'i roi i Sophia. I lawr ger ei thraed, roedd dyn ifanc mewn lledr. Doedd ganddi brin amser i frysio'n ôl i mewn i'r fan a chloi'r drws cyn iddo ddod at y ffenestr.

'Pwy wyt ti?' meddai hi drwy'r gwydr.

'Paid â phoeni am hynny. Pwy wyt ti?'

'Dwed di pwy wyt ti ac mi ddyweda i pwy ydw i. Yn amlwg, dwyt ti ddim yn tocio'r gwrychoedd.'

Ystumiodd Sol Barton arni i agor y ffenestr fel nad oedd angen iddyn nhw weiddi. Gwnaeth hi hynny, ond dim ond ychydig.

'Dwi'n ffrind i'r ferch sydd yn y tŷ acw ac mi rydw i'n gwneud yn siŵr fod popeth yn iawn. Felly, pwy wyt ti?'

'Denise Clarke?' meddai'r ddynes. 'Yn y Gwely a Brecwast?'

Ysgydwodd Sol ei ben. 'Sophia Micheli. Mae hi'n byw yno – ei mam sydd bia fo.'

Agorodd y ddynes ddrws y fan yn araf, fel petai'n rhedeg ar belferenni o wydr.

'Mae rhywbeth yn digwydd i mewn fan'na!' meddai Sol. Ond wrth iddo ddweud hynny, gwelodd i mewn i'r fan gyda'i holl offer electronig. 'Be 'di hyn i gyd? Be wyt ti'n ei wneud yma? Pwy wyt ti? MI5, heddlu?'

'Na, cariad.' Ateb mwyn gyda llais caled. 'Dim un o'r ddau, ond rhywbeth ffurfiol, allet ti ddweud... Ar yr ochr iawn.'

'Ar ochr iawn beth?'

''Di o'n ddim byd i ti boeni amdano.'

'Mae'n ddrwg gen i – ond mae o! Mae 'na ddyn i mewn yna sy'n dweud ei fod o'n peintio – a dim ond newydd gael ei addurno mae'r lle. Ac mae o'n dweud fod fy merch i wedi mynd allan efo'i mam ar feiciau – a tydi mam Sophia ddim yn berchen ar feic. Dyna pam 'mod i wedi dod yn ôl, pam rydw i'n gwylio...'

'Wel, mi gei di adael y gwylio i fi rŵan—' Roedd y ddynes yn swnio fel swyddog cymdeithasol gwan. Estynnodd y tu ôl iddi a nôl ysbienddrych, dod allan o'r fan ac edrych ar Ben y Gors.

'Aros funud! Fy nghariad i sydd yno!' Tynnodd Sol ar y sbectol. 'Faint o amser mae hi'n ei gymryd i roi cyllell yn rhywun, neu saethu, neu... dreisio? Hwyrach dy fod ti'n gwylio, ond wnei di ddim *stopio* dim byd!'

Camodd y ddynes yn ôl a chwerthin. 'O, tyrd – paid â bod mor ddramatig! Dwi'n dweud wrthot ti, mae popeth o dan reolaeth. Rho rywfaint o ffydd ynof i.'

'Gweithio i'r tollau wyt ti! *Ie? Ai un o bobl y tollau wyt ti?*' Cliciodd Sol ei fysedd yn sydyn. 'Ac maen nhw'n rhedeg cyffuriau.' Trodd a dod yn ôl ati. 'Wel, gad iddyn nhw fynd. Saetha atyn nhw! Gad iddyn nhw wybod ein bod ni yma! Neu galwa'r heddlu a dos i mewn i'w nôl nhw! Unrhyw beth! Anfona hofrennydd, galwa'r sgwad terfysg, beth bynnag fedri di ei wneud! Dwi'n dweud wrthot ti, mae hi'n garcharor i mewn fan'na—'

Ysgydwodd y ferch ei phen. 'Mae dy gariad di'n iawn tan i ni wneud rhywbeth gwirion fel yna! *Yna* mi allen nhw ei defnyddio hi i fargeinio – *yna* mae hi mewn lle peryglus, wyt ti'n gweld? Pan fydd rhywbeth yn digwydd, pan ddaw rhywun allan, rydyn ni'n gwneud rhywbeth. Ond fe fyddai mynd i mewn rŵan yn dinistrio popeth.'

Ffrwydrodd Sol yn sydyn. 'Na! Dwi wedi cael hen ddigon o hyn! Rydyn ni mewn dau le gwahanol, ti a fi! Rwyt ti eu heisiau *nhw* a dwi ei heisiau *hi*. Hi sy'n bwysig, dim dy blydi *ymgyrch* di! Mi wna i alw'r heddlu!'

'Ydi deg miliwn o bunnoedd yn bwysig?' gofynnodd y ddynes. 'Allet ti ddefnyddio canran dda o wobr anferth?' Trodd ymaith i edrych yn gyflym ar y tŷ eto, ond wedi troi'n ôl, roedd Sol wedi mynd. A hanner munud wedyn, clywodd fodur beic yn cychwyn, a sbardun wrth iddo ddiflannu i lawr y ffordd.

Roedd Lesley'n sgrechian nerth ei phen ac yn brwydro yn erbyn y ddau oruchwyliwr oedd yn ei llusgo i lawr y grisiau o'r llofft, ac roedd Tingle yn dal un llaw dros geg Sophia pan glywyd sŵn y beic gyntaf. Am eiliad, roedd yn swnio fel ei fod yn dod tuag at y tŷ, ond yna, doedd dim i'w glywed – pwy bynnag oedd yno, roedd fel petai wedi mynd. Dechreuodd Lesley sgrechian eto – ond wrth i Tingle droi ei sylw yn ôl at Sophia, daeth rhu arall o'r tu allan, a gwaedd.

'Gadewch iddyn nhw fynd! Mae'r heddlu ar ei ffordd!'

Sol! Mewn sioc, rhwygodd Sophia ei hun yn rhydd a thynnu'r llenni yn ôl. Allai hi weiddi arno a chael ei chlywed, o'r tu allan? Roedd hyn yn fater o fyw neu farw bellach. Ond roedd Tingle arni ar ei union.

'Bob un ohonoch chi!' roedd Sol yn gweiddi ar y tŷ. 'Gadewch i'r bobl yna fynd!' Am eiliad gwelodd Sophia lewyrch gobaith eto gyda Sol ar ei Honda y tu allan, yn taranu a gweiddi. 'Mi fydd yn waeth i chi os na wnewch chi!'

'Dal hi!' gwaeddodd Tingle. Mewn fflach, roedd yr Ymgymerwr yn dal Sophia i lawr, ei law fudr yn gorchuddio'i cheg eto. Gan godi ei ffôn, rhedodd Tingle allan i'r landin a phwyso rhif.

Oddi tanynt, roedd Sol yn gyrru yn ôl ac ymlaen ar ei feic, ei olau'n dangos trwch y niwl, ei lais yn torri drwyddo, bloedd ar ôl bloedd gryg. 'Chi sy'n mynd i golli! Mae'r gyfraith ar ei ffordd! Gadewch nhw'n rhydd!'

Ond â hithau'n gaeth o dan grafanc y dyn, gwyddai Sophia nad dyma oedd ei diwedd hi. Roedd Sol yn chwarae i brynu amser y tu allan ond doedd ganddyn nhw ar y tu mewn ddim amser. Roedd busnes y dynion hyn yn fwy na hynny, yn wirioneddol ddifrifol. Argyfwng. Dim ond eiliadau gymerai hi i roi cyllell ynddi; *mymryn* o eiliad. Ac wedi delio â'i mam a hi, fe allai Sol fod yn darged hawdd i lawr fan'na y tu ôl i oleuadau ei feic.

Diflannodd unrhyw gryfder oedd gan Sophia yn weddill. Roedd presenoldeb Sol wedi rhoi hwb iddi, ond fe ddylai fod wedi aros am yr heddlu. Roedd wedi ceisio'i hachub oherwydd ei gariad tuag ati – ond roedd wedi symud yn rhy fuan.

Yn ei gegin ym Maenor Cors Ganol, roedd Frank Leonard yn astudio siart o'r Sianel roedd Fred Kiff wedi'i roi iddo. Roedd y ddau'n cynllunio'r daith i St-Valery-en-Caux pan ganodd ffôn Kiff yn sydyn. Gwrandawodd yr hen ddyn a rhegi. 'Maen nhw wedi cael 'u canfod!' meddai wrth Leonard. 'Y gyfraith ar y ffordd i Ben y Gors. Tingle isio gwybod beth i'w wneud.'

Nid oedd yn rhaid i Leonard feddwl am y peth. 'Gadael!' meddai. 'Dwed wrth fo am adael – rŵan! Oes amser i wneud hynny?'

Gofynnodd Kiff hynny, ac roedd Tingle yn meddwl nad oedd, nid heb wneud smonach o bopeth: roedd rhywun wrth y drws a'r heddlu ddim yn bell. Edrychodd Kiff ar Leonard, a Leonard ar Kiff. 'Felly dwed wrthyn nhw am y ffordd arall allan!' meddai.

Pwysodd Kiff y botwm *mute* ar ei ffôn ac ysgwyd ei ben. 'Os wna i hynny, bydd pobl yn gwybod 'mod i'n rhan o hyn! Mae pobl yn gwybod 'mod i wedi defnyddio'r lle i gadw stwff pan oedd o'n wag; maen nhw'n siŵr o roi dau a dau at ei gilydd cyn hir os ydi Tingle yn mynd allan drwy'r ffordd r'on i'n arfer mynd i mewn... Mae gwerth deg miliwn o bunnoedd o ddiemwntiau yn wahanol i ambell gilo o faco.'

Cipiodd Leonard Kiff gerfydd ei ysgwydd, a'i ysgwyd. 'Dwed wrthyn nhw!' meddai. 'Achos: A – dydyn ni ddim yn mynd i gael ein darganfod; a B – os na wnei di, maen nhw'n siŵr o roi dau a dau at ei gilydd, fel rwyt ti'n dweud – dau hanner o dy gorff di! Mewn bocs! Mewn c'nebrwng!'

'Iawn, Frank, iawn!' Ac yn gyndyn, dechreuodd Kiff roi cyfarwyddiadau i Tingle, gyda Frank Leonard yn gweiddi 'Smonach!' wrth fynd am y drws.

Gwthiodd Bev, oedd dal yno'n gwrando'n astud, a rhedodd i fyny'r grisiau bob yn ddau ris ac i mewn i'w ystafell wely i daflu dillad i fag chwaraeon. Dilynodd Bev gan sefyll yn ei wylio.

'Be ti'n ei wneud, Frank?' gofynnodd.

Ni atebodd.

'Frankie? Be ti'n ei wneud? I ble ti'n mynd?' Daeth i mewn i'r ystafell ac at y gwely mawr lle roedd o'n plygu crys. 'Wnest ti erioed ddweud dy fod ti'n mynd efo nhw, dim heno.'

'Wel, mi rydw i.'

Pwdodd, rhoi llaw ar ei gefn a'i rhedeg i lawr ei grys sidan. 'Beth amdana i? Mi fydda i ar fy mhen fy hun. Doeddet ti ddim yn arfer mynd ar dripiau, oni bai bo ti'n mynd â fi...'

Gwthiodd ei llaw i ffwrdd. 'Wel, mi rydw i rŵan.' Ond roedd ei lais yn wastad – yn rhy wastad ac o dan reolaeth.

'Pryd fyddi di 'nôl?'

Cododd y bag. 'Mewn munud.' Aeth â fo i lawr y grisiau ac i'r car. Roedd Fred Kiff wedi mynd yn barod ac wedi gadael y giatiau'n agored. Taflodd Leonard y bag chwaraeon i'r bŵt a mynd yn ôl i fyny'r grisiau gyda thraed melfedaidd cath.

Roedd Bev wrth ei wardrob, yn dewis tei o'r rac. 'Dos â hwn,' meddai, 'rwyt ti wastad yn edrych yn dda yn hwn.'

'Dwi'n teimlo'n dda beth bynnag.' Ond roedd ei lygaid yn oer. Ac ar y gwely, gwelodd lun ohoni hi ei hun, heb dop.

'O ble gest ti hwnna?' Yn sydyn, roedd unrhyw ronyn o hunanfeddiant ynddi wedi diflannu.

'Gesia lle! Gan Donoghue. Mae o wedi cael Bevvy Leonard bach yn gwmni'r drwy'r amser...'

Camodd Bev yn ôl. 'Dim gen i,' meddai, 'Does wybod o ble gafodd o hwnna, ond nid gen i.'

'Na?'

'Mi driodd o'i lwc efo fi pan oeddet ti yn y carchar, ond mi wnes i'i wrthod o. Mi wnes i wrthod pawb...'

'Do?'

'Wnes i erioed edrych ar ddyn arall, Frank, wir i ti. Donoghue edrychodd arna i. Model o'n i, roedd pobl yn edrych...'

Ond bellach, roedd y sglein a'r mwynhad roedd o wastad yn ei deimlo wrth fynd ar job gosbi yn llygaid Leonard.

'Ro'n i wastad yn ffyddlon i ti, Frankie, yn dy garu di, dwi *yn* dy garu di – a wnes i erioed adael i neb arall ddod yn agos ata i. Dwi'n addo, ar fywyd fy mam a nhad...'

'Dwi am ddweud ta-ta,' meddai Leonard. 'A phan fydda i'n dweud ta-ta, *hwren*, mi wnei di feddwl ddwywaith cyn dweud bore da wrth unrhyw ddyn arall, hyd yn oed y meddyg yn yr ysbyty...'

A thra bo Bev yn camu'n ôl oddi wrtho, trodd Leonard yn hamddenol at ddrws y llofft a'i gicio fel ei fod wedi'i gau, o'r tu mewn.

'Anfonwch nhw allan neu mi wnawn ni ddod i mewn!' Y tu allan i Ben y Gors roedd Sol yn taflu bygythiadau, yn sgrechian ac yn gyrru mewn cylch-oedd – ochr yma i'r tŷ, ochr arall – gan weiddi ar yr adeilad o bob cornel fel petai sgwad o bobl yno, nid un.

'Dau funud! Rydyn ni'n rhoi dau funud i chi!'

Roedd Tingle yn y gegin nawr, â chyllell wrth wddf Donoghue, yn rhoi gorchmynion i'w ddynion. 'Rhowch y merched i mewn yn fan'cw!' Pwyntiodd at y pantri.

Cafodd Sophia a Lesley eu cipio nes bod eu traed prin yn cyffwrdd y llawr, eu gwthio i ofod bach tywyll, a'u cloi yno.

'Ti nesa!' meddai Tingle gan gipio Donoghue gerfydd ei wallt a throi ei ben yn ôl. 'Un symudiad bach gen ti a chragen heb gocos fydd yn dod i Ffrainc!' A gostyngodd ei law er mwyn gwneud yn siŵr fod ei ystyr yn glir.

Ond cyn iddo wneud i'r dynion wingo, daeth sŵn seirennau yn glir – a thrwy'r ffenestr, roedd adlewyrchiad niwlog goleuadau glas yn fflachio.

'Maen nhw'n dod!'

Y tu allan, roedd Sol yn gweiddi ar ddynes y fan camper oedd wedi dod ar ei ôl, gan redeg. 'Reit! Dyma'n union pryd y byddan nhw'n gwneud eu gwaethaf i mewn yn fan'na!'

Sbardunodd ei Honda i lefel newydd. 'Rydyn ni'n dod i mewn!'

'Dilynwch fi!' gwaeddodd Tingle i'r gegin. 'Ti nesaf, a ti yn y cefn!' Tynnodd y Twrc Denise, ac fe wnaeth yr Ymgymerwr yn union fel oedd rhaid iddo a mynd yn olaf, gan wthio Donoghue gyda gwn wrth i Tingle fachu fflachlamp a rhedeg at ddrws y seler – rhedeg i lawr y grisiau carreg, y lleill ar ei ôl.

Gyda'r rhu olaf y tu allan, agorodd Sol y sbardun a pharatoi ei hun.

'Be 'di diben bod yn ddewr nawr?' meddai'r ddynes gan weiddi, a cheisio ei dynnu oddi ar ei feic. 'Mi wnân nhw dy ladd di!'

Ond gwthiodd Sol hi o'r ffordd. Gyda gwaedd uchel, rhoddodd ei ben i lawr a rasio'r beic, mor gyflym ag y medrai, tua'r drws.

'Caaaaaaf!'

Crac! Gyda sŵn fel hen geubren, torrodd y drws yn ddau a gadael i Sol a'r beic chwalu trwyddo – pwysodd ar y brêcs yn galed wrth i'r beic gwlyb sglefrio ar y llawr cerrig, sbarcio a tharo i mewn i'r popty gan anfon sosban o grefi'n chwyrlio i'r awyr.

Gyda sbaner yn ei law, neidiodd Sol, yn barod i ymladd. Ond roedd yr ystafell yn wag, dim ond curo a sgrechian i'w clywed yn dod o du ôl i ddrws y pantri. Rhwygodd hwnnw ar agor – a gweld Sophia a'i mam yn llechu y tu mewn, wedi dychryn am eu heneidiau, yn crynu. Taflodd Sophia ei hun i'w freichiau, gan grio a griddfan a hongian ei phwysau arno.

'Caf!' meddai, ac wrth iddi grynu yn ei freichiau, plygodd tuag ati a'i chusanu, yn hir ac yn galed ac yn ddwfn, yno o flaen ei mam. Roedd Sophia'n dal yn dynn ynddo ac yn ei gusanu'n ôl, gwlypni'r niwl arno – a'i dagrau a'u cegau yn cymysgu mewn eiliad feddal o ryddhad. Wrth oedi i siarad, Lesley gafodd y gair cyntaf.

'Plîs, rhowch hỳg i mi hefyd!' medai mewn llais tawel, crynedig.

A safodd y tri gan afael yn dynn yn ei gilydd nes bod eu breichiau'n brifo.

'Duw â'n helpo ni!' meddai Tingle, ar ei bedwar, yn edrych ar hyd llwybr tamp a diferog o'i flaen. Gan ddilyn y cyfarwyddiadau, roedd wedi arwain y giang at lifddor ddofn yng nghefn y seler a gyda chymorth, wedi codi metel trwm gorchudd y llif-ddor. Oddi tano, roedd siafft digon mawr ar gyfer dyn yn disgyn i gyntedd llawn pridd. Ar ei nenfwd, roedd golau heb weiren. Gwthiodd hwnnw a daeth golau, gan ddangos llinell o hen bolion derw fel propiau pwll glo, a golau arall ar y pen arall. Aeth ar ei bedwar yn ei flaen a'r lleill ar ei ôl, stribedi o garped ar y llawr yn gwneud pethau'n haws ar y pengliniau. Cynnodd Tingle y golau arall.

'Mae rhywun wedi gwneud y lle 'ma i fyny'n iawn!' meddai'r Ymgymerwr, ei lais yn dod yn oer ac yn fflat ar hyd y llinell o bobl.

'Mae o fel bedd,' meddai Denise. 'Dwi'n clostroffobic!' Ond cyrhaeddodd pob un at y darn deng metr ar hugain lle roedd siafft arall yn arwain at drapddor. Gwthiodd Tingle hwnnw a dringo i mewn i ysgubor Pen y Gors; ac yn dawel, gyda llaw wedi'i dal yn sownd dros geg Donoghue, dilynodd y lleill a chropian i'r pen draw lle roedd drws bychan, yn union fel yr oedd Kiff wedi'i ddisgrifio.

Gwthiodd Tingle ei ben i'r tu allan, yn chwilfrydig, ond roedden nhw'n ddigon pell o'r tŷ i fod allan o olwg unrhyw lygaid fyddai'n syllu ar Ben y Gors. Roedd llwybr tenau yn arwain i'r perthlys lle roedd coed yn darparu cysgod, a drwy redeg yn eu cwrcwd – dynion Tingle o boptu i Donoghue nawr – aeth y parti ar eu pedwar dros y ffordd, i ffwrdd o'r tŷ a llithro'n gyflym i lawr glan y nant.

Yno, roedd Fred Kiff gyda'i gwch bychan, ymhell o olwg neb. Ni ddywedwyd gair. Gwthiodd Tingle a'r gweddill eu hunain i mewn i'r cwch tra bo Kiff yn gwichian i ffwrdd yn erbyn llif tew y dŵr, a'u cludo'n dawel am dri thro at ei gar, y drysau'n agored yn barod.

'Clyfar!' meddai'r Ymgymerwr. 'Roedd yr hen smyglars yna'n dallt y dalltings.'

'Dim mwy na ni'r bois modern,' meddai Fred Kiff. 'O leia, rhaid i ti obeithio hynny, achos fi ydi'ch tocyn chi adre rŵan.' Gyda'r car wedi'i lwytho i'r eithaf a Donoghue yn cael ei ddal i lawr yn galed yn y cefn, aeth yr hen ddyn â nhw y ffordd hir i'r *rendezvous* olaf yn Gallows Gap.

PENNOD 15

Taflodd yr heddlu rwyd am yr ardal ond roedd y giang wedi hen fynd. Yn ystafell fwyta Pen y Gors, roedd Lesley a Sophia yn cael gair â chwnsler yr heddlu tra bo dynes y fan camper a Sol yn syllu'n gas ar ei gilydd ar draws y bwrdd. Roedd mam a merch yn dal dwylo, Sophia yn gwasgu Lesley nes bod ei hesgyrn yn torri – yn teimlo'n glwyfus oherwydd yr hyn roedd ei mam wedi bygwth ei wneud, a'r hyn y byddai wedi'i wneud hefyd yn sicr; wedi bod yn barod i ladd ei hun i achub ei merch. Ac yn llawn o hunan-gasineb, meddyliodd Sophia am y cyfrinachau roedd y dyn yna wedi eu darllen yn ei dyddiadur, ei hatgasedd at ei mam a oedd wedi dangos y fath ddewrder, y fath gariad aberthol.

Roedd y prif blismon mewn dillad plaen, gyda llais gofalus dyn ar fin cael dyrchafiad. Dyn gweddol ifanc oedd o, gyda gwallt wedi'i dorri'n fyr iawn – byd hollol wahanol i steil Sol. Roedd wedi dod o'r pencadlys yn Maidstone ac yn amlwg yn ennyn parch pob heddwas yn yr ystafell – ac roedd fel petai mwy a mwy ohonyn nhw'n cyrraedd mewn ceir. Roedd awyrgylch ym mhobman o rywbeth yn cael ei gyflawni, ond neb yn gwybod beth. Dirgelwch oedd diflaniad sydyn y giang; ond roedd un peth yn sicr –

roedd y tîm fforensig wedi bod yn y llofftydd ac yn y biniau, ac wedi darganfod mai'r dyn yn y Renoir oedd Patrick 'Frenchie' Donoghue. Roedden nhw'n gwybod eu bod ar drywydd y dyn gafodd ei gipio o'r bws carchar – a'i fod bellach yn benfelyn yn hytrach na thywyll.

Sylwodd Sophia fod y ditectif fel petai'n derbyn y ddynes roedd Sol yn flin â hi fel math o arbenigwraig, ond nid am adar.

'Sut fydde rhywun yn cael pŵl o salwch handi, yn union y tu allan i ysbyty yn Totham?' gofynnodd iddi. 'Yn union lle roedd y tîm yn aros?'

Cododd y ddynes ei hysgwyddau. 'Heroin?' cynigodd. 'Mae digon ohono yn y carchar. Wedi'i roi yn ei de amser brecwast?' Os nad ydi o'n arfer ei ddefnyddio, mi fyddai'n gwneud iddo ymateb fel petai'n cael trawiad ar y galon, i rywun sydd ddim yn gwybod y gwahaniaeth – ac fe allen nhw amseru hynny, mae trosglwyddiadau o garchar i garchar yn gadael yn brydlon bob tro.'

Llygadodd y ditectif arolygwr hi. 'Heroin wedi'i roi yno gan bwy? Warden anfoesol?'

Syllodd yn ôl arno, a nodio'n gyflym. 'Rhywun sy'n plygu fwy nag un ffordd, efallai' meddai.

'...Ac wedi'i drefnu gan rywun ar lefel uchel sydd eisiau gwneud yn siŵr fod y diemwntiau yna'n cael eu canfod.' Nid cwestiwn oedd hwn; roedd y DA yn swnio'n sicr ohono'i hunan.

'Be?' Roedd Sophia ar ei thraed. '*Be*? Dyna beth sy'n mynd ymlaen yma? Bron i mi gael fy *nhreisio* achos rhyw sgam wedi'i drefnu? Am *ddiemwntiau*?'

Plygodd y ddynes ei breichiau. 'Dyfalu rydyn ni,' meddai'n fwyn. 'Byddai'n rhaid i ni brofi'r peth.'

Ond roedd dicter sydyn Sophia yn rheoli'r ystafell bellach. Daeth popeth i ben wrth iddi holi'r ditectif arolygwr. 'Rydych chi ar drywydd diemwntiau ydych chi? Wel, mae *hi* ar ôl diemwntiau, fe gymrith hi rai, diolch yn fawr! Lesley Micheli!' Pwyntiodd Sophia at ei mam gyda braich grynedig. 'Ond, ei bod hi eisiau'r math cyfreithlon, y math rydych chi'n sticio ar eich ffenestr neu beintio ar arwydd, er mwyn rhedeg busnes cyfreithlon, a chwysu wrth wneud hynny. Diemwntiau *parchus* – rhai heb eu hennill drwy ymosod ac ofn a *thrais*!'

'Chefaist ti mo dy—' meddai'r ddynes.

'Cau di dy geg!' Nawr roedd Sol ar ei draed.

Ond roedd y ddynes yn gwrthod cael ei thawelu: 'I chi gael deall, rydyn ni'n sôn am werth deg miliwn o bunnoedd o ddiemwntiau diwydiannol, wedi eu dwyn o ystafell dorri yn Antwerp. Fyddet ti'n hoffi i rywun fel yna fynd i'r carchar am sbel fach ac yna ddod allan i hynny fel pensiwn?'

'Dwi ddim yn deall,' meddai Lesley. 'Wneith rhywun esbonio beth mae'r ddynes yma'n ei ddweud?' Roedd ei llais hi'n wan, wedi blino: llais dioddefwr. Ac oherwydd ei hofn, roedd yn rhaid gwrando arni.

'Y job yn Antwerp oedd y job fwyaf erioed, ac roedd o ar y newyddion ym mhobman ar y pryd,' meddai'r DA wrth Lesley yn dawel. 'Falle'ch bod chi'n cofio – heist anferth a dim ond un dyn yn cael ei erlyn am yr ymosodiad. Ac yn ôl yr arferiad, gan fod y diemwntiau heb eu darganfod o fewn yr amser penodol, rhaid i'r cwmni yswiriant dalu am y golled.' Edrychodd ar yr adarwraig. 'Ond os yw'r nwyddau'n cael eu darganfod, mae'r cwmni yswiriant yn cael ei arian yn ôl...'

Nid oedd Sol wedi symud ymhell oddi wrth y ddynes. Nawr, gosododd ei wyneb mor agos at ei hwyneb hi ac y medrai. 'Felly, nid MI5 na swyddog y Tollau ydych chi, nage?' gofynnodd, gyda chasineb go iawn yn ei lais. '*Yswiriant* ydych chi. Chi sydd isio'ch arian yn ôl. Yn rhoi bywydau'r bobl yma yn y fantol er mwyn setlo'ch cyfrifon chi. Rydych chi wedi cynllwynio hyn – twyllo'r cnafon yna i wneud iddyn nhw feddwl eu bod nhw'n llwyddo, ond rydych chi mor ddwfn yn llanast y busnes 'dihangfa o garchar' yma ag y maen nhw!'

'*Ydyn nhw yma?*' gofynnodd Sophia gan ymosod arni hefyd. 'Ydi'r blydi diemwntiau yna rhywle yn y tŷ? Ydi'r bobl yna'n mynd i ddod yn ôl pan fyddwch chi wedi gadael? Oes raid i ni gysgu mewn gwlau gwlyb ar ôl piso'n hunain o ofn yn gwrando am gnoc ar y drws?'

'Rŵan, cariad...' meddai'r WPC.

'Tyrd o'na, *lle maen nhw?*' gwaeddodd Sophia. 'Rydyn ni'n haeddu cael gwybod hynny!' Pwyntiodd at Lesley. 'Roedd hi'n barod i... *ladd* ei hun!'

Edrychod y ddynes ar y DA. 'Ffrainc,' meddai'n gyndyn. 'Fe guddiodd Donoghue nhw yn Ffrainc bum mlynedd yn ôl.'

'Felly wnan nhw *ddim* dod yn ôl yma?'

'Dim os byddwn ni'n eu dal nhw! Rhaid gwneud y pethau cyntaf yn gyntaf.' Rhyddhaodd y DA ei hun o'r sgwrs er mwyn derbyn adroddiad gan ddetectif gwnstabl oedd wedi dod i mewn. 'Mae pob hediad lleol wedi'i atal,' meddai wrth yr ystafell. 'Gallwn ddweud wrth yr uned hedfan i beidio â ffwdanu.' Cerddodd yn ôl ac ymlaen yn yr ystafell a dod at Sol, y dyn gyda gwybodaeth leol go iawn. 'Felly o ble ti'n meddwl fyddai cwch yn gadael, o'r arfordir yma?'

Ysgydwodd Sol ei ben. 'Dwn 'im. Arfordir smyglars gewch chi yma, ym mhobman, wedi bod ers pedwar can mlynedd. Bob harbwr yn rhy anodd, ond fe allan nhw adael o'r traeth fflat agosaf, ar y llanw nesaf. Fe allai hynny fod yn unrhyw le o Sandgate i'r ochr arall i Camber...'

Eisteddodd Sophia gyda'i mam eto, gan adael i'r busnes fynd yn ei flaen o'u hamgylch, yn dal i fod mewn sioc, ac yn syllu ei hatgasedd ar y ddynes yswiriant.

'Mae hofrenyddion wedi cael eu gwahardd rhag hedfan, fel popeth arall...' meddai'r DA. Ysgydwodd ei ben a rhoi ochenaid drom. 'Os dechreuwn ni chwilio pob traeth nawr, mi fyddwn ni wrthi tan y wawr...'

'Ac erbyn hynny, mi fyddan nhw wedi hen fynd,' meddai'r ddynes yswiriant, 'Llanw uchel am ddeg o'r gloch...'

'Fe *allen* ni fod yn lwcus – tase'r Wyddfa'n gaws!' dechreuodd y DA roi cyfarwyddiadau i'r DC fel bod rhywbeth yn digwydd, o leiaf: ond roedd pawb yn yr ystafell yn ddigalon, fel pobl sy'n chwilio am rywun

215

sydd ar goll a phawb yn credu ei fod wedi marw. Rhoddwyd mapiau a siartiau ar hyd y byrddau – ond prin roedd y plygiadau wedi eu gwastadhau pan ddaeth cnoc ar y drws ac o'r gegin niwlog, daeth PC i mewn gyda dynes. Dynes wedi'i churo.

'Rhywun welson ni'n crwydro ar hyd y ffyrdd, *guv*.'

Trodd pawb i edrych. Roedd y ddynes a gafodd ei harwain i mewn yn simsan ac yn dal ei bol yn dynn, ei hwyneb yn llanast o waed a chleisiau.

'O Fair Fendigaid!' meddai Lesley.

'Beverly Leonard,' meddai'r PC wrth y DA, 'roedd hi ar y ffordd, y tu allan i'r Maenor...'

'Chi yw gwraig *Frank* Leonard?' meddai'r DA. Aeth ati a'i rhoi i eistedd ar gadair, clicio'i fysedd er mwyn cael gwydraid o ddŵr iddi. 'Ai Leonard wnaeth hyn?'

Ni ddywedodd y ddynes ddim.

'Pam wnaeth o hyn?' gofynnodd y DA.

'Pwy ddywedodd ei fod o wedi gwneud?' meddai hi wedyn yn herfeiddiol wrth bawb yn yr ystafell ond derbyniodd hances a dabio ychydig o'i gwaed. 'Falle mai disgyn oddi ar wal wnes i...'

Nawr roedd y DA ar ei gwrcwd o'i blaen. 'Os mai dyna wnaethoch chi, rydych chi wedi disgyn ar yr ochr iawn, Bev. Yr ochr yma, efo ni, yr ochr gyfreithiol.' Syllodd arni am ychydig a sniffio. 'Mae'n rhaid eich bod chi wedi cael llond bol...'

Dechreuodd y WPC ddabio antiseptig o focs Cymorth Cyntaf ar Bev ond ni ymatebodd hi. Roedd yr ystafell yn dawel. Roedd y DA fel petai'n gwybod nad oedd angen iddo ei gwthio hi'n rhy galed i gael atebion. Gadawodd i'r cymorth cyntaf fynd yn ei flaen, yna gofynnodd yn dawel, 'Ond, mi fydd Frank Leonard yn gwybod eich bod wedi bod yma gyda ni. Yn rhoi cymorth efo'r ymholiadau...'

'Dwi blydi ddim!' ceisiodd Bev weiddi arno ond roedd yn brifo gormod a dechreuodd igian. 'Dwi'm yn un i brepian...'

'Does dim rhaid iddo fo wybod hynny, nag oes? Pan fydd hyn wedi dod i ben, a chithau allan o'r ysbyty, mae o'n debygol o ddod yn ôl a gorffen y job gychwynnodd o...'

'Dim ond os fyddwch chi'n dweud 'mod i wedi bod yma. Wedi cael fy mhigo i fyny a'm *gorfodi* i ddod yma!' ysgyrnygodd Bev.

'Fydda i ddim yn dweud dim, Bev. Mae 'na lawer yma sy'n edrych arnoch chi...'

Edrychodd Bev Leonard o amgylch yr ystafell, ar Sophia a Lesley, Sol a'r ddynes fan camper – ond syllodd pob un yn ôl, pob un yn barod i edrych arni.

'Os ydych chi'n poeni am unrhyw oblygiadau, dwi'n addo cadw'ch cyfrinachau chi,' meddai'r DA. 'Unwaith y bydd gennym ni Leonard i mewn, mi fyddwch chi'n rhydd i werthu beth bynnag sy'n perthyn yn gyfreithiol i chi o Middle Marsh Manor a mynd i rywle cyfrinachol. Dechrau eto. Hunaniaeth newydd. Bywyd newydd. Mi allwn ni sicrhau hynny.' Gwenodd arni'n fwyn. 'Sut mae Sbaen yn swnio? Rhaid eich bod chi'n credu eich bod yn werth mwy na hyn...'

Cododd Bev ei phen, am eiliad, a cheisio edrych yn falch, trwy ei hanafiadau. Yna'n sydyn, torrodd, a dechrau crio go iawn. Daeth cri anifail mewn anobaith ohoni, creadur mewn trap. 'Ie, fo wnaeth hyn,' meddai o'r diwedd mewn llais tawel, crynedig, ei geiriau'n anodd eu dilyn o'i cheg waedlyd. 'Mae o wedi diflasu efo fi... ac mae o'n fy meio i... am ryw-beth na wnes i ddim.' Daliodd ei hanadl ar ochenaid, a nodio. 'Rydych chi'n iawn, fel mae'n digwydd bod.' Ni symudodd neb, ni anadlodd neb, brin. 'Mi ddaw o 'nôl a gwneud y gweddill, dwi'n meddwl...' Cododd ei llaw i'w hwyneb a llefain, a llefain. 'Felly, beth ydych chi eisiau ei wybod?' meddai o'r diwedd.

Estynnodd yr heddlu am eu llyfrau nodiadau, ond dim ond rhai'r dychmyg; doedd neb yn meiddio symud modfedd rhag ofn tarfu ar atebion y ddynes. 'Jest dwedwch beth sy'n mynd ymlaen yma,' meddai DA. 'Cymerwch eich amser.'

Dyna wnaeth hi. Mae'n rhaid fod bradychu ei gŵr yn anodd iddi, ond roedd y boen ar ei hwyneb bob tro y symudai yn dangos i bawb pam fod yn rhaid iddi wneud hyn. 'Maen nhw wedi codi Donoghue o'r carchar ac maen nhw'n mynd i nôl eu diemwnt-iau. Mae o wedi eu cuddio nhw yn rhywle gerllaw EuroDisney neu rywle...' Cafodd gwydraid arall o ddŵr ei lithro o'i blaen ar y bwrdd. 'Mae'r awyren yn amhosib rŵan felly maen nhw'n mynd mewn cwch...'

'Rydyn ni wedi dyfalu hynny. Pa gwch, cariad?'

Ceisiodd Bev gymryd llymaid o'r dŵr ond roedd hynny'n rhy anodd bellach, wrth i'w gwefus chwyddo. 'Cwch Fred Kiff – yr *Hei Lwc*.'

'*Fred Kiff*?' sythodd Sophia. 'Rydyn ni'n ei nabod o – maen nhw wedi dwyn ei gwch o?'

Trwy ei phoen, trodd Bev at Sophia gyda thosturi East End ar ei hwyneb. 'Tyrd o'na hogan! Mae o yn y baw hyd at ei lygaid bach salw. Fo 'di'r dyn mawr o gwmpas fan'ma, ar ôl Frank. Os wyt ti eisiau cyffuriau meddal, caled, gynnau? Sigarets neu alcohol? Mae o'n gwneud jobsys bychain ym mhobman i guddio'r gwir ac mae o'n gwybod symudiadau pawb.' Yn ofalus, yn dawel, edrychodd o gwmpas yr ystafell. Mae'n rhaid fod siarad yn brifo, ond aeth yn ei blaen. 'Roedd y lle yma'n llawn stwff ganddo fo cyn i chi ddod a sbwylio popeth. Roedd o wrthi'n ei gludo fo allan o'ch sgubor chi, hyd yn oed mor hwyr ag wythnos dwetha'!'

'R'arglwydd!' meddai Lesley, gan daranu ei dwrn ar y bwrdd. 'Gwerthwyr cyffuriau! Troseddwyr! *Budreddi*! Maen nhw ym *mhobman*!'

'Ond be 'dan ni isio'i wybod ydi lle mae rhai ohonyn nhw'r funud yma,' meddai'r DA – a throdd at Bev Leonard eto. 'Felly, lle maen nhw, cariad?'

Anadlodd Bev Leonard yn fach ac yn fuan. Dyma'r foment fawr; fe allai dynnu'n ôl, hyd yn oed nawr. Ond wedi syllu ar y DA, dywedodd, 'Yn Gallows Gap, hen gerbyd trên Kiff,' meddai. 'Mae o'n eu gollwng nhw yno ac yn mynd â'i gwch yno o Rye...'

'Reit!' meddai'r DA – ac roedd ar fin cyfarth gorchymyn i'w *walkie-talkie* pan oedodd a mynd yn fud. Cerddodd yn ôl ac ymlaen at ddrws y gegin ac yn ei ôl. 'Mae gennym ni Interpol a Gwylwyr y Glannau a'r Tollau. Nawr, os all y dyn Kiff yma fynd dros y Sianel... gallwn ni hefyd, a dilyn ei ôl...'

'A...?' meddai Sol.

'Gallwn ni blesio'r ledi yma,' meddai'r DA, gan droi at y ddynes yswiriant, 'p'un ai ydych chi'n hoffi hynny ai peidio. Rydyn ni'n eu dilyn nhw at y stwff, gadael iddyn nhw roi eu pawennau budr arno a wedyn taflu'r rhwyd.'

'Jest eu dal nhw!' gwaeddodd Lesley. 'Am be' maen nhw wedi'i wneud i ni. Fydd ein cleisiau ni ddim yn dangos cymaint â'i rhai hi ond maen nhw'n siŵr o bara hydoedd!'

Daeth y DA ati. 'Mrs Micheli, fydd Frank Leonard ddim dan glo am lai na thair blynedd am guro'i wraig – ond fe eith i lawr am ugain mlynedd os gaiff o ei ddal gyda'r heist diemwntiau mwyaf erioed...'

Tynnodd Lesley anadl.

'...Mi fydd o allan o'r ffordd nes y bydd o'n hen ddyn.'

Ac o'r diwedd, nodiodd – a gwelodd bawb synnwyr y cynllun. Yn gyflym, cafodd yr ymgyrch ei roi at ei gilydd. Daeth Sol a'r WPC â phaneidiau o de i bawb ond eisteddodd Lesley yn ôl wrth y bwrdd gyda'i phen yn ei dwylo. 'Roeddwn i'n meddwl fod dod yma'n syniad da,' meddai, y dagrau'n powlio eto, 'i fi, i fy merch. Yn ddigon pell oddi wrth y cnafon a'r troseddwyr a'r budreddi yn Llundain...'

Plygodd y WPC ati a mwytho'i phen.

'...Ond allwch chi byth ddianc rhagddyn nhw, na allwch chi? Roeddwn i mor wirion – maen nhw ym mhobman, tref a chefn gwlad...'

Rhoddodd y DA ei radio i lawr. 'Popeth yn iawn?' gofynnodd i Lesley. 'I ni ddefnyddio fan'ma fel Ystafell Ymchwiliad, am rŵan?'

Nodiodd Lesley, a chwifio'i llaw yn ganiatâd.

'Rydych chi yn y lle iawn, i fod yn onest,' meddai Sophia, gan edrych ar Bev Leonard, oedd wrthi'n tanio sigarét yn grynedig. 'Enw addas. Wyddoch chi mai hwn yw'r hen Dŷ Dial? Dwi'n credu ei bod hi wedi rhoi enw iawn y tŷ yn ôl iddo hefyd, drwy wneud hyn ar ôl beth wnaeth o iddi hi...'

Dim ond chwythu mwg wnaeth y ddynes oedd wedi'i churo.

Crynodd Lesley, a dod i roi ei braich am Sophia, ei chofleidio i'w hochr. 'Falle mai ti oedd yn iawn, Soff. Ti a fi, falle mai meddwl am fynd yn ôl i Lundain ddylen ni...'

Daeth croen iasol i lapio ei hun am Sophia, 'Be?'

'Wel, dwi wedi cael cynnig gwaith theatr.'

'Nid Bee du Pont?'

Gwgodd Lesley. 'Sut oeddet ti'n gwybod?'

'Roedd ei henw hi ar y llyfr ffôn,' meddai Sophia, ond roedd symud ei cheg yn anodd, gan ei bod wedi'i rhewi gan eiriau ei mam.

'Wel, dim byd ar frys – ond hoffwn i ystyried ei chynnig hi, mynd yn ôl – Tottenham, Eli, dy Glwb 17 di, yr hen fywyd...'

Nawr roedd y rhew wedi mynd. Roedd wyneb Sophia'n boeth, ei gwddf yn boeth. Dyma'r ddynes fyddai wedi marw er ei lles hi – ond doedd hi'n dal ddim yn deall. 'Na! Gawn ni aros, plîs?' Edrychodd ar Sol, ac yn ôl at Lesley. 'Mi elli di wneud popeth o fan'ma! Dwi isio aros rŵan.'

'Mae 'mywyd i wedi newid.' Cipiodd Sophia law ei mam. 'Dwi'n caru Sol,' meddai.

Dechreuodd Bev Leonard feichio crio'n dawel wrth ysmygu, ac fe aeth gweddill yr ystafell ymlaen â'i fusnes.

Cymerodd Lesley law Sol, hefyd. 'Wel, be' 'di diben beiciau modur?' meddai. 'Fe wnaeth Toni a finne lwyddo'n iawn – fyntau yn Rhufain a finnau yn Leeds. Mi gei di landio arnon ni yn Llundain unrhyw bryd wyt ti eisiau!'

Ni allai Sophia goelio hyn. Roedden nhw fel dwy gath mewn cwd o hyd: dim byd wedi newid.

Neu oedd o? Roedd hi'n pendroni, wrth iddi hi, Sol a'i mam sefyll gyda'i gilydd. On'd oedden nhw'n gathod gwahanol bellach? Ar ôl popeth oedd wedi digwydd iddyn nhw, tybed na fyddai mwy o ganu grwndi na chrafu rhyngddyn nhw yn y dyfodol...?

Hefyd gan Bernard Ashley . . .

Milwr Bychan
Bernard Ashley
Addasiad Siân Melangell Dafydd

£5.99

978-1-904357-27-8

Ar ôl i Kaninda fyw drwy ymosodiad ciaidd ar ei bentref yn Nwyrain Affrica, mae'n ymuno â byddin y gwrthryfelwyr, lle mae'n dysgu sut i gario arfau a'u defnyddio.

Ond daw gweithwyr dyngarol ag ef i Lundain lle caiff fynd i ysgol gyfun. O'i gwmpas ymhobman mae gwrthdaro rhwng gangiau ac, ar y strydoedd, mae llwythau trefol yr ystadau'n mynd ben-ben â'i gilydd.

Dyhead Kaninda yw dychwelyd i Affrica i ymladd yn ei ryfel ef a dial ar ei elynion. Ond gyda Laura Rose, merch ei deulu newydd, caiff ei sugno i mewn i frwydr leol beryglus sy'n bygwth mynd dros ben llestri.

'Stori afaelgar a theimladwy.' TES

'Mor gyffrous nes i mi gael trafferth troi'r tudalennau'n ddigon cyflym!'

THE SCHOOL LIBRARIAN

www.rily.co.uk

Llyfrau eraill gan RILY . . .

Tair a dop

£4.99

978-1-904357-23-0

BRIAN KEANEY

YSGOL
JACOB

MAE MILIWN O FFYRDD I GYRRAEDD GWAELOD YSGOL
JACOB OND DIM OND UN FFORDD I GYRRAEDD Y BRIG

£5.99

978-1-904357-26-1

YDY LUKE
YN GALLU
DILYN LLWYBR
NEWYDD?

pa
ddewis

£5.99

978-1-904357-25-4

michael coleman

GANGIAU,
RHYFEL,
FFRINDIAU –
FYDD YN
RHAID I PETE
DDEWIS?

tag

addasiad elin meek

£5.99

978-1-904357-24-7

www.rily.co.uk

RILY